音乐学院诡秘事件

408女生宿舍、噬魂骨埙、索命古筝、被诅咒的马头琴……

一切，就在你我身边

异度社●著

中国華僑出版社

图书在版编目（CIP）数据

音乐学院诡秘事件/异度社著. —北京：中国华侨出版社
2011.7

ISBN 978-7-5113-1526-7

Ⅰ.①音… Ⅱ.①异… Ⅲ.①短篇小说—小说集—中国—当代
Ⅳ.I247.7

中国版本图书馆CIP数据核字（2011）第115476号

音乐学院诡秘事件

著　　者 / 异度社
责任编辑 / 文　锋
封面设计 / 器器Design
经　　销 / 新华书店
开　　本 / 710毫米×1000毫米　16开　印张/16　字数/229千
印　　刷 / 北京高岭印刷有限公司
版　　次 / 2011年7月第1版　2015年3月第2次印刷
书　　号 / ISBN 978-7-5113-1526-7
定　　价 / 29.80元

中国华侨出版社　北京市朝阳区静安里26号通成达大厦3层　邮编：100028
法律顾问：陈鹰律师事务所
编辑部：（010）64443056　传真：（010）64439708
发行部：（010）64443051
网　址：www.oveaschin.com
E-mail：oveaschin@sina.com

目录

ACADEMY OF MUSIC

故事一　幽灵记

为什么关震威听到学生借鉴自己作品创作的solo后，不仅不生气，还会主动鼓掌呢？难道他认为这是学生在向他的作品致敬？

庄秦

— 楔子 —

雨渐渐停了，空气潮湿异常，教学大楼天台上也积成了水洼，女孩担心自己心爱的红皮鞋会被水洼弄脏，小心翼翼地脱掉皮鞋，整齐地摆放在天台入口的台阶边。然后，她赤着脚，一步步向天台边缘的矮小挡墙走去。很快，她的脚踝浸没在水洼之中，令她浑身打了个哆嗦，当她走到挡墙边上，听到了“叮叮咚咚”的吉他弹奏声，大概是哪间琴房的玻璃窗没关好吧，平时学校琴房的隔音做得非常好，琴声从来都不会飘出来，以防影响其他琴房里练乐器的同学。

女孩略微觉得有些恍惚，她深吸一口气，定住神，然后从衣兜里摸出一张皱巴巴的纸片，想要寻找一个稍微干爽点的地方搁好，但因为刚下过雨，天台上到处都是湿的，根本没地方可放，所以她只好小心翼翼把纸片折叠好，放回衣兜中。

她抬起头，望了望远处，天台上视野很好，可以看到天边出现的那道五彩缤纷的彩虹。

“如果，生活也像这天气一样，可以雨过天晴就好了。”女孩说完这句话后，从衣兜里取出那张纸片，又摸出一枝钢笔，把这句话添加在纸片的最末端。

写完之后，她把钢笔放在挡墙的墙沿上，然后决绝地攀上挡墙，奋不顾身地从天台上一跃而下。

— 1 —

“布鲁斯音乐，又称蓝调，是一种基于五声音阶的声乐和乐器音乐，它的另一个特点是特殊的和声……”单爵天站在黑板前拿粉笔写着板书，忽然顿了顿，眼神中似乎闪过一丝慌乱，赶紧伸出脑袋，朝摆在讲台上的教案望了一眼，然后继续说道，“布鲁斯是南北战争后，在黑人民间产生的一种演唱形式，它与黑人的种植园歌曲，也就是劳动时集体合唱的无伴奏歌曲，有着一脉相承的关系。”

稀稀落落、昏昏欲睡的学生们，因为单爵天忽然在讲台上忘词这个小插曲，发出了低声的嘲笑。

坐在窗边的李岳华，调皮地晃了晃脑袋，然后以极低的声音对周围几个上乐理课的同学说道：“布鲁斯起源于过去美国黑人奴隶的圣歌、赞美歌、劳动歌曲……”

果然，单爵天站在黑板前，一边快速书写板书，一边大声说：“布鲁斯起源于过去美国黑人奴隶的圣歌、赞美歌、劳动歌曲……”

李岳华身边的几个同学顿时发出“哧哧”的笑声，而李岳华则摸出手机，向同学展示了一下刚从网络百科词典里搜索到的段落。

“哼，单老师今天的课，又完全是COPY网络词典，太没劲了。”李岳华嘀咕了一声后，干脆脑袋朝前一倒，趴在课桌上梦周公去了。不过，说这句话时的他并未放低音量，显然被讲台上的单爵天听见了，但单爵天也没生气，只是乐呵呵地说：“同学们，要注意记笔记哦，这段话很有可能会出现在期末考试的考题里，概率大概是90%。”

刚才还在嘲笑单爵天的几个学生，赶紧在笔记本上做下记号，李岳华却侧过脸，朝窗外望去。这时，他看到一个红色的人影，从对面另一幢教学楼的天台上坠落了下来，如狂风中一片落叶一般，骤然落在了教学楼下的花圃中。

因为教室关着窗户，音乐学院所有教室的隔音设施也都很好，所以李岳华并未听到“砰”的一声巨响，更没听到路人发出的尖叫声。他甚至担心，现在正是上课时间，校园内很少有人走动，而且那个女生落地的地方又是那幢教学楼下的花圃，说不定根本没人知道此刻有位女生从天台上跳了下来。所以他立刻“腾”地一下站起来，指着窗外大叫：“不好了，有人跳楼了。”

十分钟之后，当他得知跳楼的女生是李嫣红时，顿时就傻了。

– 2 –

身着警服的周渊易，刚走入西川市音乐学院大门，就见到几个学校领导向他走来。其中一个，一边局促不安地搓着手，一边说：“这是什么事给闹的？好好的学生不当，偏要从教学楼上跳下去……”

这位领导大概四十出头，肥头大耳，脸上全是汗，看来他已经被这桩学生自杀案件搞得焦头烂额了。随后有人向周渊易做了介绍，这位脸上全是汗的领导，就是音乐学院现代器乐系的系主任，关震威。

周渊易随即进入正题：“谁是第一目击者？”

关震威擦了擦汗，答道：“是一个叫李岳华的学生……当时他在教室上课，开小差时朝窗外看，正好看到李嫣红同学从天台坠下的一幕。哦，对了，李岳华和李嫣红是同班同学，似乎还是男女情侣关系。”

周渊易愣了愣，问：“同班同学？其中一个在教室里上课，另一个却逃课到天台自杀？难道有人缺课，都没人注意到吗？”

关震威露出难堪的表情，然后说道：“他们正在上乐理课，这堂课的老师单爵天从不点名，所以……”

“哦。”周渊易点点头，记下了单爵天这个名字。

在来的路上，周渊易已经得到了一些关于这桩学生自杀案的情况，这个叫李嫣红的女生逃课来到教学楼天台，然后一跃而下。因为落地的地方，正好是教学楼后的花圃，平日很少有人经过，如果不是正好有人在另一幢教学楼上课开小差，看到坠楼的场面，说不定要时隔很久才会有人发现这桩自杀事件。

但周渊易无论如何也想不到，那个开小差的男生竟然就是自杀者的男朋友，这真是太具有戏剧性了。

过了一会儿，周渊易在保卫科办公室里见到了这个叫李岳华的男孩。

男孩的衣服上全是血，据说他看到有人自杀后，立刻冲出自己上课的教室，在路上拨打了报警电话，第一个来到了教学楼后的花圃。当他在花圃里看到死者竟然是自己女友的时候，当即就傻了眼。他抱着李嫣红的尸体，痛哭流涕，差点晕了过去。后来保卫科干事赶到花圃来的时候，根本无法从李岳华的怀里分开浑身冒血的死者。

见到悲痛欲绝的李岳华之后，周渊易也不知道该怎么安慰这个伤心的男孩，只好问道：“你和李嫣红的感情很好吧？”

李岳华抬起头，那双无神的眼里写满忧伤，他无力地点点头。

周渊易也感到莫名的伤感，于是想找到一个温和点的话题开始对话：“你们当时上的是单老师的课？好像你们都不是太喜欢这位老师的课吧？”

李岳华鼻孔朝外嗤了一口气，冷笑道：“谁会喜欢这样一个老师的课？反正考试前他会勾勒重点，平时上不上课都无所谓。”

“这样的老师听起来不错嘛，我读书的时候最喜欢会做考前辅导的老师了。”

“可单老师是我们现代器乐系里，唯一一位什么乐器都不懂的老师。”

听到这个答案，周渊易也吃了一惊，望向陪同对话的关震威。关震威尴尬一笑，说："这位单老师是学校前任校长的儿子，前任校长任职期间，因公出差时遭遇车祸成为植物人，为了安抚家属，所以安排单老师到学校担任老师……虽然单老师确实不会任何乐器，但他在乐理研究上还是具有一定造诣的。"

李岳华又冷笑一声，对自己的系主任说："你知道学生们给单老师取了一个什么绰号吗？叫他'三角铁'。大家都说，如果单老师下定决心要学一门乐器，那他花一辈子也只能学会一种，那就是三角铁。"

周渊易忍不住笑了起来。

– 3 –

李嫣红自杀的时候，没有留下遗书。询问自杀原因的时候，关震威摊开手说："大概是因为学习压力太大的缘故吧。下周，现代器乐系要进行一次布鲁斯吉他 solo 大赛，大赛得到海外资金的赞助，获奖者可以免费去美国西雅图观摩当地举行的布鲁斯音乐节。李嫣红的吉他技术很不错，是很有实力的竞争者之一，但是好像听说最近她的手指受伤了，没法再参加比赛……"

"呃，等等，布鲁斯吉他'索罗'大赛？这是什么意思？"周渊易不解地问。

关震威解释："solo，就是独奏的意思。吉他 solo，就是吉他独奏。布鲁斯音乐，是现代流行音乐的根源，吉他乐器的即兴独奏是布鲁斯音乐的一个重要组成部分。"

"哦，我明白了，那么李嫣红的手指又是如何受伤的？"

"听她的男友李岳华说，李嫣红早起做早餐时，可能还没完全清醒，切菜不小心切到了手指……"关震威答道。

"居然还有这样的事？"周渊易耸耸肩膀，因为手指受伤无法参加吉他 solo 比赛就选择自杀，现在年轻人的心理承受能力也太不堪一击了吧？

两人说话的时候，已经来到了李嫣红自杀的那幢教学楼的天台上。

天台上，依然留着一处处水洼。走到挡墙边，周渊易忽然看到墙沿上摆着一枝钢笔，他立刻转身对关震威问道："李嫣红自杀后，有人上过天台吗？"

"没有！我们立刻封了门，不准任何人上来。"

周渊易注意到，钢笔靠近墙沿的一侧，是湿的，而朝上一面，则是干的。

"有意思……"他从兜里摸出一双塑胶手套和一只塑胶证物袋。戴好手套，小心翼翼地拾起墙沿上的钢笔，放入塑胶证物袋里。

"周警官，难道李嫣红的死，并非自杀？"关震威战战兢兢地问道。

"在事实没查清之前，任何可能性都是存在的。"周渊易冷冷地答道。

关震威连忙说："周警官，学校在教学楼顶层，设有一台监控摄像头，正好对准上天台的楼梯。事发后保卫科调阅过监控录影，除了李嫣红之外，再无任何人在事发时上过天台。"

"哦？那把监控录影复制一份给我。"听了关震威的话，周渊易对这桩案子的关注度显然降低了不少。

虽说天台上发现了一枝钢笔，但李嫣红身上却没发现遗书，有些可疑，但既然监控录影能证明只有李嫣红一人上了天台，这些疑点就显得没什么价值了。

– 4 –

事后，虽然在那枝钢笔上查出了李嫣红的指纹，也有同学认出，这枝笔确实是李嫣红的，但毕竟监控录影显示李嫣红死于自杀是无可辩驳的，所以也就不了了之了。

很快，周渊易就把这件事抛之脑后了，他还有更重要的案件需要处理。

不过，一周后他接到了一个电话，电话里一个稚嫩的男声对他说："今晚带着女朋友到音乐学院来欣赏布鲁斯吉他 solo 大赛吧。"

打电话的男生自称是音乐学院现代器乐系学生会干部，他正为无法在大赛时填满会场而焦急，无意中在系主任关震威的办公桌玻璃板下看到了周渊易的名片，以为周渊易是关主任的朋友，所以冒昧打电话请周渊易来捧场。

周渊易也经历过大学生活，他一直觉得大学是最美好的年代，他设想，如果一个充满梦想的孩子抱着吉他走上舞台，却发现台下只坐着稀稀拉拉几个人，会多么失望？所以，他一口答应了打电话的男孩，晚上一定会准时到场。

只是周渊易一直孤家寡人，没有女朋友，只能独自一人前往。

晚上七点，周渊易来到西川市音乐学院。来到礼堂，出乎他的想象，比赛还有半小时才开幕，但偌大的礼堂居然现在就座无虚席了。周渊易不禁暗笑，看来那个打电话担心填不满座位的学生会干部，真是杞人忧天了。

周渊易在后排寻了个座位坐下，便听到几个学生在一旁窃窃私语着说："真可惜，李嫣红没法参加这场比赛，其实她才是最有实力参加竞争的选手。"

听到这个熟悉的名字后，周渊易不禁心中一动，偏过头留意了一下那几个八卦的女生。

一个女生立刻反驳前一个女生的说法："我觉得李嫣红不一定能得到出国观摩的机会，她弹吉他的技术是不错，但缺少即兴创造力。这次 solo 大赛，要求弹奏原创 solo 作品，就算她技术不错，也很可能在这次原创比赛里输给夏雪薇。"

好几个女生都同意这个说法，甚至还有人猜测，在比赛前李嫣红伤了手指，或许就是想主动退赛，免得在大赛里输给夏雪薇丢人现眼。至于李嫣红为什么会自杀，说不定是她看到手指伤得并不严重，自己还是得参加比赛，担心输给夏雪薇，心里钻了牛角尖，便走上了绝路。

听到女生们的交谈，周渊易不禁皱起了眉头。现在的女孩子真是让人难以捉摸，难道真会有人因为担心输了比赛，不惜自残，甚至还自杀吗？难怪说每隔八岁就会产生一个代沟，周渊易真的觉得自己老了，没法跟上年轻人的思维。

但周渊易还是记下了一个女生的名字，夏雪薇。一会儿看比赛的时候，一定要重点关注这个女孩的弹奏。

这时，观众席上传来一阵骚动，好多学生都站起了身。

原来是一位学院领导走到了表演台，支好麦克风，然后大声说道："现在宣布一下竞赛规则，为了防止有评委为参赛学生打印象分，所以比赛的时候，我们会在表演场上设立一道屏风，参赛者均打乱顺序，匿名在屏风后进行吉他弹奏。"

宣布比赛规则的领导，正是系主任关震威。

"哇！"好多学生都忍不住鼓起了掌，关震威的这个决定，似乎很受同学们欢迎。

果然，刚才窃窃私语的那几个女生立刻说道："这一下，夏雪薇可能拿不到冠军了……"

"哈哈，就是就是，夏雪薇长得太漂亮了，其实她的原创能力比李嫣红也好不了多少，但凭着那张俏脸蛋，就肯定会引来评委给她打高分的……"

– 5 –

周渊易越来越觉得这场比赛有意思了。

他看到几个工作人员正在舞台上搭建屏风。这屏风不是只在舞台上挡住一部分，而是生生把舞台隔成了前后两个部分，从参赛者进场，直到退场，都无法被观众的视线所捕捉到。

因为要搭建屏风，比赛时间又朝后推移了半小时。周渊易等了一会儿，觉得还是先去上个厕所，免得比赛时内急。于是他站起身，出了演奏厅，向礼堂厕所走去。

刚走几步，周渊易忽然听到有人喊他的名字。回过头，他看到一个熟悉的身影，是李岳华。

时隔一周，李岳华看起来已经没有一周前李嫣红刚自杀时那么悲伤了，不过眼角还是挂着一丝难以掩藏的落寞。

“周警官，你怎么到这儿来了？你也喜欢吉他？”李岳华客气地问道。

周渊易笑了笑，说：“你们系学生会的干部担心观众太少，所以打电话邀请我来欣赏比赛盛况。”然后他又反问，“李同学，你参加比赛吗？”

李岳华点点头，说：“本来我不准备参加的，我也觉得自己没实力得到出国观摩音乐节的机会。但是，嫣红本来会参加比赛，现在却没法参加了，所以我决定替她完成她没办到的事。”

“祝你好运！”周渊易忍不住拍了拍李岳华的肩膀，鼓励道。

几乎与此同时，后台那边传来一个老师呼喊的声音：“参加比赛的同学们赶快过来，每人领一个号牌！然后进入后台，要上厕所的赶紧上厕所，进了后台就不能再出来了，必须保证每位参赛者都是匿名进行弹奏。”

“周警官，我去领号牌了，回头见。”李岳华赶紧说道。

周渊易抬头望向后台，看到一个脑后留长发扎着马尾的瘦削中年老师正在向围过来的同学发放着号牌。

李岳华嗤之以鼻地说道：“那就是单爵天老师，别以为他留了长发扎了马尾，就是艺术家。正因为他什么乐器都不会，连最基本的吉他也不会弹，所以他只能当监考，而懂乐器的老师都待在台下当评委。”

周渊易也不禁笑了起来。

李岳华在奔向单爵天之前，忽然转过身，塞了一件东西到周渊易的手中。周渊易垂下头，才看到这是一张 CD。

“周警官，听一听吧，这是嫣红在手指受伤之前，自己录制的一段吉他 solo 小样。”

“小样？”周渊易有点没听懂。

“呵呵，就是没经过混音数字修复的原始音频记录。换句话说，就是自己录制的原音采样。”

虽然还是听不太明白，但周渊易还是小心翼翼地把 CD 收进了衣兜里。不管怎么说，这张 CD 也是李嫣红的遗作，就算不好听，也有收藏的意义。

匆忙上完厕所后，周渊易回到礼堂里。此时舞台上搭好了屏风，观众席第一排的评委也已经入座。周渊易注意到，现代器乐系的系主任关震威就坐在评委席的正中央。

眼看就要开始比赛了，舞台边上的音箱忽然放出了“叮叮咚咚”的乐曲声，是一段吉他 solo。

一开始，周渊易以为这只是暖场试音罢了，没想到当周围几个女生听到这段吉他 solo 后，都不由得发出一阵骚动声。

“呀，不得了，是李嫣红以前录的那段 solo 小样！”

“是啊，前几天我的邮箱里也收到了这段小样，是李岳华传给我的！”

“如果李嫣红凭这段小样来参加比赛，肯定秒杀夏雪薇！”

周渊易这才明白，原来李岳华把女友生前录制的这段小样，几乎转发给了所有的同学。而那些同学出于缅怀故人的缘故，同时出于对音乐的热爱，也都曾仔细聆听过李嫣红录制的这段吉他 solo。

– 6 –

其实周渊易是个不折不扣的音乐盲，比赛开始后，他只能听到台上屏风后传来“叮叮咚咚”的吉他声，却根本无法分辨究竟谁弹得好，谁弹得不好，只能从周围观众们的关注度与掌声来区别。好在评委是一曲终了之后当即现场亮分，所以周渊易也勉强能够分辨各位选手弹奏吉他 solo 的水准如何。

参赛者在弹奏吉他的时候，不能以任何方式向评委暗示自己的身份，但台下的观众们却在猜测着演奏者的身份，周渊易不时听到夏雪薇的名字，凡是赢得掌声比较多的选手，台下或多或少都会有人猜测是夏雪薇在台上比赛。

参加比赛的选手，共有十二位，其中有人获得的掌声比较多，有人就没那么受欢迎了。总的来说，评委也很公正，对于掌声较多的吉他 solo，八位评委的评分都能一致给出高分，但转折点就出在倒数第二个出场的选手。

那位选手使用的是电吉他，为了防止选手作弊，使用特殊音色的自备吉他，向评委暗示身份，所以比赛用的都是校方提供的吉他。这位选手的琴音从屏风后传出之后，先是一阵静默，然后从评委席爆发出一阵掌声。鼓掌的，竟是评委会主席，系主任关震威。

紧接着，观众席里也爆发出一阵掌声，不过却夹杂着些嘘声，掌声与嘘声混合在一起，礼堂里的气氛显得格外怪异。

周渊易有些不明就里，便偏过头来询问一个很八卦的女生："咦，为什么这位选手开始比赛的时候，又有掌声，又有嘘声呢？"

那女生答道："这段 solo 的技术不错，也蛮有创意。不过，我们系的学生都应该能够听出，这段原创 solo 其实是有出处的。三年前，关主任参加全国电吉他大赛，曾经凭借一首原创 solo 拿到了大赛银奖，而现在这位选手在节奏、主旋律部分，都借鉴了关主任三年前的获奖作品。"

哦，原来如此，可为什么关震威听到学生借鉴自己作品创作的 solo 后，不仅不生气，还会主动鼓掌呢？难道他认为这是学生在向他的作品致敬？

嘘声越来越厉害，但关震威却闭上眼睛，陶醉地聆听欣赏着。当这位选手的 solo 到了后半段时，观众发出的嘘声却忽然停止了，礼堂里鸦雀无声，一些观众还露出诧异的神情，随后又爆发出热烈的掌声。

周渊易觉得很诧异，赶紧询问身边的八卦女生："怎么回事？为什么现在观众没嘘声了？反而还鼓掌？这段 solo 不是有抄袭借鉴嫌疑吗？"

那女生紧盯着舞台上的屏风，喃喃答道："好奇怪，前半段确实有借鉴关主任作品的嫌疑，但到了后半段，旋律却对前半段某个旋律进行了变调与引申，而且还升华了主题……"

虽然变调、引申、升华等术语，周渊易完全听不懂，但还是明白了大概的意思。台上这位选手弹奏的吉他 solo，确实是根据关震威三年前的获奖作品改编的，但在后半段加入了许多自己的东西，有青出于蓝而胜于蓝之妙。

随着一个颤音，然后一段微妙的电流声之后，这位选手的演奏终于结束了。观众席上先是一阵静默，接着才是如雷般的掌声。

评委席上，关震威给出了比赛以来的最高分，其他评委给出的分，也都不低。

不过，周渊易却听到身边那位八卦女生忽然幽幽地说："刚才弹奏吉他 solo 的，一定是夏雪薇。"

"你怎么知道？"周渊易好奇地问。

女生答道："据我所知，我们系里，绝对没有哪个学生能拥有这样的创作才华。刚才那段 solo，完全是专业水准，不逊于任何一个有二十年从业经验的专业伴奏师。"

"那也不能说明演奏者就是夏雪薇吧？"

女生撇撇嘴，答道："弹吉他，其实讲究的是天分，一个没天分的人，弹得再久，也不可能成为吉他之神。夏雪薇的技术虽然不错，原创力也很好，但熟悉她的人都知道，她擅长弹奏清新风格的木吉他 solo，刚才这类疾风暴雨似的电吉他，根本不是她擅长的。"

"这岂不更加说明，刚才的演奏者并非夏雪薇？"

女生冷笑一声，说："不仅夏雪薇，任何一个在校学生都没能力原创出这样的吉他 solo。所以，这段 solo 很有可能并非学生创作，而是请了枪手进行创作……"

"枪手……"周渊易不禁蹙紧了眉头。

女生又说：“这段 solo 脱胎于关主任三年前的原创作品，而且极为熟悉作品中的旋律，除了他本人，谁还能创作出这样一段青出于蓝而胜于蓝的新作品呢？”

“你是说，这段 solo 可能是关震威自己创作的？”

女生点点头：“在现代器乐系里，谁不知道关主任准备收夏雪薇为关门弟子呀？”

“呃，你是说，关主任很器重夏雪薇？”

“可能还不止器重吧？关主任丧妻已久，夏雪薇再过两年就毕业了……呵呵，剩下的事，你自己想吧。”女生说完后，忽然意识到周渊易并非学校里的人，立刻变了脸色，捂着嘴躲到一边去了。

周渊易不禁暗道，别以为大学就是象牙塔，就是世外桃源，这儿其实也是社会的缩影。他抬起头，望向舞台，最后一位选手还没登台，屏风的边缘处，他再次看到了扎着马尾的监考老师单爵天。这位绰号“三角铁”的单老师，从屏风后取出刚才用过的电吉他，摆在屏风前，又从屏风前的乐器架上取了一把木吉他，送入屏风后，接着拉紧了屏风。

最后一位选手马上就要开始弹奏了，不过，这时候坐在第一排的关震威却忽然站起身，弯着腰向一侧走去。

大概关震威要去上厕所吧，但在最后一位选手即将登台的时候，他却要去上厕所，这也太不尊重选手了吧？好在选手在屏风后，看不到评委席，不会影响到演奏时的心情，但观众席上还是爆出了阵阵嘘声。

– 7 –

最后一位选手终于要开始演奏了，为了保持对选手的尊重，观众席上一片肃静。

屏风前的音响里，传出了第一段旋律。清彻的琴音开始流淌在礼堂之中，但片刻之后，礼堂里忽然乱了套。

有些观众在鼓掌，有些观众在呐喊，还有些观众发出尖叫。

周渊易感到很是诧异，不过他也觉得这段旋律似乎有点耳熟，难道又是抄袭借鉴的作品？他侧眼望去，刚才那个八卦女生已经不见踪影，他连忙问身边另一个正在唔嘘呐喊的男生："怎么了，为什么你们这么激动？"

那男生赤红着一张脸，大声说："哥们儿，难道你没听出来吗？他弹奏的是李嫣红生前创作录制的那段作品！"

哦，居然有人在弹奏原创作品的时候，弹出了李嫣红生前创作的作品？这岂不是与比赛倡导的原创精神背道而驰？不过，谁又能保证李嫣红生前录制的小样，是她自己原创的呢？说不定李嫣红也找了枪手替她创作，而且创作者就是现在正在台上弹奏的这位选手？

想到这儿，周渊易的脑海里不禁浮现出李岳华的模样。如果李嫣红要找枪手替她创作，那么这个枪手应该非李岳华莫属吧？于是周渊易赶紧问身边的男生："李岳华的创作水平怎么样？"

那男生愣了愣，拍了拍脑袋叫道："呀，我怎么没想到呢，现在台上弹奏的，肯定是李岳华！本来李岳华就是系里公认的创作才子，但他的吉他弹奏技术就相对差了一点。赛前关主任就提前给李岳华打过招呼，不准他代人创作吉他 solo 乐曲，特别是不能替女友创作。李嫣红生前录制的 solo 小样，一定是李岳华替她创作的！"

原来如此，那么现在李岳华在台上弹奏自己创作的 solo 乐曲，并不违背比赛规则。

不过，身边那男生又说道："咦，怎么听起来，李岳华的吉他弹奏水平突飞猛进了呢？比他以前的技术好了很多！"

周渊易不禁寻思，大概是因为李岳华这次参加比赛，是为了替女友李嫣红完成最后心愿，所以日夜苦练，才使弹奏水平有了巨大的进步吧。

李岳华的这段弹奏，大概持续了十分钟。

当弹奏结束后，台下爆发出了一阵欢呼声。那个男生也喃喃说道："如果夏雪薇弹奏的是自己创作的作品，那李岳华大概只能屈居亚军。不过，就连系里的扫地大妈也能猜得出，夏雪薇弹奏的，肯定是关主任替她创作的 solo 乐曲。”

听了这句话，周渊易不由得苦笑，原来几乎所有观众都猜到倒数第二位出场的选手就是夏雪薇，而她弹奏的作品也是由系主任关震威代笔创作的。

他不禁有些好奇，如果关震威替李岳华打分，能打多高的分？

而在这时，周渊易也发现自从李岳华上台演奏前，关震威离席去上厕所，直到李岳华弹奏完毕，关震威也一直没有回来。

这家伙去哪里了？难道他为了不给李岳华打分，故意躲到一边去了？假如是这样的话，那他也太没品了吧？

– 8 –

本来比赛的评分，就要去掉一个最高分，再去掉一个最低分，最后取平均值。

最后一位选手弹奏完毕之后，身为评委会主席的关震威却始终没回来。坐在第一排的其他评委，有人拨打关震威的电话，拨通了却始终没人接。担任监考的单爵天从屏风后探了半个脑袋出来，见礼堂里一片混乱之后，立刻拾起麦克风，音响里传出了他那洪亮的声音：“各位评委，要不这样吧，我们先暂定关主任给的分，是各位评委里的最低分，然后再去掉他的分数。”然后他又小声嘀咕了一句，“反正关主任也肯定会给这位选手最低分的。”

虽然单爵天后面一句话压低了声线，但还是透过音响传了出来，礼堂里顿时爆发出一阵哄笑声。

第一排的评委们又交头接耳了一阵，似乎是接受了单爵天的建议，然后他们开始打分。

有意思，最后这位选手的得分，竟然与倒数第二位选手的得分完全一样，并列第一。

当即有评委指出，必须进行一轮加赛，决选出最后冠军。这个建议也得到了大家的同意。不过，在这时又发生了一桩插曲。

从屏风后，突然又探出半个脑袋，竟然是李岳华。

李岳华的出现，引来不少骚动。有评委立刻大声叫道："这位选手怎么跑出来了？比赛规则说得清清楚楚，所有选手都得在弹奏乐曲的时候保持匿名性！你的参赛资格，必须马上取消。"

观众们似乎也都明白李岳华就是最后一位演奏者，他们也不理解为什么李岳华会突然探出屏风，纷纷鼓噪骚动了起来。

李岳华却微微一笑，钻到舞台的屏风前，从单爵天手中抢过了麦克风，大声说道："我承认，最后一位演奏者就是我。我现在现身，是想宣布一件事——我要退出最后的加赛！"

"为什么？"单爵天诧异问道。

"因为大家都知道，我的吉他弹奏技术并不好，这次为了完成嫣红的遗愿，我花了一礼拜时间苦练刚才弹奏的这首 solo，除了这段 solo，其他乐曲我都不擅长。为了不在加赛里侮辱各位观众的耳朵，所以我决定退出，把出国观摩布鲁斯音乐节的机会让给刚才倒数第二位出场的选手！"

李岳华的告白，引来了台下热烈的掌声，就连第一排的评委们也都主动站立起来鼓掌。

李岳华鞠了个躬后，正准备离开，突然之间，礼堂侧面的一扇门突然被人推开，一个身着保安服的校园保安面色苍白，跌跌撞撞地冲到舞台下，对着第一排的评委们，语无伦次地叫了起来："不好了，不好了，关主任死了！他被人杀了！死在礼堂的厕所里了！"

－9－

关震威死在礼堂的厕所里，左胸被人插入一柄锋利的匕首。当李岳华表演完毕之后，担任监考的单爵天发现关震威不见了，打电话也没人接，于是便叫了一位保安，让他一边拨打电话，一边寻找关震威。那个保安出了表演厅，刚拨通电话，就听到礼堂外的走廊上似乎传来隐约的铃音。挂断电话，铃音便消失，再拨通，铃音又出现。

保安循着铃音，走进厕所，便发现了那具躺在厕所里的尸体。

周渊易立刻亮明身份，并通知了警局同事，同时封锁案发现场，不允许破坏现场。随后，他叫来保卫科长了解情况。

保卫科长告诉周渊易，显而易见，关震威死亡时间就是在李岳华弹奏乐曲的时候。而那位发现尸体的保安，案发时正好在演奏厅出口处巡逻。他见到关震威的时候，还曾经打过招呼，并且随后并未见到任何学生离开演奏厅。

周渊易也明白，当时正是吉他 solo 大赛进行到最精彩的时候，任何爱好音乐的学生都不可能在这时候离开演奏厅去上厕所。

另外在礼堂的入口处，那儿也有保安，证实在案发前后，无陌生人进入礼堂。事实上，除了周渊易之外，其他观众都是音乐学院里的师生。

周渊易又仔细检查了一遍厕所附近的平面图。出了演奏厅，要经过一条狭长的走廊，才能抵达厕所。而在厕所的另一侧，也有一条狭长走廊，通往后台。既然保安证实案发时演奏厅这边没有观众外出，难道凶手来自后台？

从这条走廊来到后台，周渊易看到后台其实分为两部分，一部分在舞台左边，另一部分在舞台右边。这条走廊是通向舞台左边的这一侧后台。

一位评委向周渊易介绍，按照比赛规则，所有选手都必须保持参赛时的匿名性，所以即使弹奏完毕了，也不能离开后台，免得有评委按照排除法，猜出后面演奏者是谁。在比赛前，选手会待在左边的后台里，演奏完毕后，就来到右边后台。左右后台隔着舞台，相互不能通连，也无法直接对视。

周渊易挠了挠脑门，这个案件似乎已经快要真相大白了。

仅从推理来说，凶手应该来自后台。而案发时，只剩最后一位选手进行弹奏。弹奏完毕的选手，都待在右边后台，隔着舞台，他们都不能沿走廊去厕所。而当时能够从后台沿走廊来到厕所行凶的，只有两个人。

一个，是最后一位演奏者，李岳华。另一个，则是监考老师，单爵天。

不过，李岳华当时正在台上弹奏乐曲，所有观众都能证实这一点。那么，凶手就只能是单爵天！这只是二减一等于一的简单数学题罢了。

于是周渊易赶紧问道：“单老师在哪里？”

一位评委答道：“案发后，单老师说头很疼，所以回家休息去了。”

– 10 –

不好，单爵天可能回家去消灭罪证了！

意识到这一点后，周渊易立刻呼喊保安，带他去单爵天家里。

保安听到周渊易的吩咐之后，不由得诧异地问：“周警官，难道你怀疑是单老师杀了关主任？”

“难道不可能吗？”周渊易反问。

几个保安都露出了苦笑。其中一个保安说：“单老师是绝对不可能杀人的。”

“为什么这么说？”

“因为单老师有晕血症，学校里的师生都知道。”保安解释道，单爵天的晕血症，在学校里甚为有名，记得进入学校任职后的第一次体检，抽血时，单爵天一看到针管里抽出的鲜血，马上就晕倒了。而校医院询问单爵天以前就读的大学，也得到了同样的病史答复。所以后来每年体检抽血时，医生都会用一块黑布蒙住单爵天的眼睛，再为他抽血。

曾有好事的学生，偷偷在单爵天上课时，在手指上抹红色颜料，然后发出一声尖叫，把手指伸给单爵天看，单爵天马上就晕倒了，赶来的校医甚至叫来了救护车，才救醒了他。所以，所有人都无法相信，单爵天会杀人。有一名保安说，如果他杀人，只怕会晕倒在厕所里……

周渊易也犹豫了，这样一个严重的晕血症患者会铤而走险杀人吗？

但无论如何，也得去单爵天家里进行问话才行。所以周渊易还是让保安带着他，来到了单爵天家里。

敲了很久门，都没人开门。周渊易心里不禁产生不祥的预感，难道单爵天在家里畏罪自杀了？于是他从衣兜里摸出了两截弯弯曲曲的软铁丝，插入防盗门的锁孔里，搅动了一会儿后，打开了防盗门——这开门的绝技，是他为了以防万一，从技术科的同事那儿学来的。

开了门，屋内一片安静，这是一套三室一厅，三间卧室的门都紧闭着。

周渊易再次摸出细铁丝，如法炮制打开卧室的门。先开了两间，里面都没有人。当第三间门被打开的时候，一阵声浪突然从屋里传了出来，然后一个人从里面冲了出来，大声喊道："你是谁？捉贼啊！捉贼啊！"

呼喊捉贼的，正是单爵天。当他看到周渊易身旁的保安时，立刻停止了呼喊，但依然不满地瞪着周渊易，喝问他们私闯民宅用意为何？

周渊易讪笑着说："我们敲门，见无人应答，担心你出问题，所以才撬了门……单老师，你卧室里的隔音效果也未免太好了吧？"

"音乐学院的房子，隔音设备当然要搞好一点！"

一个保安不识好歹地问："单老师，你不是不会乐器吗？为何还要把房间的隔音设备搞得这么好？"

单爵天毫不客气地答道："我喜欢在家里看好莱坞大片，特别喜欢开着音响看！我担心吵着邻居，所以才把隔音设备搞得这么好，难道不行吗？请问，我在家里看大片，是犯了哪条法律，需要你们撬门进屋一探究竟？"

周渊易有些哑口无言，但他沉吟片刻后，还是向单爵天提出疑问，当关震威遇害的时候，他在哪儿?

单爵天理直气壮地答道:“我当然在后台监考，不过，我没目击证人，李岳华那小子弹奏吉他的时候太入神了，根本无暇注意我，更没法成为我的目击证人。可是学校里的人都知道，我有晕血症，哪敢去杀人? 见了血，我起码会晕倒半小时，救护车不来，根本叫不醒我……”

周渊易想了想，最后还是向单爵天道了歉，然后告辞离开。

— 11 —

关震威的死，在音乐学院里成为了一个巨大的谜团，各种各样的谣言满天飞舞着。

流传最为离奇的谣言，是说李嫣红的鬼魂杀死了关震威。谣言称，在这次吉他比赛之前，关震威担心李嫣红会成为夏雪薇的最大威胁，不仅再三警告李嫣红的男友不要为她写乐曲，还多次劝说李嫣红退出比赛。在巨大的压力下，李嫣红切菜时不小心切到了自己的手指。但手指的伤并不重，不足以令李嫣红有恰当理由退赛，后来关震威又以不法手段，迫使李嫣红跳楼自杀。而李嫣红跳楼之后，背负冤屈，所以在比赛之时，魂魄回到音乐学院，在厕所里杀死了关震威。

这条谣言最重要的依据，便是在关震威尸体身上找到了他的手机。很多人都传说，关震威是收到一条短信后，起身离开评委席座去了厕所。而在那部手机里，他收到的最后一条短信，来自一个陌生号码，内容只有一句话:想知道我在遗书里写了什么吗? 到厕所来，我告诉你——李嫣红致。

周渊易确实见到了这条短信，但他不相信这条短信来自一个无法安息的灵魂。

这条短信为什么会提到遗书? 难道李嫣红自杀后，留下了一封遗书?

最早见到李嫣红遗体的，正是她的男友李岳华。难道李岳华私自截留了那封遗书？他为什么要截留遗书？难道遗书里有什么对他不利的事？或是留有另外的秘密？

周渊易觉得有必要找李岳华谈谈话。

李岳华见到周渊易后，也没隐藏，开门见山地说，自己确实在李嫣红身上找到一封遗书，不过现在他已经销毁了那封遗书。在遗书里，李嫣红说关震威多次劝说她退出比赛，还说毕业时会关照她，介绍她去知名乐团担任吉他手。所以李嫣红故意在切菜时切伤了手指，但这伤势并不能足以令她退赛，反而让关震威认为她在耍花招。在李嫣红自杀的前夜，关震威把李嫣红叫到办公室里，与夏雪薇一起强行脱掉李嫣红的衣服，拍下了裸照。还说，如果李嫣红不退赛，就把照片公布到网络上去。

就在关震威做了这些恶事之后的第二天，李嫣红就从教学楼上跳了下去。

“看完遗书后，我立刻下定决心，一定要杀了关震威！可是没想到，现在却有人先下手为强，替我杀死了他！我只恨晚了一步，我真想让他死在我手里！”李岳华咬牙切齿地说道。

“你真的那么想杀关震威？”

“那还用说？我还想杀死夏雪薇！”李岳华的眼里冒出了火，“不过，我现在不会对她动手，关震威死了之后，她没了靠山，接下来两年，她在音乐学院里会过得很苦，我得先看完她的笑话后，才杀死她！”

周渊易不知道该说什么好。

从动机上来看，李岳华确实是头号嫌疑人。可是，案发的时候，全礼堂的人都可以为他作证，李岳华当时正在屏风后弹奏吉他 solo，根本无法分身实施谋杀。而另一个嫌疑人却有严重的晕血症，且经过了医生证明，也无法实施谋杀。

周渊易犹豫了，虽说关震威的死，可称得上死有余辜，但他还是必须找出真正的凶手。

他一个人坐在音乐学院办公室的沙发上，回忆着凶案发生前后的一幕幕。

夏雪薇弹奏完毕之后，单爵天把屏风后的电吉他换为木吉他。随后，关震威接到短信离开评委席。接着，李岳华开始弹奏 solo，这段 solo，他的女友李嫣红也曾弹奏过，还录制了小样。小样 CD，周渊易在演出前也得到了一张，其他同学也在比赛前通过各种途径听过这段乐曲。

演奏的时候，关震威在厕所被杀。李岳华的得分，与夏雪薇完全一致，但却主动放弃了加赛。保安发现关震威的尸体。而在这之前，是单爵天通知保安去寻找关震威的。

发现关震威的尸体后，单爵天说自己头晕回了家，却在家里观看好莱坞大片，把门关得紧紧的。

单爵天家里的隔音设备做得非常好，即使在卧室里开着音响，客厅里也听不到一点声音。

一幕幕碎片般的画面，在周渊易的脑海里拼接组装着，却怎么也拼不成一幅完整的拼图。周渊易觉得似乎还缺少一个环节，把所有画面组装在一起。这时，他忽然想起一件事。是那个在演奏厅里坐在他身边的女生，曾经说过的一句话：弹吉他，是要讲究天分的。

– 12 –

李岳华再次接到周渊易的电话，让他到办公室来一趟。当他走进办公室的时候，看到周渊易坐在沙发上，沙发边，侧靠着一把木吉他，看上去很眼熟，似乎正是吉他 solo 比赛时提供的那把红棉牌木吉他。

周渊易一见到李岳华，就说道："李同学，你能在这儿再为我弹奏一曲在比赛中弹过的那首乐曲吗？"

李岳华吃了一惊，应道："周警官，真是对不起，我现在没心情弹吉他。"

“不，你必须弹！”周渊易说道，“这是洗清你杀人嫌疑的唯一办法！”

“杀人嫌疑？难道你还怀疑是我杀了人？真是滑天下之大稽！整整一礼堂的人都可以证明，当时我正在台上弹奏吉他。”

“所以，我现在请你再弹一次！”周渊易一字一顿地说，然后又补充了一句，“大概你没办法弹出比赛时所弹奏的水准吧？”

李岳华翻了个白眼，但当他看到周渊易一本正经的模样后，眼神顿时黯然了下来。

周渊易站起来，朗声说道：“让我来替你说吧，你很有创作才华，想必潜心音乐已经有些年头了。不过，你的吉他技术一直不太好。我听别人说，弹吉他，是需要天分的，没有天分的人即使练上一辈子，也不可能成为大师。同样的道理，有天分的人，哪怕接触吉他的时间很晚，也能在很短时间内突飞猛进，超过那些练了一辈子的吉他乐手。”

“你想说什么？”李岳华的情绪突然变得有些激动。

“我想说，当时在舞台屏风后弹吉他 solo 的人，根本就不是你，而是单爵天！你则偷偷溜出舞台，在厕所里杀死了关震威。”周渊易的脸色变得肃然，“单爵天在别人心目中，是个不懂任何乐器的人，但事实上他对吉他很有天分，虽然接触的很晚，弹得却很不错。我猜，他的老师就是你的女友李嫣红吧？”

李岳华的神情变得更加黯然，良久之后，他才答道：“单爵天是李嫣红的表哥。因为很多学生都嘲笑单爵天身为音乐学院教师，却什么乐器都不懂，所以李嫣红决定教表哥学吉他。单爵天担心别人嘲笑，于是特意在卧室里加装了隔音设备。没想到他确实是那种对吉他特别有天分的人，只学了半学期，就达到让人难以想象的弹奏水准。事实上，现在他只学了一年，但在舞台上，却能拿到与夏雪薇一样的高分。”

随后李岳华将他和单爵天的计划和盘托出。

看完李嫣红的遗书后，他就与单爵天商量，必须杀死关震威，为李嫣红报仇。

复仇时间，就定在吉他 solo 大赛上，单爵天负责监考，他会安排李岳华最后一个出场，其他选手比赛完了，都在右侧的后台中，无法看到舞台，也无法看到左侧后台。轮到李岳华弹奏时，坐在屏风后弹奏木吉他的，是单爵天，而李岳华在给关震威发完短信后，便等候在厕所里，用一柄锋利的匕首杀死了关震威。

随后，李岳华回到舞台，单爵天也恰好弹奏完毕，然后两人换位，成功地以乐曲弹奏为李岳华做好了不在凶杀现场的证明。

周渊易为李岳华戴上手铐，又打电话通知同事抓捕单爵天后，李岳华却笑了笑，说："我和单爵天之中，一定是一个人在监狱里待得久一点，另一个人会待得短一点。我们早就商量好了，在法庭上，会有一个人主动把所有罪名都揽到自己的头上来。"

然后他盯着周渊易的眼睛，一字一顿地说："我想告诉你，服刑短一点的那个人出狱后，要做的第一件事，就是杀死夏雪薇，你就等着吧。"

周渊易不禁感到了一阵阵心悸。

他知道，李岳华说的都是真的。

ACADEMY OF MUSIC

故事二　噬魂骨埙

在这么小的池塘里淹死自己，得有多大的勇气啊。能有这样的勇气去死，怎么就不能活下去呢？

快刀

— 1 —

窗外的天色，不知不觉黑了，闵静妍呆坐在床上，连灯都忘了开。她脸上的表情虽然看上去十分平静，其实心中早已经焦急万分。她在等待着午夜的到来，好去赴那个老校工的约。

想到那个老校工，闵静妍不由自主地想到“扫地老太太”这个词儿，嘴角忍不住露出一丝微笑，脑子里也回忆起昨晚的经历来。

前段时间，网络上流传过一个“扫地老太太”的段子，段子的原形是这样的，据说在每一个互联网公司里，都有一个扫地老太太。很偶然的一个机会，当她经过一个程序员的身边，扫一眼屏幕上的代码，竟低声提醒对方：小心，栈溢出来了。

这个段子一出现在网络上，一下便火了，无数网友模仿这个段子的句式，推出了许多超强扫地老太太，有英语培训机构的、有设计公司的、广告公司的……总之，各行各业层出不穷。

可是，闵静妍万万没有想到，这原本在网络上流传的段子，会在东海音乐学院里真实重现，而且自己还亲身遇到了。

唯一不同的是，她遇到的不是老太太，而是一个老头儿。

在东海音乐学院的老教学楼背后，有一片小树林。那片小树林是学生们晨练的绝佳场所，而几乎每一个在小树林里晨练过的学生，都会看见一个老头儿，那老头儿每天清晨都会在小树林里打扫落叶。

老头儿是东海音乐学院的校工。但是，在学生中间，却流传着这样一种说法，说老头年轻时曾经是音乐学院里最有前途的教授，可有一天早晨，人们突然发现他昏睡在小树林里，好不容易把他救醒之后，他却变得痴痴呆呆的，再也不能做教授了，这才沦落成校工。

至于他为什么会变成痴呆，也流传着好几种说法。有人说他在小树林里晨练时遇到了什么可怕的东西，被吓傻了；也有人说，他是为情所困，跑到小树林里自杀，谁知道死没死成，反倒把脑子给弄坏了；更有甚者，说他是因为钻研某段失传的古乐曲而走火入魔，搞得神经错乱。

就在昨天之前，闵静妍还对那个老头儿没有太多的注意，至于那些和老头儿有关的各种说法，也是听完就算了，并没有放在心上。

因为昨天是周末，所以寝室里的其他几个女生各自都有安排。她们吃过晚饭后，连寝室都没有回，就纷纷消失了。

闵静妍一个人回到寝室里，上了一会儿网之后，觉得无聊，就走出寝室，打算在校园里散散步。周末的校园有些冷清，闵静妍漫无目的地走着，后来便鬼使神差地走进了那片小树林里。

夜幕下的小树林，格外静谧。闵静妍吸了几口小树林里的清新空气之后，心情变得十分舒畅，嘴里也忍不住哼了起来。她哼的是这几天自己正在改编的一首曲子，这首曲子她改编到一半时卡住了，怎么也编不下去。这几天脑子里总想着它，所以这时一开口，就自然而然地哼了出来。

哼着哼着，闵静妍突然听到身后传来一个很轻的声音：“咦！”

这突如其来的声音把她吓了一大跳，她急忙回过头，循声望去。这一望，她发现就在离自己不远处的一棵树下，一动不动蹲着一个黑黝黝的人影。

“是谁？”闵静妍惊慌地问道。

－2－

“你把刚才哼的曲子再哼一次。”树下的黑影突然幽幽地开了口，声音听上去有些嘶哑。

从他的话语中，闵静妍听出了他对自己并无恶意，一颗提着的心也放了下来。可是，她又有些不解，他为什么要自己把刚才哼的曲子再哼一次呢？闵静妍心里犹豫着，到底要不要听他的话。

“怎么？不愿意哼给我听。你那曲子里，第二小节的结尾处有点问题。”那黑影的语气里很明显带着一点不屑。不过，他的话一下就戳到了闵静妍的痛处，因为她在改编这首曲子时，正是在第二节的结尾处卡住的。

闵静妍知道自己遇到了行家，对方说不定是哪位不认识的教授。于是，她不再犹豫，开口哼唱起了那首曲子，她哼唱得十分认真，一直哼到卡住的地方，这才停了下来，静候树下那个黑影的指点。

等了好半天，那黑影却一直没有动静。闵静妍有些心急，正要主动开口请教。那人却仿佛看穿了她的心思一般，伸出手来摇了一摇，示意她不要打扰自己。

无奈之下，闵静妍只好按捺住性子，继续安静地等待着。

又过了一会儿，那黑影终于开口了：“第二小节结尾处的那个高音，是为了在曲调中表现出一个小高潮。不过，你有没有想过换成中音试试？”

“我想过的，不过用中音的话，不但音律不和，而且整支曲子都会显得太平了。”闵静妍急忙回答道。

“这只是你的想象，你用乐器试过吗？”

闵静妍不好意思地回答道：“我学的是笛子，前面改编好的曲子我用笛子试着演奏过几次，每次都在那儿被卡住了。”

闵静妍回答完后，那个黑影却没有动静了，树林里又恢复了先前的寂静。闵静妍猜不出他在干吗，正想要开口询问，耳中却突然听到一阵悠扬的乐曲响了起来。

绵绵不绝的曲调，如同天籁一般环绕在闵静妍的耳边。那独特的音色，听起来充满了神秘、高贵之感，音律却又神圣、典雅，整个曲风幽深宽广，仿佛在闵静妍耳边讲述着一个悲凄哀婉的传说。

一时之间，闵静妍感觉自己整个人都随着那曲调飘了起来，缓缓飞上云端，俯瞰大地。大地上，赤裸着上身的男人们在林中围猎、穿戴着树皮草裙的女人们则在地里播种，完全是一片刀耕火种的和谐场面。

突然，大地上响起了一声惊雷，惊雷过后，一片黑云迅疾地卷过大地。黑云所过之处，生灵涂炭、万物枯萎，整个大地顿时便失去了生机，只留下了一具具残缺不全的尸体……

就在这时，乐曲戛然而止。闵静妍猛地一怔，呆立了片刻之后，思绪像是从一场幻梦中醒来一般，渐渐地恢复如常。

“这是什么曲子？”又木立了片刻，闵静妍终于平静下来，开口问道。

“就是你刚才哼唱的那首曲子啊，你难道没有听出来吗？”那个黑影回答道，语气里有几分得意的味道。

闵静妍愣了一下，随即摇了摇头，喃喃自语道：“不可能，绝对不可能！那首曲子的题目叫‘秋魂’，表达的是金黄色的秋天的丰收场面，应该是欢快和谐的，绝对不会这么恐怖！”

回想起刚才听曲子时，自己脑海里浮现出来的恐怖幻象，闵静妍忍不住打了个寒噤。

– 3 –

树下的黑影说道：“你先前哼唱的‘秋魂’，已经被人改编过无数次了，当然表达不出原曲的主旨。而我刚才吹的，才是真正的‘秋魂’，要表达的是秋风扫落叶的无情和时光流逝的残酷。”

“不对不对，就算曲子要表达秋风扫落叶的无情和时光流逝的残酷，也只能是淡淡的悲凄和感伤，而不该是如此极端的生灵涂炭，万物尽毁啊！”闵静妍激动地争辩道。

树下的黑影叹了一口气，道：“这世上又有几个人，真正体验过秋的残酷无情。小姑娘，你体验过吗？”

闵静妍不知该怎样回答他的问话，愣了片刻，只好岔开话题：“你刚才是用什么乐器吹奏的那首曲子？”

“埙。”

“埙？我虽然没有学过埙，却听过别人的演奏，埙的声音根本就不是这样的。而且埙是中音乐器，吹奏不出你刚才那样的高音的。”闵静妍是民乐系的学生，对乐器并非外行，所以并不相信树下黑影说的话。

“呵呵，你听过的埙，是现代仿古的陶埙，怎么能和我手里的骨埙相比呢！而且，我吹奏的本来就是中音，只是产生的效果，让你误认为是高音而已。”

“不会吧。”闵静妍先是不相信地摇了摇头，随后又好奇地问道：“你说的古埙？是文物吗？”

她的问话把树下黑影逗乐了：“哈哈，小姑娘还挺有趣的，我问你，你想不想学这骨埙啊？”

“你肯教我！”闵静妍一听这话，简直乐坏了。虽然刚才她还在为乐曲与树下黑影争辩，其实早已被他吹出的乐曲所折服，心里一直在琢磨，怎么开口求他教自己吹埙，没想到他却主动提了出来。

“明晚午夜，我还在这里等你。记住，一定要午夜才能来，千万不能来早了。”树下的黑影沉声说道。

“谢谢老师，为什么不能来早了啊？”闵静妍急忙弯下腰去，毕恭毕敬地鞠了一躬，还顺口问了一句。可等她抬起头来，再次朝树下望去时，那里竟然什么都没有了。

闵静妍愣愣地傻望着那棵大树，心里实在想不明白，那个树下黑影的动作怎么会那么敏捷，无声无息就消失了。她怅然若失地走到那棵树下，没想到却一眼看到一件让她意想不到的东西——一把破旧的扫帚。

闵静妍拣起那把扫帚，老校工的形象自然而然在她的脑海里浮现出来。她仿佛看到，老校工正蹒跚着走到自己面前，伸出手对自己说道："把扫帚还给我。"

"把扫帚还给我。"突然响起的说话声，把闵静妍吓了一跳，她猛然回过神来，这才发现老校工竟然真的就站在自己面前，伸着手找自己要扫帚。

假如换作平常，闵静妍很难把老校工和树下黑影联系到一块儿。但此时此刻，她已经认定了老校工就是那个树下黑影。于是，她顺手把扫帚递还给老校工，笑着说道："别忘了明晚的约会。"

老校工似乎愣了一愣，随即虎着脸对闵静妍说："这么晚了，赶快回寝室去，这林子里可不干净啊。一个女孩子家的，深更半夜跑小树林里来约会，看我明天不告诉你们老师。"说完之后，便转身离开了，把闵静妍一个人丢在了原地发呆。

闵静妍皱起了眉头，傻傻地看着老校工远去的背影，耳中却听到他低低的嘟哝声："现在的孩子，胆儿可真大，为了和男生约会，连命都不想要了……"

– 4 –

闵静妍回忆完昨晚的遭遇，忍不住又笑了起来，心想那老头装得可真像，差点就把自己给唬住了。她掏出手机看了看时间，已经是夜里十点多了，于是再也按捺不住，起身离开了寝室，慢慢地朝小树林走去。

刚踏进小树林，闵静妍就停下了脚步，她突然想起，那个黑影和自己约定的时间是午夜。但是这个午夜的概念又该如何来界定呢？如果按二十四小时算的话，过了零点就是凌晨了，那么夜里 22 点到零点算是午夜吧，自己来的时间应该是对的。

这样一想，闵静妍心里踏实了许多，她顺着昨晚散步的路线，径直朝小树林深处走了进去。

今晚的天气，比昨夜凉了许多，小树林里时不时地掠过一阵阵凉风，吹拂得树叶“沙沙”作响，也让衣衫单薄的闵静妍感受到了几分寒意。

不一会儿，闵静妍便来到了昨晚看见黑影的那棵大树前。可是，树下却空无一人，她心里略微有些失望，但还是站在大树旁边，耐心地等待起来。

夜，更深了，寒意也越来越浓。闵静妍伸出双手，环抱住双肩，可即便这样，她的身体依旧在微凉的夜风中瑟瑟发抖。

突然，一阵细微的、却连续不断的“咔咔嚓嚓”声传到了闵静妍的耳中，那是有人踩在落叶上的脚步声！一定是他来了，闵静妍听着那声音由小到大，离自己越来越近，心中忍不住一阵兴奋，开口喊道：“老师，您来了！”

可是，她的喊声刚落，那阵“咔咔嚓嚓”的脚步声却蓦地消失了，树林里又恢复了先前的寂静。闵静妍等了一会儿，还是没有听到任何动静，心里不免有些意外。难道，是自己来早了，让他生气了，他才在黑暗中隐藏了起来。想到这一点，她的心开始忐忑不安起来。

闵静妍睁大双眼，努力朝黑暗的树林里四处张望，试图找到那人的踪迹，最终却什么都没发现，最后只好无奈地喊道：“老师，您还在吗？对不起，我来早了，下次我一定晚点再来。”

黑暗的树林里，还是没有一丁点动静。闵静妍有些泄气，脸上原本写满期待的表情渐渐地变得不耐烦起来，她摸出手机，看了看时间，离零点只差几分钟了。也许他说的午夜指的是零点过后吧，闵静妍一边在心里默默地安慰着自己，一边耐着性子继续等待了一阵。

手机上的时间已经过了零点，闵静妍四处环顾，树林里还是没有任何动静，她终于彻底地失望了。

而就在这时，闵静妍的后颈窝突然感觉到了一股冰凉的气流。那不像是风吹过的感觉，而像是有什么人对着她的后颈窝吹了一口气！

有人藏在自己身后！闵静妍心里一惊，下意识地朝前面跨了两步，然后迅速地回头看去。映入她眼帘的，除了那棵大树外，什么都没有。

可偏偏就是什么都没有，比有什么来得更加可怕。这个时候，闵静妍突然有些害怕，一种不可名状的恐惧感在她心里悄然滋生。不知道为什么，她莫名其妙地想起昨晚老校工说过的话。

“这么晚了，赶快回寝室去吧，这林子里可不干净啊……”

“现在的孩子，胆儿可真大，为了和男生约会，连命都不想要了……”

– 5 –

抑制不住的恐惧感在闵静妍的心底迅速蔓延开来，虽然还没有见到自己想见的人，但她却不敢继续在树林里等下去了，拔腿就朝来路冲去。

刚跑了没两步，闵静妍就踩到一个什么东西，脚底一滑，身体骤然失去了平衡，一下就摔倒在地。好在小树林里的土地铺满了落叶，比较柔软，她这才没有受伤，只是受到了惊吓，在地上呆坐了好一会儿，才渐渐回过神来。

闵静妍从地上爬了起来，刚一站稳，就看见自己面前的地上，有一个白色的圆形物体。自己大概就是踩到了那个东西才摔倒的吧。

那是什么东西？闵静妍好奇地走上前去，从地上拣起了那个白色圆形物体，拿到眼前仔细看了起来。那东西的圆形很不规则，既不是像圆球一样的正规圆形，也不是像鸡蛋一样的椭圆。

不过，那种圆形又让闵静妍隐隐有些熟悉之感，总觉得这种形状自己在哪儿看到过。可到底是在什么地方见过，她一时又想不起来。

接着，闵静妍又发现，在那个白色的圆形物体上，还留着两排不规则的黑漆漆小孔。她看着那两排小孔，心里一动，突然明白过来，自己手里的这个圆形物体是个什么东西了。

是埙！这就是昨晚树下黑影吹奏过的古埙。它果然和现代人制作的仿古陶埙的样子完全不一样，这也是闵静妍一开始没有认出它是埙的原因。

顿时，闵静妍心里一阵狂喜，刚才的那些不幸经历，无论是心理上的恐惧，还是身体摔倒所带来的疼痛，此时都已经显得那么微不足道了。

这个古埙，应该是树下黑影留给自己的吧，也许这就是他叫自己今晚来小树林的真正目的。毕竟，要先有了合适的乐器，才有可能演奏出动听的乐曲。

闵静妍不知道该怎样表达自己的感激之情，只能双手捧着古埙。对着昨晚黑影藏身的那棵大树，深深地鞠了一躬。

回到寝室之后，虽然已经是凌晨时分了，但闵静妍仍处于极度兴奋之中，久久不能入睡。她反复把玩着那个古埙，要不是时间太晚，害怕影响到别人休息，她恨不得立刻把古埙拿到嘴边吹奏一番。

古埙的颜色有些白里泛黄，质地既不是陶瓷，也不是竹木。摸上去手感冰凉，还有一种很特别的光滑感。闵静妍研究了一阵，觉得这东西有些像是动物的骨头做成的，至于到底是什么动物的骨头，她也分辨不出来。

坐在床上把玩了一阵古埙之后，闵静妍终于感到有些疲倦了，她将古埙放到床边的桌上，又顺手关掉了桌上的台灯，然后一头倒在床上，迷迷糊糊的睡着了。

不知道睡了多久，闵静妍被一阵“窸窸窣窣”的动静惊醒了，她睁开惺忪的睡眼，朝着发出声音的地方看去，发现有一个穿白衣的长发女子，正站在对面的床边，俯身寻找着什么东西。

“深更半夜的，你找什么啊？”闵静妍睡得恍恍惚惚的，脑子里还不怎么清醒，也没有多想，顺口问道。

“呜……呜……”那女子没有回答闵静妍的问话，反而轻声哭泣起来。

那幽幽的哭声，在安静的夜里，听起来格外瘆人。

闵静妍一个激灵，脑子顿时清醒了许多，她突然想起，和自己住在一个寝室的同学中，根本就没有长发的女孩。

一阵寒意沿着闵静妍的脊背爬了上来，她哆哆嗦嗦地问道：“你是谁？”

- 6 -

那女孩从床前抬起身子，缓缓地、缓缓地转过身来……

闵静妍的头皮一下就炸了，出现在她眼前的，根本不是一副面孔，而是一副极其诡异骇人的情形！

那女孩根本就没有头，在她穿的白衣上面，原本该是头颅的地方，只有一副假发悬在那儿，空荡荡地飘舞着。

闵静妍吓得张大了嘴巴，可还没等她叫出声来，那副假发却突然离开了穿着白衣的身体，飞快地朝着她飘了过来！与此同时，闵静妍的耳中，也听到一个尖利而凄惨的声音，在寝室里激荡开来：“我在找我的头，我在找我的头……”

闵静妍“腾”地一下从床上坐了起来，冷汗浸透了她的衣衫。她伸出还在微微颤抖的手，摸索着打开了台灯，神情紧张地东张西望，直到确定了寝室里真的没有什么别的东西后，这才长长地松了一口气。

过了好一阵，闵静妍的心脏依旧跳得很快。她虽然已经意识到，刚才的恐怖情形，只不过是自己做的一个噩梦而已，但梦里的每一个细节，都异常清晰地留在她的脑海之中，让她久久不能释怀。

闵静妍拿过手机，看了看时间，已经是凌晨 4 点多了。她又躺了下去，想强迫自己再睡一会儿。可是，无论她怎么努力，恐惧却如同附骨之蛆一般，死死地纠缠着她，让她无法入睡。最后，她只好睁开眼睛，木木地瞪着天花板，忐忑不安地等着天亮。

当窗外的第一缕曙光照进寝室时，仿佛也将闵静妍心里的恐惧驱散了许多，疲倦至极的她再也坚持不住，终于闭上双眼，沉沉地睡了过去。

这一觉，闵静妍睡得很踏实，一直睡到下午，才被寝室外面一阵闹哄哄的声音给吵醒了。她慢条斯理地起了床，打开寝室大门，看到走廊上有许多同学，大家三三两两聚成一堆，正往楼下走去，一边走还一边热烈地讨论着什么。

闵静妍拉住一位刚好经过寝室门口的同学，问她急着去干吗。那个同学告诉她，小树林里发现了一具无头尸体，大家赶过去看热闹。

无头尸体！闵静妍有些发懵，她连续两个晚上都去了小树林，前晚遇到了古怪的树下黑影，昨晚受了惊吓，但拣回来一个古埙，而且后来还做了一个可怕的噩梦，梦中又恰好有一个无头女子。而现在，小树林里居然发现了一具无头尸体，这之间，会不会有什么关联呢？想到这一点，她有些不寒而栗，赶紧关上门，缩回了寝室里。

闵静妍心神不宁地在寝室里傻坐了一阵，心里还是觉得很不踏实。冥冥之中，似乎有个声音一直在她耳边劝说着，让她去小树林里看看那具尸体。

几经犹豫之后，闵静妍终于还是走出了寝室，朝小树林走去。

虽然警察已经封锁了现场，但小树林的范围实在太大，无法完全隔离，所以林子里到处都拥着看热闹的学生。

闵静妍跟在那些看热闹的学生背后，朝发现尸体的地方走去。走着走着，她脚下的步子不知不觉慢了下来，因为她发现，自己对正在走着的路线，竟然有几分熟悉的感觉。

看了看身旁边的景物，闵静妍确定了这正是自己走过的路线，一种不祥的预感，在她心里悄悄地冒了出来。

好容易挤到警察拉的警戒线前面，闵静妍朝警戒区内望过去，一眼就看见一个长方形的坑。原先埋在坑里的尸体，大概已经被警察拉走了，现在里面已经什么都没有了。

当闵静妍把目光从那个坑里移开时，一棵大树落入了她的眼里。看到那棵大树，闵静妍觉得自己的心脏漏跳了一拍。因为，她第一次见到那个黑影时，他正是蹲在那棵树下的。

– 7 –

“静妍，你平时不爱看热闹的啊，今天怎么也跑来了？”一个女孩挤到闵静妍身后，拍了拍她的肩头，问道。

闵静妍回头一看，发现是她同寝室的同学凌晓菲。她还没有来得及回答凌晓菲的问话，凌晓菲又抢着说道：“走吧，那具没有脑袋的骷髅已经被警察搬走了，没什么热闹可看了。”

“骷髅？我听说是具尸体。”闵静妍有些诧异。

“是啊，尸体在地下埋久了，自然就变成骷髅。”凌晓菲一边说着话，一边拉着闵静妍朝小树林外走去。

在回寝室的路上，她们又遇到同寝室的另外两个同学陆安淇和林惠。凌晓菲凭着自己的三寸不烂之舌，硬是打消了她们去小树林里看热闹的念头，四个人一起朝寝室走了回去。

上楼之后，走在最前面的陆安淇掏出钥匙打开了寝室门，抬脚就走了进去。跟在后面的三个人还没跟进去，就听见屋里的陆安淇发出了一声尖叫。

“怎么了？”三人以为陆安淇出了什么事，赶紧冲进屋问道。

陆安淇靠着门边，伸手指着窗户旁边的桌子，战战兢兢地说道：“桌上……桌上有个骷髅头……”

“在哪儿？我看看！”原本走在最后的凌晓菲一听屋里有骷髅头，一边拼命地往前挤一边兴奋地叫道。

闵静妍顺着陆安淇手指的方向看过去，一眼就看见了自己昨晚在小树林里拣回来的古埙。她突然明白了，为什么自己昨晚刚拿到古埙时，会感觉形状有些熟悉，因为从某个角度看过去，那古埙的确很像一个缩小版的骷髅头，而现在的她们，就正站在这样的角度上。

“那不是骷髅头，是埙。”闵静妍一边对陆安淇说道，一边走过去把桌上的古埙拿到手里，递给另外三个人看。

“这是埙？怎么和我见过的埙不一样。”凌晓菲接过闵静妍手里的古埙，拿到手里仔细地看了起来。

“这是古埙，和现在那些仿制的陶埙有点区别。”闵静妍解释道，伸手想要把古埙拿回来。

凌晓菲躲开了闵静妍伸过来的手，说道：“你急什么急，我多看会儿不行啊。”

闵静妍尴尬地笑了笑，说道：“你看吧，小心别摔坏了。”

凌晓菲也笑了起来：“你哪儿弄来的这么个宝贝啊，紧张得跟什么似的。对了，你不是和林惠一样，是学笛子的吗。怎么了，准备改学吹埙啊。”

闵静妍笑了笑，没有理会凌晓菲，回到自己的床边坐下。凌晓菲手里拿着古埙走过来，挨着闵静妍坐了下去，对她说道：“这玩意儿看上去挺有意思的，要不你也教我吹吹。”

“教什么教，我自己都不会。”闵静妍哭笑不得。

“你不会啊！不会也没有关系，咱自学！”凌晓菲说完，就把古埙递到了嘴边。

“别……”闵静妍刚想要阻止她，耳边已经响起了一阵悠扬的曲调。

– 8 –

闵静妍感到一阵浓浓的凉意，她朝四周看了看，发现自己正站在一丛芦苇林里，不远处隐隐约约传来一阵美妙的乐曲，那乐曲听在耳中，仿佛有一种让人无法抗拒的魔力，持续地呼唤着她。于是，她拨开一丛丛芦苇，循着那乐曲声的指引，一步步地走了过去。

穿出了芦苇林，闵静妍走到了一片贫瘠的沙滩上。沙滩的尽头，是一条苍茫的大江。江边站在一个白衣女子，她的裙裾和长发在江风的吹拂下，翩翩飘动着，整个人看上去分外飘逸，却又显得格外的萧索落寞。

那个白衣女子的背影让闵静妍产生了一种似曾相识的熟悉感觉，她低头沉思，努力回忆着自己到底在哪儿见过这个白衣女子呢？

梦中！闵静妍突然想了起来，那个白衣女子的背影，和自己在噩梦里见到过的背影一模一样！闵静妍的目光里写满了恐惧，她生怕那个白衣女子突然转过身来，重现噩梦中的那一幕可怕场景。

但是，她很快就发现，自己的担心完全是多余的，因为那个白衣女子站了一会儿之后，竟然缓缓地朝江中走去。

她要投江！闵静妍想要冲过去阻止白衣女子，可她刚跑了两步，脑子里又想起了那个噩梦里的情形，脚下的步子便不由自主地慢了下来。

一时间，恐惧和彷徨的情绪在闵静妍的心中反复挣扎，让她不知道应该何去何从。

“晓菲，你要干什么？”一声断喝将闵静妍从幻觉里拉回到现实中来，她这才发现，刚才还坐在自己身边的凌晓菲，不知道什么时候爬到了窗边的桌子上站着。

闵静妍呆呆地看着站在桌子上的凌晓菲，突然觉得有些恍惚，她感觉凌晓菲此时的背影，像极了她刚才在幻觉中见到的那个白衣女子。

好在这时陆安淇和林惠已经完全清醒了过来，她们冲到桌子前，手忙脚乱地将凌晓菲从桌子上拽了下来，把她摁到床边坐下。

凌晓菲脸色苍白，神情呆滞，额头上还挂着大颗大颗的汗珠，她的手里，仍然紧紧地抓着那个古埙。

“晓菲，你刚才在干什么？”陆安淇焦急地问道。

过了好半天，凌晓菲的情绪稍微平静了一些，她木然地摇了摇头，喃喃说道："我刚才，做了一个梦，梦见自己站在一条大江边上……"说到这里，凌晓菲突然看见了自己手里的古埙，她像是被蝎子蜇了一般，猛地将古埙扔了出去。

闵静妍听了凌晓菲的话，又看了看陆安淇和林惠两人满脸惊愕的表情，心里已经明白过来，就在刚才，她们四个人，全都被凌晓菲吹出的埙曲，带入了一个相同的幻觉之中。

闵静妍看了看其他三人，发现她们的表情也很怪异，知道她们大概也都想到了这一点。不过，这件事情实在太过匪夷所思了，大家心照不宣，谁都不愿意开口说出来。顿时，寝室里的气氛变得尴尬而诡异。

大家沉默了一阵，一直没有说话的林惠突然问凌晓菲："晓菲，你以前学过吹埙吗？你刚才吹的是什么曲子？"

凌晓菲摇了摇头，她的目光缓缓地移到了被她扔在地上的古埙上，恍恍惚惚地说道："那曲子，不是我吹的，是那个东西自己吹的！"

－9－

林惠见凌晓菲的精神状态实在太不好了，就没有再继续问她什么。她看了一眼地上的古埙，又回过头看了闵静妍一眼，问道："这东西，你是从什么地方弄来的。"

闵静妍似乎没有听到林惠的问话，她正目不转睛地盯着地上的古埙。越看越觉得那个古埙的形状像一个骷髅头。

林惠走了过去，拣起了地上的古埙，抬手准备将它扔出窗外。

这时，闵静妍突然站了起来，她猛地冲上前去，抓住林惠的手，喊道："不要扔，不要扔，我求你了！"

林惠看了闵静妍一眼，冷冷地说道："不行，这东西邪门得很，留下它后患无穷！"

“那是我的东西，要扔也得我来扔！你把它还给我！”闵静妍忽然像疯了似的，一把抢过林惠手里的古埙，嘶声吼道。

闵静妍拿着古埙冲出了寝室，此时的她，脑子里完全是懵懵懂懂的。她在校园里漫无目的地走着，也不知走了多久时间。当她终于停下来的时候，发现自己竟然在不知不觉中，又走到那片小树林里。

也许把古埙还给它原来的主人才是最好的选择。闵静妍这样想着，继续朝小树林深处走去。

闵静妍走到她遇见黑影的那棵大树附近，警察拉的警戒线还没有拆掉，周围空无一人。她站在警戒线外面，远远地看着那棵大树和树下那个触目惊心的土坑，想到那土坑里刚挖出过一具没有头颅的骷髅，身上有些不寒而栗。

犹豫了片刻之后，闵静妍似乎下了决心，扬手将手里的古埙朝着那棵大树扔了过去。古埙落到地上，又滚了几圈，刚好滚进了那个土坑之中。

走出小树林，天色已经渐渐黑了下来，闵静妍径直回了寝室。寝室里一个人也没有，桌上却摆着一盒没动过的饭菜。闵静妍端起饭盒，感觉到里面的饭菜还有些温热，忍不住鼻子一酸。

吃过饭后，闵静妍就在床上躺了下去，她在脑子里回忆着这几天来的经历，那些经历就像一场梦一样。可是，做梦也是很消耗体力的，如果这样的梦继续做下去的话，闵静妍敢肯定，自己的精神一定会崩溃。

没过多久，陆安淇回来了，她一眼看见桌上没洗的饭盒，又看了看躺在床上的闵静妍，脸色有些难看。闵静妍半坐起来，问道："安淇，晓菲和林惠去哪儿了？"

陆安淇憋在心里火气一下就蹿了上来，没好气儿地回答道："你还好意思问，我们怕你出事，分头出去找你，你可倒好，躺在床上睡大觉。你知不知道，我们连晚饭都还没有吃！"

闵静妍听了陆安淇的话，一下愣住了，诧异地问道："你们没有吃饭，那这桌上的饭菜……"

“谁知道是哪个心疼你的人给你留的，反正不是我们，我们为了找你，连自己的肚子都还没有顾上。”

“安淇，你干什么？说那些话干什么？”林惠刚好走进寝室，制止了陆安淇。

闵静妍心里有些过意不去，她看了看林惠身后，没有看到凌晓菲，赶紧从床上爬了起来，边穿衣服边说道：“晓菲还没有回来？我去找她。”

– 10 –

闵静妍一直找到很晚，几乎找遍了整个校园，都没有找到凌晓菲，最后只好无奈地回寝室。那天晚上，凌晓菲一直没有回寝室，而留在寝室里的三个人自然也为她担心了整整一晚。

事实证明，她们三个人的担心，并非杞人忧天，当她们第二天再次看到凌晓菲时，她已经变成了一具尸体，再也不能像往日那般活蹦乱跳，谈笑风生了。

凌晓菲死得很蹊跷，她是在校园里的一个小池塘里淹死的，那个小池塘的水一直都很浅，从来没有淹死过人，凌晓菲是第一个。

警察勘察了现场之后，初步判断凌晓菲是自杀身亡。其中一个警察看着凌晓菲年轻的尸体，又回头看了看那个浅浅的小池塘，惋惜地摇了摇头：“在这么小的池塘里淹死自己，得有多大的勇气啊。能有这样的勇气去死，怎么就不能活下去呢？”

对于凌晓菲的死，最伤心的还是闵静妍她们三个，她们压根儿就不相信，性格乐观的凌晓菲，竟然会选择自杀这种方式来结束自己的生命。

三个人垂头丧气地回到了寝室里，各自靠在自己的床上，谁都不想说话。此时，仿佛有一厚重的阴影压在她们头上，让她们喘不过气来。

不知道过了多久，陆安淇终于憋不住了，她像是自言自语般轻声说道：

“你们觉得，晓菲的死，会不会和她昨天吹了那个埙有关呢？”

林惠点了点头，随后又转过头去，盯着闵静妍看了一阵，终于还是忍不住问道：“静妍，那个破埙，你真的已经丢了吗？”

闵静妍抬头回望了林惠一眼，默默地点了点头，她的双眼里，隐约有晶莹的泪光闪动着。林惠看到她饱含委屈的样子，心里有些不忍，安慰道：“只要扔了就好，那东西有些邪门，留着不好。”

闵静妍再也控制不住自己，两行眼泪顺着脸颊流了下来，她哽咽着说道：“我不知道会这样的，如果早知道的话，说什么我也不会把那鬼东西带回寝室。”

“哼！现在说这些有什么用，晓菲都已经死了。”陆安淇不满地埋怨道。

林惠见状，急忙息事宁人劝解道：“好了，都别说了！人死不能复生，事情已经过去了，更何况晓菲自杀不一定就是因为吹了埙。”

“哎！”陆安淇叹了一口气，说道，“我就怕晓菲不是自杀！警察今天也就是初步判断，并没有下最后的结论。”

“安淇，你这话是什么意思？就算晓菲不是自杀，抓凶手也是警察的事，轮不到你我操心！”林惠听到陆安淇话里的火药味越来越浓，赶紧打断了她。

陆安淇暂时闭上了嘴，可没隔多久，她却嘤嘤地哭泣起来。闵静妍和林惠听到她的哭声，心绪更加不宁了。最后，林惠终于忍不住了，冲着陆安淇吼道：“安淇，你到底想要干什么？”

陆安淇抽抽噎噎地说道：“我也不想这样的，可是我心里害怕！”

“你怕什么？”闵静妍问道。

“我觉得晓菲的死根本就不是人为的……”

陆安淇的话音一落，三个女生就不约而同地闭了嘴。整个寝室一下陷入了一种诡异的安静之中，那种过分的安静，让人觉得格外阴森。

— 11 —

心直口快的陆安淇说出了她们三人都心照不宣，却又不敢去仔细琢磨的想法。可是，她们谁都不愿意，也不敢将这种想法继续延伸，只好不约而同地选择了沉默。她们默默地躺在自己床上，各自想着心事，谁也没有再开口说话，最后终于陆续睡着了。

夜里，闵静妍又做了噩梦，她梦到的还是那个白衣女子，那白衣女子依旧在对面的床上找着东西。

这一次，闵静妍屏住了呼吸，没敢再去惊动她。不知道过了多久，白衣女子似乎找到了自己想要的东西，高兴得手舞足蹈地转起圈来。闵静妍看到她转过面向自己方向看时，赶紧闭上了眼睛，她不想再次看到白衣上空荡荡，悬着一顶假发的恐怖情形。

随后，闵静妍就被林惠的尖叫惊醒了。闵静妍坐了起来，打开台灯，看见林惠满头大汗，脸色苍白，急忙问她怎么了。

林惠定了定神，用颤抖的声音回答道："我刚才做了一个噩梦，梦见一个白衣女子在安淇的床上找什么东西，后来她好像找到了自己想找的东西，在寝室里转起了圈，当她转到我面前时，我发现她竟然就是安淇！"林惠说到这儿，下意识地望向陆安淇的床，这才发现，床上居然空无一人。

林惠急忙转过头，向闵静妍投去了询问的目光，却发现闵静妍正愣愣地望着面前的桌子，表情十分古怪。

"你在看什么？安淇呢？她去哪儿了？"林惠问道。

但闵静妍没有回答她的问话，而是幽幽地说出一句无比恐怖的话来："你梦到的那个白衣女子根本不是安淇，她不过是拿走了安淇的头！"

闵静妍的话和她说话的语气，都让林惠感到毛骨悚然。但闵静妍自己似乎并没有意识到这一点，依旧痴痴呆呆地看着桌子。

那桌子上面难道有什么东西？林惠披上衣服，起身下床，走到那张桌子跟前，低头朝桌上看去。

桌子上面什么也没有！

不对，那上面有一双脚印！

看着桌子上的脚印，林惠脑海里浮现出凌晓菲生前站在桌子上吹埙的那一幕情形。这脚印难道是死去的凌晓菲留下的。

这绝对不可能！但如果不是凌晓菲的脚印，又会是谁的呢？林惠回头环顾整个寝室，当她的目光再次落到陆安淇那张空床上时，一种不祥的预感掠过心头。

陆安淇死得很惨，她从寝室的窗口跳到了楼下，落地的时候是头部先着地，整个脑袋都摔烂了，尸体摊在地上，就像没有了头似的。这让林惠想起了闵静妍说过的那句话："你梦到的那个白衣女子根本不是安淇，她不过是拿走了安淇的头！"

凌晓菲和陆安淇的相继离奇死亡，让闵静妍和林惠陷入了一种前所未有的绝望之中，每一分钟她们都生活在恐惧之中，因为她们谁都不知道，死亡会不会在下一秒，就降临到自己头上。

几天之后，警察来学校宣布了对凌晓菲和陆安淇死亡事件的最终调查结果，证实她们两人都是自杀身亡。而闵静妍和林惠也从消息灵通的同学那里听到了另一个消息，小树林里发现的那具无头骷髅，其实是十几年前在校园里离奇失踪的一个女生的尸骸，那个女生是民乐系的学生，当年她所学的乐器，就是埙。

– 12 –

逝者已矣！但活着的人还得继续活下去，闵静妍和林惠换了一个寝室，继续她们在音乐学院里的学业。只不过，闵静妍学习的乐器，由笛子改成了埙。

当时，林惠听到闵静妍要改学埙的时候，以为她疯了，她曾经试图劝说闵静妍改变主意，但闵静妍坚持自己的决定。

接下来的日子，闵静妍除了上课和练习以外，剩下的时间都泡在了图书馆里，她看的书全是一些艰深晦涩的典籍史料，而那些典籍史料，无一例外都和埙有关。

其间，闵静妍送给林惠一件奇怪的乐器。那乐器看上去和笛子差不多，只是管身要比笛子粗得多，也短得多，指孔比笛子要小，只有绿豆那么大。她告诉林惠，那也是一种古乐器，叫“篪”。

这天下课之后，闵静妍不知道去了哪里，一直不见人影儿。林惠一个人待在寝室里，等到很晚闵静妍都没有回来。她不由得有些担心，却又不知道该去什么地方找她。

夜深了，和衣躺在床上的林惠突然接到了闵静妍发来的一条短信：我找到害死凌晓菲和陆安淇的凶手了，快来小树林，带上我送给你的乐器。

万分惊讶的林惠顾不上多想，赶紧按照闵静妍的吩咐，带上她送给自己的篪，径直朝小树林冲去。

林惠一踏进小树林，耳中就听到了一阵低沉悠扬的乐曲，那乐曲仿佛带着一种魔力，引领着林惠身不由己地走进了小树林的深处。

在小树林的深处，林惠终于看到了闵静妍。

月光下，闵静妍正站在一块空地上吹着埙，一边吹还一边翩翩起舞。她舞得十分投入，状若癫狂。

“静妍，你在干什么？”林惠见情形有些不大对劲儿，大声喝问道。

她的话音刚落，闵静妍就停止了舞蹈，手里的埙也落到了地上，“啪”的一声摔成了几块陶瓷碎片。飘荡在小树林里的乐曲停了下来。与此同时，闵静妍像是虚脱了一样，整个人一头瘫倒在了地上。

林惠急忙冲到闵静妍身边，一把抱住她，焦急地问道：“静妍，你怎么了？”

闵静妍虚弱地张开眼睛，看见林惠，嘴角露出一丝欣慰的微笑，然后缓缓地抬起手来，指着林惠身后，有气无力地说道："他就是害死凌晓菲和陆安淇的凶手，十几年前失踪的那个女生，是他的学生，也是他害死的。"

林惠惊愕地回过头，顺着闵静妍手指的方向望过去，一眼便看见前面的一棵大树下，蹲着一个黑影。

"你是谁？"林惠喝问道。

"呵呵，你们成天都看见我，还不知道我是谁吗？"那黑影从树下站了起来，走到了空地上，借着月光，林惠终于看清了他的脸。

看着林惠满脸惊讶的表情，那人得意地笑了起来："你心里一定很奇怪吧，一个邋遢的校工，居然能吹出这么美妙的埙曲。"

"呸！"这时，靠在林惠怀里的闵静妍突然轻蔑地说道，"你少自以为是了，那曲子根本就不是你吹出来的，而是你手里的骨埙自己吹出来的。"

老校工的脸色变得十分难看，他狠狠地盯了闵静妍一眼，喊道："你胡说，那曲子就是我吹出来的！"

"是吗？那除了刚才那个曲子，你还能吹一首另外的给我们听吗？"闵静妍继续刺激着他。

"谁说不行，上次我就吹过你改编的那首'秋魂'，我这就再吹一次给你听。"老校工说完，把手里的骨埙凑到了嘴边。

小树林里又响起了悠扬的乐曲，老校工吹得十分投入，他完全没有注意到，闵静妍从林惠手里接过一支很像笛子的竹制乐器，缓缓地放到了嘴边……

– 13 –

医院里。

闵静妍醒了过来，她睁开眼睛，第一眼看见的，便是林惠灿烂的笑脸。

"他怎么样了？"闵静妍问道。

“这次，他真的变成痴呆了，学校已经把他送进精神病院去了。”林惠回答完闵静妍的问题后，又接着问道，“你是怎么知道他就是害死晓菲和安淇的凶手的？”

闵静妍笑了笑，说道：“我一直以为，他给我的是一个古埙，后来才知道，那其实是一个骨埙。”

“骨埙？”林惠有些不解。

“对，用人骨制作的埙，有乱人心智、噬人魂魄的神奇力量。”闵静妍说。

林惠将信将疑，低声嘟哝道：“真有那么厉害吗？”

闵静妍点了点头，继续说道：“埙这种上古乐器，最早的起源与先民的劳动生产活动有关，是先民们模仿鸟兽叫声而制作，用来诱捕猎物。古人语，‘正五声，调六律，刚柔必中，轻夺迷失，将金石以同恭，启笙竽而启批极’，就是把埙看作与钟、磬一样具有同等地位的神器。而埙在八音之中独占土音，也足以证明它的不凡。只不过到了后来，埙的制作方法失传了，这才变成了一种很普通的乐器。”

林惠听得有些糊涂，她皱了皱眉头，说道：“你能不能说简单一点，让我听得明白一些。”

闵静妍笑着点了点头，说道：“以前我们在校园里听到的传闻其实是真的，老校工姓拓，他年轻时的确是音乐学院里最有前途的教授，他主攻的乐器就是埙。他一直痴迷于研究上古时期埙的神奇力量，而且终于有了成果。为了验证自己的研究成果，他找来了自己最得意的一个女学生，让她配合自己做实验。其实，那个女学生一直都在协助他搞研究，深知这个实验的危险性。但是，那个时候，她已经爱上了拓教授，所以决定冒险帮他达成心愿。”

“那实验成功了吗？”林惠迫不及待地问道。

闵静妍眼神里掠过一丝淡淡的悲伤，摇了摇头：“如果实验成功了，那个女学生就不会死了，拓教授也不会时而痴呆时而正常了。”

“你的意思是说，拓教授的实验失败了，不但害死了那个女生，还害了他自己。”这一次，林惠总算听明白了闵静妍说的话。

“拓教授痴呆的时候，是一个安分守己的校工；可当他清醒时，就变成了一个执迷不悟的疯子。这样的反差，你觉不觉得有点讽刺意味。”闵静妍若有所思地发了会儿呆，又继续说道，“拓教授用那个女学生的头骨，制作了一个骨埙。而那个骨埙，确实具有了噬魂夺魄的恐怖力量。那天晚上，他在小树林里实验骨埙，我正好闯了进去，所以他决定让我来帮他完成实验。而我，毫不知情地把这个噩梦带回了寝室，没想到却害死了晓菲和安淇。”

说到这里，闵静妍的眼眶变得湿润起来。林惠见状，安慰她道：“你别自责，现在拓教授自作自受，已经受到了惩罚，咱们也算是为她们报了仇。对了，那像笛子一样的篪看上去那么不起眼儿，怎么就能克制拓教授吹奏的埙曲呢？”

“音律以‘和’为最高境界，能与埙的音律相和的乐器，唯有篪这种古乐器。那天晚上，我骗他用埙吹奏我自己改编的曲子，是因为他对那首曲子的熟悉程度，远远赶不上我，所以在他吹埙的同时，我用篪吹奏同一首曲子，就是利用‘埙篪相和’的原理，来消解掉骨埙的戾气。不过，我在音律方面的造诣不够精深，无法将骨埙的戾气完全消解掉，那戾气反噬拓教授，让他变成了彻底的痴呆。”

闵静妍说完之后，见林惠怔怔地盯自己发愣，脸上写满了疑惑和不解，便随口说道：“怎么了？你不相信我说的话啊。”

林惠这才回过神来，脱口说道：“不是我不相信，是你讲的东西太离奇了，我一时有点难以接受。我觉得吧，你说的那些事情，根本就不是用一件乐器所能做到的，倒是传说中的巫术才能做到。”

闵静妍点了点头，说道：“你说对了，在历史上的某个时代，用人骨制成的骨埙，确实是某些大巫师修炼的法器。”说完之后，她感到有些疲倦，便靠着床头，微微地闭上了眼睛。

林惠心里还有一点疑问没有解开，赶紧伸手推了推闵静妍的肩头，说道："你先别睡，我还有最后一个问题要问。"

"什么问题？"闵静妍懒洋洋地问道。

"你是怎么知道这么多事情的？"

"我在图书馆里研究有关埙的典籍史料时，无意中发现了那个女生藏在一本书里的日记，还有她藏起来的拓教授的一部分实验笔记。"回答完林惠的问题后，闵静妍便沿着床头滑了下去，整个人都躺在了床上。

不一会儿，病房里就响起了很轻微的鼾声。

ACADEMY OF MUSIC

故事三　魅发之刃

灯光里，脸色苍白如纸，眼妆很重，唇彩很红，特别是她的一头长发一直垂到胸前，黑漆漆的，活脱一个贞子。

花想容

－1－

离音乐学院的公开演出还有不到一个月的时间，女生小提琴组合的三位主角收到了老师蒋进带给她们的一个好消息，国内当红的小提琴情侣组合——乔羽尘和唐苇要来他们学校表演并客串老师。

孟婧第一个跳起来欢呼，她床头就贴着乔羽尘的巨幅海报，一身黑色中山装一把白色小提琴，忧郁的眼神里能飞出音符来。连平时最娴雅的梅兰兰都兴奋得满脸通红了，可是叶莺看起来却出奇的冷静。然而谁也不知道，她冷静的背后是万丈狂澜，以至于失眠了一整夜。

第二天孟婧看到叶莺时吓了一跳，只见叶莺的脸色苍白，眼圈却发黑，而且眼里布满了血丝。孟婧以为叶莺生病了，可是她却说自己没事，不耽误晚上看乔羽尘的演出。

“婧婧，我知道你是暗恋蒋老师的，所以你可不能移情别恋哦。”梅兰兰突然在一边细声细气地说。

孟婧笑了：“我暗恋不暗恋蒋老师不重要，重要的是我不会跟你抢乔羽尘的，那是属于你的梦中情人。”

“你们两个花痴，人家有了唐苇那个大美女，会看上你们？”叶莺望着她们很鄙夷地说。

那两个女生不说话了，有点垂头丧气的样子，一直到蒋进告诉她们乔羽尘答应和她们单独会面，她们才又兴奋起来。

晚上，当乔羽尘和他的美丽恋人一起出现在舞台上时，那些女生的尖叫声快把礼堂的屋顶掀翻了。乔羽尘身穿白色礼服，一把黑色的小提琴在他的肩上像是隐没在云里的精灵；唐苇身穿黑色抹胸晚装，配一把白色的小提琴。倒像人是静的，而琴却是动的。两个人合奏一曲舒曼的《梦幻曲》，配合得天衣无缝。乔羽尘的风格偏静，是曲子里柔和静谧的部分，唐苇则是曲子里那些不安分的元素，跳跃出灵气。而他们最绝妙的地方在于，乔羽尘是左手按音，右手拿弓，唐苇是左手拿弓，右手按音，所以又形成了一种对称的完美。

三个女生听得如痴如醉。叶莺的思绪飘得最远，这是一首怀念童年的曲子，叶莺似乎跟着曲子回到了过去，再一次想起了那一段黑色的记忆，不由心绪翻涌。

将演出的气氛引向高潮的是一首很狂野的曲子《Explosiv》。如果说乔羽尘的样子还是很优雅，他的奔放是用小提琴体现出来的话，那么唐苇的奔放则是全方位的。她拉琴的时候，身体随着音乐舞动，因此，她那齐腰的金黄色长发像麦浪一样翻滚，像看得见的琴声，让她整个人像女神一样光芒万丈。所以这个时候，乔羽尘就像落在礁石上的一只白鸟，在波涛中怡然自得。

“世间也许只有这样的女子，才能配得上这样的男子吧。”梅兰兰不由地惊叹道。

叶莺没说话，她觉得自己就像一个旁观者，那是一种想看清楚却又看不清楚的感觉。

散场后，蒋进悄悄地把她们带到学校附近的一家酒店。在酒店的咖啡厅里，三位女生见到了刚才在舞台上可望而不可即的乔羽尘。这个时候，乔羽尘脱掉了白衣，换上了黑衣，显得更安静了。他用很温和的声音跟三位女生讲话，话不多，更多的时候是听她们说，脸上挂着一丝若有若无的笑容。他的女伴唐苇没有露面，可能已经回房休息了。好在唐苇不在，三个女生便没了压力，聊得很开心。

孟婧突然问乔羽尘："你跟蒋老师是怎么认识的啊？"

"我和他是中学的同窗。"乔羽尘温和地说道。

显然孟婧和梅兰兰都有一些吃惊，不约而同地"哦"了一声。而叶莺比那两个人的反应强烈多了，她没有叫出声，却把面前的一杯咖啡打翻了，咖啡全泼到了她的米色百褶裙上面。

另外两位女生手忙脚乱地给叶莺擦裙子，蒋进忙着给她们递纸巾。乔羽尘这个时候躲在一边悄悄地打了一个电话。

几分钟后，一个美丽的女子出现在咖啡厅。女子很随意地穿着T恤衫和短裤，一双笔直修长的腿迈着轻盈的步子朝他们走来。是唐苇，这个时候她已经卸了妆，却比浓妆时更令人惊艳。白皙如玉的肌肤，及腰的金色长发。唐苇把一条牛仔七分裤递给了叶莺："对不起，我平时不大穿裙子，所以只有裤子。不过这条是新的，还没有穿过，你先凑合一下吧。"

叶莺有些受宠若惊，赶紧道谢。唐苇递了裤子就走了，乔羽尘一直没说话，始终用温柔的目光看着唐苇，目送着她离去。

散场的时候，乔羽尘和三位女生互相留了手机号码。乔羽尘答应除了做她们班的客座老师之外，还会私下辅导她们的演出曲目，三位女生又欣喜了一回。

回到宿舍，她们还意犹未尽。宿舍原本住着四个人，因为有一个女生正休病假，所以就只有她们三个人。她们洗漱之后上了床，又聊了会儿天才有睡意。叶莺昨天夜里没睡好觉，所以很快就迷糊了。可是她在半梦半醒之间，突然听到旁边的床上有动静。

叶莺一下子就被惊醒了，她看到梅兰兰把床头的台灯打开了，坐在床上化妆。叶莺的头皮一下子就炸开了。她惊叫道："兰兰，大半夜的不睡觉，你化哪门子妆啊？"

听到声音的梅兰兰却把食指放在嘴唇下面，做了个噤声的手势，提醒叶莺不要吵醒孟婧。然后，梅兰兰又自顾化起妆来。她的妆化得很浓，灯光里，脸色苍白如纸，眼妆很重，唇彩很红，特别是她的一头长发一直垂到胸前，黑漆漆的，活脱一个贞子。

梅兰兰化好妆，站起来，把白色长裙的腰带系好，然后飘然走出宿舍。叶莺看得头皮发麻，想去阻拦，却发现自己浑身无力，竟是一动也不能动。难道自己已经睡着了？刚才的那一幕是梦魇？叶莺费劲地想着这个问题，觉得大脑越来越沉，慢慢地失去了所有的意识。

第二天早上叶莺还没有睡醒，就被梅孟婧推醒了："兰兰不见了！"

睁开眼睛，叶莺看到孟婧披头散发地站在自己面前。

她们赶紧穿戴整齐，然后去找梅兰兰，可是哪里都不见她的踪影，她的手机也一直无人接听。打了很多遍手机的叶莺在上课之前，听到一个同学说，她在礼堂外面听到了梅兰兰的手机铃声——《梁祝》的音乐。

得到消息的蒋进带着几个同学奔向礼堂。打开门，他们都惊呆了。

舞台上，昨天晚上的背景还在，那是海洋的幕布。蓝色的海洋上，梅兰兰以泳姿静静地躺在上面，裙子很整齐，脸色竟然还有些红润。

她的呼吸和心跳都正常，只是昏迷了。可是，所有的人都惊叫着，特别是孟婧的声音最大。

这声音竟然把梅兰兰给吵醒了。她睁开眼睛，茫然地看着大家，突然感觉到不对，用手去摸自己的脑袋。

满头的黑发一根也没有了，她那光秃秃的脑壳泛着青光，两只乌黑的眼睛瞪得大大的。梅兰兰自己也开始尖叫起来，那叫声带着浓重的哭腔，使得她的模样看起来更为怪异。

– 2 –

梅兰兰在宿舍里躺了一天。叶莺没有上课，蒋进安排她陪着梅兰兰。梅兰兰一直不吃不喝不说话，只是坐在床上哭，叶莺问什么她都不说。

中午的时候，孟婧回到了宿舍，除了带回来一大包好吃的，居然还有一副漂亮的假发。梅兰兰看到假发，眼睛亮了一下，不哭了。叶莺帮着孟婧给梅兰兰戴假发，片刻工夫，梅兰兰就还原成秀发如云的美女了。假发比梅兰兰原来的头发还漂亮，板栗色富有光泽，一直垂到腰间。

“哇，兰兰，你这个样子比原来还要好看呢，简直是风情万种了。”叶莺赞叹着。

“这样一来，咱们的提琴三人组表演的时候，兰兰肯定是最抢眼的那个了。”孟婧也赞叹着，“呀，兰兰这个样子看起来怎么像……像唐苇呢？莺莺，是不是，你说呀！”

叶莺听到唐苇的名字，心里一惊，嗔道：“婧婧，别乱说。”

接下来，叶莺又开始失魂落魄起来。她此前的夜不能寐，心乱如麻，以及此刻的失魂落魄，皆是源于那一段记忆被翻了出来。

那是叶莺上初一时的事情。叶莺上中学读的是艺校，学的是声乐，初中加上高中一共是六年，寄宿在学校。那个时候她和另外五个女生挤在一间宿舍里，那是个冬天的周末，大部分同学回家了，或者出去玩了，只剩下叶莺和另外一个叫袁梦的女生。

那天中午她们写完作业才午睡，叶莺一直睡到天快黑了才迷迷糊糊地醒来。朦朦胧胧中，她听见了“嗡嗡”的声音，夹杂着女人的哭声。她开始以为自己是在做噩梦，却怎么也醒不来。那种嗡嗡声使她的头皮发麻，那哭声更令她心惊。

她终于睁开眼睛的时候，发现宿舍里除了她和袁梦，多了一个不明身份的人。

那个人发现叶莺醒了，立刻冲她说："不许动！不许出声！"声音粗哑，是个男生！

叶莺吓得一动也不敢动。她发现那个男生穿着很厚重的羽绒服，脸和头都蒙着，只露出一双眼睛，射出邪恶的光芒。

男生紧接着走到她的面前，用一块黑布将瑟瑟发抖的叶莺的双眼蒙住。这个时候，叶莺的右手悄悄地伸到了枕头下面，将一把小巧的水果刀紧紧地握在手里。她想，如果他敢侵犯我，我就以死相拼！

当男生的手揪住叶莺的长发时，一阵剧痛让她不顾一切地喊了一声"救命"。她握着水果刀的手还没有从被窝里伸出来，便听到了撞门的声音，然后，一个人破门而入。

那个人一进来，男生就撒手跑了。男生是跳窗逃走的，她们的宿舍在一楼，不会摔伤。

叶莺仍然没有从惊魂中回过神来，颤颤地问："你是谁？"

那个人说："别问我是谁，也别睁开眼睛。如果知道我是谁，以后你们会难堪的。你的同学吓坏了，她的头发没了，你也差了一点儿……别害怕，我来给你们拉一支曲子，舒缓一下你们的情绪吧。"

听声音，也是一个男生。然后，宿舍里就开始回荡小提琴的旋律了。叶莺当时不懂这是什么曲子，只记得旋律很美。直到她后来学习小提琴之后，才知道那首曲子叫《纪念曲》。

男生拉完琴说："我走了，我会报告你们的老师，让她来看望你们的。"

叶莺却说："别走！如果我不能看到你的样子，那我能不能摸摸你的小提琴？"

男生同意了。叶莺从床上坐起来，把琴捧在手里摩挲，感受着小提琴那优美起伏的弧线。这个时候，叶莺听到袁梦在小声哭泣，男生就过去安慰她。叶莺趁这个时机，用手里的水果刀在提琴的底部轻轻地划了一下。

那个男生走了之后，叶莺才把脸上的布拿掉。这个时候她们的室友丁玉回来了，看见袁梦的样子就大叫起来。叶莺看到袁梦的样子也吓坏了，如刚才的男生所说，袁梦的头发被剃光了，泛青的脑壳光溜溜的，说不出的怪异。袁梦在丁玉的怀里哭着，讲述刚才的经过。

讲完之后，丁玉忽然说："我刚才在操场上跑步，看到有一个人从咱们宿舍的窗子里跳出来，就穿着黑色的羽绒服。我以为是贼呢，就赶紧跑了回来，没想到……"

这件离奇而诡异的往事到这里就没有了下文，就此尘封。学校秘密调查了很久，那个穿羽绒服的男生仍然没有浮出水面。

而那个拉提琴的男生，叶莺一直也不知道他是谁。后来叶莺打听到，高中部有一个小提琴班，里面的学生都是学习小提琴的，班里的男生一共二十几个。所以，那个拉琴的男生应该就在那里面。后来，叶莺注意到，男生里面有一个叫乔羽尘的，长相清秀，气质优雅，她看过他们的表演，他的琴是拉得最好的。

那个时候，叶莺是个腼腆害羞的小女生，不敢主动去跟乔羽尘说话，更不敢问他是不是给她拉过琴的那个男生。再后来，男生就毕业了。

这件事一直尘封在她的记忆中，像一个烟雾里的谜题。她本来决定永远不揭开谜底的，就算是事隔多年，乔羽尘又出现在自己面前。

叶莺想了一个晚上，第二天跑去找蒋进，她问："蒋老师，你和乔羽尘是哪个学校的同学？"

"未来艺校，那里有一个小提琴班，我和他在一起学习的小提琴，我们的关系一直很好。说来惭愧，人家都成大明星了，我却……"蒋进自嘲地笑起来。

蒋进笑的时候像是一棵阳光下的向日葵，叶莺知道，班里的女生几乎都暗恋着这个阳光帅气的年轻男老师，只是自己不知道为什么，一直喜欢乔羽尘那样的男人。

原来蒋进也是那个小提琴班里的男生，自己怎么一点印象都没有？难道男人也会十八变吗？如果是这样，那个给自己拉《纪念曲》的人会不会就是蒋进？

叶莺看着蒋进，心中一动，却是欲言又止。此刻她心里想的是，如果蒋进有可能是拉小提琴的男生，那么，同样也有可能是穿黑色羽绒服的男生！

同理，乔羽尘亦然。

– 3 –

每个周五放学后，蒋进都会背着大包乘校门口的公交车去长途汽车站，再坐长途汽车去一百公里外的另一个城市看望女朋友。

叶莺看着蒋进上了车，然后不露声色地去食堂吃晚饭，接着去学校的阅览室看书。这个时候，梅兰兰和孟婧在外面看电影，叶莺借口说电影不好看没和她们俩一起去。

等到八点钟，离阅览室关门的时间还有一个小时，叶莺把看了一半的杂志放回架子上，然后悄然离开。

校园里的人不多，也没有碰见熟人。叶莺一直走到教师宿舍楼，然后趁看门的大妈在专心看电视剧的空隙，从窗子下面猫着腰偷偷溜了进去。

蒋进的宿舍门比想象的还要容易开一些。平时不太注重细节的蒋进没有把门反锁，因此叶莺手里的那把万能钥匙没几下就打开了门。那把钥匙是她一年之前一时好奇在网上买的，没想到这个时候派上了用场。

屋子里略显凌乱，但对于一个单身男人来说算是好的了。叶莺不是第一次来蒋进的宿舍，所以她熟悉这间屋子的布局。最重要的是叶莺知道，窗户边上那排书架的玻璃橱窗里，有一把搁置不用的小提琴。蒋进说过，那把琴是他以前用的。只是叶莺那个时候根本就没想到蒋进会是她的校友、她的学长，也是那个提琴班的一员。她想，一定是蒋进的模样变化太大了，以至于她对他毫无印象，而且，蒋进说话的声音也不太像那个拉琴的男生。

而乔羽尘，他虽然相貌上没有什么变化，但叶莺也不能根据他的声音判断他是不是拉琴的男生。拉琴的男声讲着一口好听的普通话，蒋进和乔羽尘也是。而且蒋进和乔羽尘说话的声音很接近，都有点像又都不像，可能是时间太久了，记忆中的声音已经在叶莺的脑海里变得不真切了。

叶莺这么想的时候，已经将书橱的玻璃门打开，将那把小提琴拿出来。

那是一把刷着橘红色油漆的木质小提琴，尽管放在书橱里，也蒙上了浅浅的一层灰尘。叶莺把这把琴翻转过来，一眼就看到琴身上有一处划痕。

叶莺的心和手都颤抖起来。她用手指轻轻地抚摸着那处刀痕，痕迹已旧，亦有岁月的印迹。

就是这把小提琴，在叶莺年少最恐惧最无助的时候，拉响了一首《纪念曲》，令自己和袁梦没有因那件事留下伤痕。对于叶莺来说，那段经历，是阴暗与阳光的结合，如今回想起来，更多的是温暖。

原来拉小提琴的男生不是乔羽尘，也不是别人，正是蒋进，她的老师。

她把小提琴放回原处，看到书架上摆着一张蒋进和女朋友的照片。那是一个和蒋进一样阳光的女孩。

叶莺想，蒋进肯定是认得自己的。就算自己的模样令他认不出，他也会记得自己的名字。而他从来不提这件事，肯定是害怕她难堪，更不愿意让她回忆起那段黑暗的记忆。不过，已经过了这么多年，如今叶莺已经成人了，可以坦然面对那件事了。

她没敢在房间里多停留，把门打开一道缝，趁走廊上没人悄悄地溜出了出去，把门关好。她走出教师宿舍楼的时候，看门的老太太奇怪地看了她一眼。叶莺笑着跟老太太点点头说："阿姨再见！"趁老太太未反应过来的时候，她赶紧溜了。

叶莺回宿舍的路上想，现在已经知道了，拉琴的男生是蒋进，那么，乔羽尘不但不是拉琴的男生，反而极有可能是穿羽绒服的男生！不然为什么这么巧，如今他刚出现，梅兰兰就被剃发了。还有，叶莺想起来梅兰兰戴上假发之后，孟婧有意无意说的那句话："兰兰这个样子看起来怎么像唐苇呢？”

她的心里“咯噔“一下，突然想，难道唐苇的脑袋也是光的？她那头飘逸的华丽的金色长发根本也是假的？想着想着，叶莺觉得自己的思路突然就畅通了，但是畅通的通道尽头并不是光明，而是更多的黑暗。

回到宿舍之后她就给蒋进打电话。电话通了，传来了蒋进一贯阳光的声音。叶莺的声音带了一点点委屈：“蒋老师，你为什么不告诉我，你就是当年救了我的那位学长？”

蒋进用茫然的语气说：“是叶莺吗？你在说什么？我怎么听不明白。”

叶莺就把当年的事情讲了，然后说：“蒋老师，那个人一定就是你！你为什么不承认？我现在已经长大了，已经可以承受，可以面对了！”

可蒋进仍然说：“你说的这件事我从来没听说过，我更不是那个给你拉琴的人。”

叶莺想，蒋进还是不愿意承认。或许，是因为他的女朋友在一边，他有所顾忌吧。

沉默了许久，蒋进突然说：“我虽然很难相信乔羽尘会是那个穿黑色羽绒服的男生，但从前几天发生的事情，再联系你说的这件事，并不能完全排除这个可能。叶莺，我明天就回学校，到时候我和你一起去找乔羽尘。如果真的是他，我们一定要让他受到惩罚！”

叶莺刚挂了电话，梅兰兰和孟婧就回来了。梅兰兰这时候的精神状态看起来好多了，基本恢复了平常的样子。她说看了一场电影放松多了，只是前几天没有睡好，所以这会儿只想睡觉。

没过多久梅兰兰就睡熟了。叶莺走到孟婧跟前小声说：“婧婧，咱们去阳台上聊会儿天吧，我有话要跟你说。”

孟婧说：“正好，我也有话要跟你说。”

– 4 –

她们到了阳台上，孟婧先开口:“兰兰今天晚上告诉我那天晚上的事了。那天晚上她正准备睡觉，竟然看到了乔羽尘发来的短信。短信里说，他在学校的礼堂里等她，要单独辅导她拉琴，并说她不必带琴了，让她试试他的琴。于是梅兰兰就去了，还特意打扮了一番。可是，她进了礼堂之后发现空无一人，正纳闷时，忽然闻到一股特别的味道，然后就什么也不知道了，后来的事你也看到了。”

听了孟婧的话，叶莺并没有过于惊讶。孟婧的话只是证实了她的猜测——乔羽尘是坏人。

于是，叶莺就把自己知道的事全部告诉了孟婧。显然孟婧的反应比叶莺强烈多了，她愤愤地说:“我要去找乔羽尘！”

“你疯了！”叶莺说。

“我没疯！我明天就去找他！我要当着唐苇的面揭露这个披着羊皮的狼！没关系，有唐苇在，乔羽尘不会把我怎么样的。”

叶莺想了片刻说:“好吧，明天咱俩一起去。蒋老师也说明天去找他呢，也许咱们会撞到一起呢。”

第二天叶莺和孟婧起得很早，她们知道周六梅兰兰一向会睡到大中午的，于是也没有吵醒她，两个人悄悄地走了。

乔羽尘住的酒店离她们学校很近，两个人走了一会儿就到了。门铃响了一会儿，门开了，开门的人正是乔羽尘。他看起来并不是刚睡醒的样子，白衬衫穿得很整齐，头发也梳得一丝不苟。他看到两位女生有些惊讶，然后微微笑了一下，说:“两位妹妹，请进。”

她们进去之后，看到房间里并无他人，叶莺问:“唐苇姐呢？”

“哦，她说天气不错，想一个人出去走走。”乔羽尘说着，并给她们各倒了一杯咖啡。

叶莺和孟婧对视一眼，目光交流的内容是：情况在预想之外，唐苇不在，还要不要跟乔羽尘摊牌？

既然来了就别无选择，摊牌！

乔羽尘注意到了她们的异样，奇怪地问："你们有什么事儿吗？先坐下来喝杯咖啡吧。"

孟婧忍不住了，走到乔羽尘面前，大声说："乔羽尘！你不要再装君子了，我们今天来是想揭穿你的！梅兰兰那么喜欢你，那么爱你，你却把她……"

"梅兰兰怎么了？到底发生什么事儿了？"乔羽尘不解地皱了皱眉头。

"你还不承认，好吧，我把你做过的事再给你重复一遍！"孟婧的口才很好，一口气把梅兰兰那晚被人剃发，叶莺当年的经历，以及蒋进就是当年救下叶莺的人这些事全说了。

乔羽尘的表情很复杂，但自始至终，他的目光一直是坦荡的。等孟婧说完了，乔羽尘说："我明白你的意思了，你是说，我就是把袁梦和梅兰兰的头发剃掉的人，是吧？"

"你承认吧，不是你又是谁？"孟婧鄙夷地说道。

"你刚才说得很快，所以，你忽略了一个细节。你并没有说你们是怎么知道蒋进就是拉琴的男生的。好，我来告诉你们，那是因为你们看到他当年用的那把小提琴了。那把琴的反面有一道刀痕，是吧？"乔羽尘缓缓地说。

叶莺惊讶地问："你是怎么知道的？是蒋进告诉你的吗？"

"蒋进并不是拉琴的男生。你们跟他核实了吗？难道他承认了？"乔羽尘望着叶莺问道。

"不，他没有承认，我想那是因为他为我着想。我不敢告诉他我偷进他的宿舍，所以我没有说刀痕的事情。我想，这也许是我们彼此心中的默契吧。"叶莺不安地说道。

"呵呵，"乔羽尘微微一笑，"他肯定不会承认，事到如今，为了澄清我自己，我就跟你们坦白好了，拉琴的男生就是我。”

叶莺看着乔羽尘，不说话。其实她一直都幻想着这个男人就是给她拉琴的男生，事到如今，还有没有这个可能?

“怎么？你不相信吗？那么你就去问问蒋进，他宿舍里的那把小提琴是不是我的。当年我们毕业的时候，为了给彼此留下记忆，就交换了小提琴。虽然后来我们都有了更好的琴，但是都一直珍藏对方的着那把琴。”乔羽尘说。

他的眼神还是那么纯净，一如往昔。叶莺正在恍惚之际，却见乔羽尘把自己那把黑色的小提琴拿起来，拉了一支《纪念曲》。

这么多年过去了，尽管叶莺听过无数次《纪念曲》，但都没有找到当年的感觉。而现在，当这支曲子又响起，叶莺终于确信了，就是他！

且不说叶莺并没有向乔羽尘说出曲子的名字，只听琴声便知。还有谁能把这首《纪念曲》拉得这么悠扬柔丽，余音绕梁?

曲毕，叶莺的眼睛湿润了。她对乔羽尘说：“对不起，我错怪你了。”然后，她看看孟婧，却见她在发呆。

“当年你为什么正巧经过我的宿舍？你究竟看到那个男生没有？你知道不知道他是谁？”叶莺突然想起什么，问道。

“我那天在琴房练完琴，去你们的宿舍楼给我妹妹送东西。我经过你们宿舍的时候，听到了你的叫声，于是我就冲了进去。我把门撞开的时候，看到了那个男生。他穿着黑色的羽绒服，显得有点臃肿。可是他跳窗的姿势很敏捷，所以，其实他并不胖。那天不算太冷，他之所以穿这么厚，可能正是为了掩饰自己的身份。”

刚才一直发呆的孟婧突然问：“乔哥，你说，那个人会不会就是蒋老师呢？”

孟婧这句话一出口，房间里就沉静了一小会儿。叶莺心底开始冒寒气，那是一种无法抵挡的恐惧。

“我想，可能不会吧。”乔羽尘说话的时候，底气不足，模棱两可。

这个时候，乔羽尘的手机突然响了。他接起来："是蒋进啊，我在酒店呢。好啊，那十分钟后还在咖啡厅见。哦？去远一点？好吧，行，那半个小时后见。"

–5–

按照昨天所言，蒋进已经回来了，而且回来后立刻约见乔羽尘。他为什么不同意在酒店里见面，而是去相对较远的醉心茶楼呢？是害怕碰见谁？他在害怕什么，又在逃避什么？

"这样吧，你们先回学校，我去跟蒋进谈谈。如果他真的做了不该做的事，我不会放过他的。"乔羽尘对叶莺和孟婧说。

叶莺和孟婧表面上同意，却在暗地里交换了一下想法。她们的想法竟然一致，偷偷跟着他们到现场，看看到底会发生什么。

乔羽尘开着自己的车去醉心茶楼，叶莺和孟婧佯装回校，却拦了一辆出租车奔向醉心茶楼。

她们俩下车后没急着进去。乔羽尘的车子已经停在门口了，但不知道蒋进来没来，他没有车子。两个人等了一会儿，约摸着蒋进已经进去了，才开始行动。

孟婧这个时候拿出了自己的绝技。这招数她一般不用，可谓深藏不露。孟婧在三个女生中虽不是最漂亮的，却是最活泼可爱的。不一会儿，她就搞定了一个帅哥服务生，套出了乔羽尘和蒋进约会的地方，是一个包间。她们是不可能进入包间的，所以不能偷听他们的谈话了。于是她们只好守在茶楼的门口，在一个电话亭后藏着。好几个小时过去了，两个人的腿都酸麻了，才看见乔羽尘和蒋进出来。

他们出来的时候，表情和姿势都没有异常，看起来还是很亲密的一对朋友。他们俩在门口交谈了几句，然后分手。乔羽尘开车离开，蒋进则步行过了马路，走进了一家书店。

叶莺和孟婧兵分两路，叶莺跟踪蒋进，孟婧跟踪乔羽尘。她们将各自了解被跟踪人的行踪。可叶莺在书店门口等了半个多小时，才看到蒋进手里提着几本书走出来。她想，蒋进这个时候还有心思逛书店，是不是代表着没有大事发生呢？最起码，蒋进没有在乔羽尘面前败露。

看着蒋进上了回学校的公交车，叶莺也挤了上去。蒋进看到她有些惊讶，叶莺急忙说："蒋老师，我一直在等你，你跟乔羽尘谈得怎么样？"

"你和孟婧找过乔羽尘了，你应该知道拉琴的男生就是他了。所以，你不会再误认为是我了吧？"

"可是，那个剃发的男生到底是谁？"问的时候，叶莺看着蒋进的脸，注意着他的表情。

可是蒋进的脸一如往常阳光明媚，就如同乔羽尘一贯的纯净清澈，叶莺找不到一丝破绽。

"还不知道，我们一起调查吧。如果报警，我们就可以知道那天晚上给梅兰兰发短信自称是乔羽尘的手机号码是谁在用了。"

"那我回去跟梅兰兰商量一下，说服她报警，否则还会有更多的女生受伤害。"

他们回到学校已经是傍晚了。叶莺回到宿舍的时候，孟婧还没有回来。

"你们一整天都去哪儿了？"梅兰兰颇有些不满地问。

"我们一起去吃晚饭吧，我有话跟你说。"

校门口的小餐馆里，她们要了一份鱼香茄子，一份番茄鸡蛋，两份米饭，一边吃一边聊。叶莺把这两天来的收获毫无保留地跟梅兰兰说了，毕竟她是受害者，不能瞒着她。

听完，梅兰兰想了一会儿说："我听你们的，咱们明天就跟学校领导说，然后去派出所报案。是我太自私，不想声张这件事。对了，孟婧这会儿在哪？她跟踪乔羽尘不会出什么事儿吧？"

叶莺也在担心，她一直都想给孟婧打电话，但害怕孟婧不方便接，那会帮了倒忙令她暴露。这会儿听梅兰兰一说，她再也撑不住了，拿起手机给孟婧拨电话。

电话通了，却无人接听。两个女生匆匆吃完饭，赶紧回宿舍。可是宿舍里空无一人。

“我们去礼堂看看吧。”梅兰兰说。

叶莺心里一紧，她们飞快地朝礼堂奔去。因为上次梅兰兰出了事，因此学校在礼堂门口安置了监控设备。所以，如果孟婧真的在那里，监控录像一定会记录下所有的罪恶。

可是，她们到了礼堂才发现，那里正准备放电影。礼堂里已经坐满了师生，孟婧不可能在这里。她们去教师宿舍楼找蒋进，却发现蒋进不在宿舍，打他的手机也打不通。叶莺从手机里调出乔羽尘的手机号码，给他打电话。

接电话的人却是唐苇，她说乔羽尘不在，不知道去哪里了，还问是不是出什么事了。

虽然叶莺嘴里说没出什么事儿，但她知道，肯定是出什么事了。叶莺掏出手机刚想报警，手机却先响了，是孟婧。

“莺莺，我在宿舍，你快回来。”孟婧说。

虽然孟婧说她在宿舍，这是个好消息，可是叶莺却觉得不对，因为孟婧的声音状态很不对。叶莺拉着梅兰兰跑回宿舍，一眼看见孟婧坐在床上。孟婧的人看起来好端端的，可是头发……

头发还有，可是已经不是从前的模样。孟婧以前是漂亮而有个性的短发，现在则是像唐苇和梅兰兰那样的及腰长发，与她们不同的是，她的头发是黑色的。

孟婧朝她们苦笑了一下，然后扯掉了自己的头发。是新剃的光溜溜的泛青的脑壳，叶莺的耳边仿佛又听到了推子“嗡嗡”的声音。

– 6 –

“到底是怎么回事？怎么成了这样？”叶莺快疯了。

“我跟着乔羽尘一直到酒店，可是被他发现了。于是他就请我到他的房间里喝咖啡。我喝完咖啡就走了，穿过街心公园的时候，我忽然觉得身后有人跟踪我。我还没来得及回头，就闻到了一股特别的气味，然后，我就什么都不知道了。我醒来的时候，发现自己躺在公园的灌木丛里，我摸了摸头发，发现自己戴着这样的假发，原来的头发已经没有了……”孟婧哭着说。

梅兰兰把孟婧抱在怀里安慰着，叶莺把那副假发重新给孟婧戴好，说：“我发现你们俩戴假发还挺好看的，要不，我也把头发剃了，咱们三个人都戴这样的假发，表演小提琴的时候，一定很拉风……”

“这两天我已经想通了，觉得光头挺好的，都省洗发水了。还有，我的好奇心得到了满足，看到了自己光头的样子，婧婧，你说是不是？”梅兰兰笑着说。

孟婧破涕为笑了：“是啊，莺莺，你也把头发剃了吧，到时候咱们表演时也不戴假发了，就光头上场，那才真的拉风呢！”

三个女生说笑了一会儿，气氛轻松多了。

“玩笑归玩笑，咱们明天一早就报警，一定要把真正的坏人找出来！”孟婧说。

“到底是谁干的呢？你是刚从乔羽尘的房间里出来的，难道真的是乔羽尘？”梅兰兰皱着眉头思索道。

“那也不能排除是蒋进干的。学校离酒店很近，他又不在宿舍里，手机又关机，是完全有可能的！”叶莺接着分析道。

“太可怕了！到底是谁？”孟婧心有余悸地说。

叶莺不说话，想了一会儿，翻箱倒柜找出了一本中学时的毕业纪念册。

她打开，扉页上有她们班的集体照。叶莺的左边是袁梦，右边是丁玉。叶莺的身高适中，袁梦比叶莺矮了一些，丁玉比叶莺高了许多。

丁玉是当年看到穿黑色羽绒服的男生从窗口跳出去的唯一目击者。叶莺继续翻纪念册，翻到丁玉的那一页。那里贴着丁玉的一张照片，是她们一起过生日时，丁玉做饭的照片。照片里丁玉系着围裙，左手拿着铲刀，右手比划了一个“V”字。

那个时候丁玉长得不好看，瘦高干巴的个子，稀疏泛黄的短头发，皮肤还很黑。

找到丁玉的电话号码，叶莺给她打电话。初中毕业之后，袁梦和丁玉都到其他的学校念高中了，开始她们还通信和通电话，再后来就失去联系了。

丁玉留下的电话已经是空号了，于是叶莺又找到了袁梦的号码，给她打电话，可是袁梦说也跟丁玉没联系了。叶莺又找了好几个当年和丁玉关系不错的同学打听，都没有结果，谁也不知道她的下落。

“咱们现在就去找乔羽尘！”叶莺突然说。

“这么晚了，去做什么？”梅兰兰迟疑道。

“去揭开真相！”

“会不会有危险？”

“会有什么危险？最多会被剃头吧？正好和你们做伴。”

“我们看看蒋老师回来了没有，如果他回来了，让他陪我们一起去比较好。”

“好，一起去！我们要当面质问乔羽尘！”

她们再次去找蒋进的时候，他已经回来了。蒋进说刚才去外面吃饭了，手机也没电了。蒋进知道孟婧也惨遭了剃发，不由得大惊失色。当他听说孟婧是从乔羽尘那里回来后成了这个样子，而且现在要去质问乔羽尘时，不由得愤恨不已，主动要求和她们一起去。

可是，酒店房间的门打开后，乔羽尘不在。开门的是唐苇。唐苇仍然穿着T恤衫和短裤，细腰长腿，秀发如云。她说乔羽尘有事出去了，让他们进去等他。蒋进和三个女生走进去坐下，唐苇给他们每个人倒了一杯咖啡。

“唐苇姐，你的头发真好看，用什么洗发水啊？”叶莺说着，捏起一绺唐苇的头发，拿在手里仔细看着。

“你的头发也很好。”唐苇微微一笑。

唐苇说得不错，叶莺的头发此刻没有像往常那样用橡皮筋扎起来，全部都披散下来，就像一匹乌黑的锦缎，长度和形状居然同孟婧的假发很相像了。叶莺感觉胸中一寒，她无法想象自己的头发如果也被剃去会是什么感觉。于是她问唐苇："如果我的头发也被剃光，是不是很可惜？"

梅兰兰和孟婧惊讶地看着叶莺，不明白她怎么了。叶莺没有等唐苇回答，一把将唐苇按倒在沙发上，然后用力扯她的头发。梅兰兰和孟婧以为叶莺疯了，赶紧上前阻拦。蒋进也冲了过来。却已经晚了，叶莺已经将唐苇的头发全部扯掉了，露出了剃得光光的脑壳。梅兰兰和孟婧，包括蒋进都大声惊叫起来。原来唐苇也和她们一样是光头，那一头漂亮的秀发是假的。

–7–

被扯掉头发的唐苇狼狈地跌坐在沙发上。她没有反抗，只是呆呆地看着三个女生。这时候，门开了，乔羽尘回来了。当他看到屋里的情景时，愣在那里，一时没缓过神来。

叶莺站起来，走到乔羽尘面前问："你早就知道唐苇是没有头发的，是不是？"

“我当然知道，不过……唐苇的头发不是被人剃的，她得了绝症，因为化疗所以头发都掉光了。”乔羽尘说。

“真的吗？”叶莺大惊，转向唐苇，见她低着头，脸上有泪。

乔羽尘急了：“当然是真的！唐苇得病已经两年了，不演出的日子，我们大部分时间都在和病魔抗争。”

“叶莺，你是不是太过分了！唐苇姐是生病了才没有头发的，你怎么还这样伤害她呢？”孟婧突然说。

叶莺不理孟婧，对乔羽尘说：“你看看孟婧，她刚才是不是来这里跟你喝了一杯咖啡？她回去后，头发就没了！”

乔羽尘惊疑地看着孟婧把假发摘掉，露出光光的脑壳，惊叫道：“不可能啊！这是怎么回事？你离开的时候还是好好的，这么一会儿的工夫……”

“那要问问你的小提琴情侣搭档，刚才都去做什么了。”叶莺生气地冲乔羽尘吼道。

“什么？”乔羽尘说，“你居然怀疑是唐苇？”

叶莺走到唐苇面前，看了她好一会儿。唐苇不说话，也不抬头，只是默默地哭着。叶莺突然叫道：“丁玉！”

唐苇的身体陡然一颤，然后抬头看着叶莺，喃喃地说：“莺莺……我……”

“你真的是丁玉！我居然一直没有看出来，你的变化也太大了。”说着，叶莺从包里拿出一本毕业纪念册，翻到丁玉的那一页，让其他几个人看丁玉当年的照片。

没有人相信照片里那个长得不起眼，瘦高干巴的身材，面黄肌瘦的脸，稀疏泛黄的头发的人，竟会和眼前唐苇这样的大美女是同一个人，尽管这个大美女此刻没有了假发的修饰，却依然洁白细嫩，明眸红唇，而且由于梨花带雨，更加我见犹怜。

“就是这个叫丁玉的女生，我的初中同学、我的室友，在毕业后从我们所有同学的视线里消失了。再后来，她就变成了这样的大美女，成了唐苇，并且和乔羽尘搭档，成了很有名气的小提琴手。可是，这个女生却在初一那年，穿上厚重的黑色羽绒服，戴上帽子和面罩，并把声音变粗，假扮成男生来到自己的宿舍，想要剃掉两位室友的头发。因为这个女生身材本来就高，所以看起来真的很像一个男生。结果一位女生的头发被剃光了，一直不敢出来见人，出来也不敢脱下帽子，过了很久很久，头发才长出来。而另一位女生，当年幸免于灾难，因为有一个男生及时救下了她，并且在她恐惧不安的情况下，拉了一首优美的小提琴曲，安抚了两位女生的心灵。而这个男生并没有想到，被他惊吓逃掉的那个害人的女生，在许多年以后，成为了自己生活上的情侣以及事业上的搭档……”叶莺望着唐苇，缓缓地道出真相。

“真的是你？你回答我，到底是不是你？”乔羽尘脸色阴暗，走到还在哭泣的唐苇面前，几乎是咆哮着问。

“兄弟，冷静点，有话慢慢儿说。”看情形不对，蒋进过来一把拉住了乔羽尘。

唐苇不哭了，脸转向一边，神色有些凄凉，说：“乔，是我。”

乔羽尘闻此言脸涨得通红，几乎要扑上去，但是被蒋进死死抱住。叶莺说：“羽尘哥，你别冲动，既然唐苇承认了，那么我们就给她一个为自己辩解的机会吧。”

“莺莺，你是怎么知道我是丁玉的？”唐苇无力地问道。

“一开始我也绝对想不到你会是丁玉。我找丁玉是打算再问问她关于那天看到逃跑男生的细节，来判断到底是蒋老师还是乔哥。可是我看到你当年的照片之后，突然觉得有些异样。我注意到你炒菜的时候是左手拿铲子的，正如你拉琴的时候，是左手拉弓。但这证明不了什么，我需要进一步的证据。我刚才发现你戴的就是假发，我知道你以前的发质并不好，稀疏枯黄。”

“是的！那个时候，我嫉妒你们都有一头漂亮的头发，而我没有！”

“所以你就剃掉了袁梦的头发，是不是？”

“其实，我不光想剃掉你们的头发，还想剃掉自己的头发。如果没有一头靓发，那还不如一根也不留！可是我没有勇气把自己的头发剃掉，于是，我决定先拿你们试试。我趁你们熟睡之后，假扮成一个男人，把袁梦的头发剃光了！我发现剃头比想象的要容易得多，那种嗡嗡声是世间最美妙的音乐，比小提琴的音色还美！”唐苇说话的时候，目光怪异得可怕。

叶莺看着唐苇，说不出话来。乔羽尘也是，他第一次发现自己根本不认识这个女人。唐苇继续说："可是我刚把袁梦的头发剃光后，就有人进来了。我跳窗的时候回头看了一眼，记住了那个人的样子。”她说到这里的时候，看了一眼乔羽尘，目光恢复了温柔，“后来，我虽然一直想再剃一次头发，不管是为自己还是为别人，可是我始终没有勇气。再后来，我初中毕业了，去了另外一个城市上高中。也就是那个时候，我开始学习拉小提琴。我想我在这方面还是有些天分的，不久就可以拉得很好。再后来，我开始一边练琴一边把自己弄得更好看。为了把自己从一个丑女变成一个美女，我尝试了各种方法……后来，我就成了这个样子，再后来，我终于又见到了我一直想见到的人。是的，那年我从窗户跳出去的时候，回头看了一眼，就永远忘不了那个人的样子了！我曾经很多次偷偷听他拉琴，这就是后来我学习小提琴的原因。”唐苇虽然用的人称是“他”，眼睛却一直专注地看着乔羽尘。

“那么，”乔羽尘说，“把梅兰兰和孟婧的头发剃掉的人，也是你了？！”

唐苇的目光暗淡了一下，偏过头去，嘴里轻轻地说："是。”

乔羽尘又要冲上去，但是蒋进就是抱着他不撒手。

“可是，梅兰兰和孟婧是无辜的，你为什么要这么做？”叶莺叫道。

“那天晚上，我给你送裤子的时候，看到了梅兰兰看乔羽尘的眼神，那眼神让我想起来我曾经也是这么看乔羽尘的。我无法容忍！还有，我今天亲眼看见孟婧从我们的房间里走出来。我羡慕、我嫉妒、我恨！只有让我把她们的头发剃掉，我才会觉得心里面舒服一些，我的心才不会那么痛！”

“你疯了？我跟她们都是清白的！”乔羽尘无奈地摇头道。

“现在是清白的，可是该发生的事情迟早会发生，不可避免。”

“你说什么？”乔羽尘惊讶地问。

唐苇的眼泪突然又开始往外流，说：“乔，你知道吗？这一次的体检结果已经判了我死刑了。我的癌细胞又扩散了，而且是好几处……乔，我求你一件事，你答应我好不好？还有，蒋老师和几位同学，我对不起你们，求求你们答应我，明天的演出照常进行，让我在生命结束前，再和他拉一支曲子好不好？”

– 8 –

“下面由著名的小提琴情侣组合，乔羽尘和唐苇为大家演奏一曲《化蝶》。”主持人的声音之后，帷幕缓缓拉开，只见舞台上一片漆黑，却有一处是明亮的。光明里站着一男一女，人一黑一白，小提琴一白一黑。

琴声响起，两把琴配合得天衣无缝。缠绵里有凄美，飘逸里有哀伤。唐苇今天的衣裙是白色，一头长发是黑色，比裙裾还要飘逸，台下，除了那几个人，谁也不知道她的头发是没有生命的。

看不到唐苇的表情，但琴声可以传递她的心情。那是弦未断心已枯的绝望。也看不到乔羽尘的表情，而他的琴拉得依然那么超尘绝世，不沾一点人间味道。

一首曲子很长，用一生也无法诠释完其中的情感；一首曲子很短，这几分钟一过，纵然有余音绕梁，奈何已人去楼空。

最后几个音符听起来有些吃力，但还是很完美地完成了。然后，那把黑色的小提琴便从唐苇的肩头掉落下去。很响的一声，把刚才沉醉在琴声里的观众们都惊醒了。

可是唐苇倒下去的时候没有声音，那白色的裙子和黑色的长发纠结在了一起。

叶莺离开了观众席，不顾一切朝舞台上奔过去。她奔上舞台的时候，唐苇已经躺在乔羽尘的怀里了。唐苇的眼睛还睁着，目光是看着叶莺的。嘴巴也在动，也是对着叶莺的。叶莺俯下身去，把耳朵贴在唐苇唇上，听她说话。

她听到唐苇说："我走了之后，你留在羽尘身边，和他一起拉琴好不好？我知道你一直是喜欢他的。"

"你别走，我们都会原谅你的！"叶莺带着哭腔说。

"我其实一直都想剃掉你的头发，想了这么多年，还是没有如愿。所以，这就是天意，你就从了吧……"

唐苇说完，再也没有了声息。

乔羽尘用了很大的力气把唐苇抱起来，向后台走去。叶莺站起来，回头看了一眼台下的观众，突然有一种不知身在何时何地的感觉。她想赶紧离开这个舞台，却一时找不到回去的路。

ACADEMY OF MUSIC

故事四　琵琶骨

苏兮像被人推进了泥沼之中，冰冷、无法呼吸。她就像个溺水的人，挣扎许久，仍然逃脱不了死亡的命运。

夷梦

— 楔子 —

苏兮是个笨蛋，至少在主课老师的眼里是这样。

她门门功课都挂红灯，从小学一路混到高中，从来都是班里垫底的那个，老师们一说起她，都一脸鄙夷。

其实笨蛋苏兮也有过很风光的时候，小学五年级以前，她门门功课都考高分，曾五年雄踞全年级第一，鲜花与掌声包裹着她，让所有人都觉得她是天之骄女。但从六年级开始，她的成绩便直线下滑，变成了名副其实的笨蛋苏兮。

但上帝是公平的，当他取走了你某方面的才能，就会让你在另一方面变成天才。

苏兮精通琵琶。

这真是一件匪夷所思的事情，从来没学过琵琶的苏兮，竟然突然喜欢上了琵琶，初中时常跑到学校的音乐教室看老师弹琵琶，音乐老师很喜欢她，笑着问她要不要弹弹看，她点了点头，将琵琶抱过来，弹出一串优美的音符。音乐老师惊为天人，立刻决定栽培她，收她为徒。

于是苏兮又重新拥有了鲜花和掌声，常常在各种民族乐器比赛中获奖，但在父母和老师的眼里，这些奖杯和证书都是垃圾，只有考大学才是唯一的出路。

填报高考志愿的时候，苏兮毫无悬念地选择了音乐学院，本来以她的成绩，连三流音乐学院都不可能考上，可是这次她不知道交了什么大运，竟然一举考上了西京音乐学院，让所有老师都大跌眼镜。

在所有人疑惑不解和艳羡的目光中，她气昂昂地步入象牙塔。但意气风发的她并没有想到，她已经一脚踏入自己残酷的命运中，再也无法回头。

— 1 —

苏兮对自己的寝室很不满，对整座宿舍楼的人都很不满。这座宿舍楼很老旧了，建在学校高高的围墙旁边，围墙外面就是本市赫赫有名的“黄泉路”。

说是黄泉路，其实只是一条专卖丧葬用品的街道，街道的尽头有一座殡仪馆，如今在殡仪馆守夜的人们总喜欢请个草台班子来表演，于是整夜整夜都能听到跑调的声音，弄得全宿舍楼的人彻夜失眠。

在琴室练习了琵琶，苏兮回到寝室，已经累得四肢酸软，不知道是不是老天垂怜，今夜殡仪馆里竟然没有人唱歌，清静得有些诡异。室友们都在庆幸，她匆匆洗漱，倒下就睡，做了一个很奇怪的梦。

她梦见一个穿着古代衣服的男人，坐在一座宫殿样的房子里弹琵琶，但他弹的琵琶很奇怪，通身雪白，造型十分奇特，像是某种骨头。男人一边弹一边唱：“北国有佳人，绝世而独立，一笑倾人城，再笑倾人国，宁不知，倾城与倾国，佳人难再得。”

当他弹完了最后一个音，苏兮才看清，他手中抱的琵琶，是用人骨做成的。

从梦中惊醒，苏兮身上的真丝睡衣已经被冷汗湿透了。

真是倒霉，难得今天晚上听不见鬼哭狼嚎，却做这种怪梦。腹中便意逼人，她起床去上厕所。刚从厕所里出来，就听见一阵琵琶声，那声音很远，不知道是不是用了扩音器，韵律很清晰。她忍不住侧耳倾听，那音乐是从东边传来的，正是殡仪馆的方向。曲子她似乎在哪里听到过，却一时又想不起来，非常高古悠远，哀而不伤，但技法很难，不是普通人能弹的，何况还弹得如此丝丝入扣。

她觉得很稀罕，今天这死者家属够高雅，不请草台班子了，反而请人来弹琵琶。

她忍不住听了半晌，最后实在困得不行了才爬上床休息，整个晚上那古朴的琵琶声一直在她耳边萦绕。

她又开始做梦，梦见自己坐在一个刷着红色乳胶漆的房间里，连地板都是红色的，对面坐了那个穿古代衣服的人，抱着那把人骨琵琶，一遍一遍地弹奏曲子，如同魔音。

“喂，你昨晚听到琵琶声了吗？”第二天一大早苏兮就听见室友们窃窃私语。

“听到了，不知道那个传说是不是真的。”

“希望不要是真的，要是真的就太可怕了。”

“什么传说？”苏兮凑过去，一边刷牙一边口齿不清地问。

室友裴丽丽神秘兮兮地说：“你没听说过吗？是一个关于琵琶夺命的传说啊。”

苏兮脸部肌肉抽搐了一下，每个学校都有很多传说，这些除了学习没有其他事情可做的学生们，需要用这些谣言来吓吓自己，从而减轻压力。

“说说看。”

裴丽丽得意地仰起头：“传说那是一把用人骨做成的琵琶，每次有人用人骨琵琶弹奏起招魂曲的时候，就会有人被残忍地杀害，并被挖走琵琶骨。”

苏兮想起昨天晚上做的那个梦，后背一阵发凉。

“挖走琵琶骨做什么？”

“听说是做成琵琶。”

“不是吧。”苏兮瞥了她一眼，“你见过琵琶骨吗？那东西能做成琵琶？”

“不信算了。”裴丽丽一挥手，“兮兮，你可要小心，别被做成琵琶了。”

苏兮咧了咧嘴：“还是关心关心你自己吧。”

虽然嘴上这么说，但她的心里还是很在乎的，整个一上午那奇怪的琵琶曲都在她脑子里萦绕不休。

“啪”，老师手中的书跌落在地上，苏兮抬起头，看见年轻貌美的女老师正用惊恐的目光盯着自己。

“呃，秦老师，怎么了？”

“你刚才在弹什么？”老师死死地盯着她。

“就是您让我们弹的练习曲啊。”

“你弹的根本不是练习曲。”秦老师粗暴地打断她，“你是在哪里学会这支曲子的？”

苏兮一脸茫然，秦老师拿起放在旁边的录音笔。秦老师是全院最有名的古乐器老师，她习惯在学生练习的时候录下曲子，让学生反复地听，从而找出自己的错误和不足。

古朴悠远的曲调从录音笔里传出，苏兮的脸色一下子变了，变得惨白。她不敢相信那就是她自己所弹奏出来的。

这分明就是裴丽丽口中的那首招魂曲！

这首曲子她只听过一次，虽然她在琵琶弹奏上很有天分，可是只听一次就能弹奏得一分不差，对她来说简直就是奇迹。

“你是从哪里学会这曲子的？”秦老师抓住她的手腕追问。

老师的脸色很可怕，苏兮不知所措：“我，我也不知道，不知怎么就弹出来了。”

秦老师盯着她看了半天，扔下书就跑了，苏兮不知道自己做错了什么，不安地摆弄着手中的琵琶。

“这首曲子叫《倾城曲》。”低沉的声音从身后传来，她回过头，看见一个穿着蓝色短风衣的年轻男人，他叫曹魏，是秦老师带的研究生，最擅长的是长笛。

“倾城曲？”

“听说过人骨琵琶的故事吗？北齐皇帝高洋曾宠爱一个薛姓歌妓，把她纳入后宫，封为贵嫔，后来偶然想起她跟别的男人睡过觉，就忽然发难，把这个不幸女人的脑袋砍下来，揣在怀里，外出赴宴。宴会上，大家喝得正高兴，他忽然从怀里掏出血淋淋的人头，扔到桌子上，所有人无不变色。高洋把薛贵嫔的尸体大卸八块，用腿骨做了一把琵琶。他抱着那把琵琶，反复唱着‘佳人难再得’，这就是赫赫有名的《倾城曲》。”

苏兮脸色惨白，她想自己此时此刻的表情一定不比秦老师刚才好多少。她以前从未听说过这个故事啊，为什么会梦到故事里的情景？

她吞了口唾沫，安慰自己，也许自己曾听人说过这个故事的，只是不记得了，但它还留在自己的潜意识里，所以才会做那样恐怖的梦。

“秦老师……为什么这么慌张？”她问，“这不过是个传说罢了。”

“秦老师的妹妹四年前被杀了。”

苏兮头皮一麻，不可置信地看着他。

“秦老师的妹妹曾是音乐学院最有名的美女，也是最优秀的洞箫演奏者。传说那年她在练习室里练习到深夜，忽然听到有人弹奏了这首《倾城曲》。对方弹奏得很好，她想要看看是谁在弹，将整栋楼都找遍了，却怎么都找不到那个人。本来她也没往心里去，只把这件事当作笑话说给朋友听。哪里知道，没过几天，她就失踪了，一个月后被人发现埋在学院的某个花圃里，用编织口袋装着，大卸八块。她的肢体都找到了，除了琵琶骨。”

苏兮深吸一口气，觉得自己浸在冰冷的河水中，冷汗直流。

她昨晚也听到了那首曲子，岂不是她也要死？

– 2 –

殡仪馆里总是充斥着令人不太愉快的味道，昨晚停在这里的死者似乎已经送去火葬场了，屋子里空荡荡的，只剩下一片白色的布景和一地纸钱。

苏兮不知道自己为什么要来，只是很好奇昨晚究竟是谁在这里弹琵琶。不知道是不是殡仪馆的人都送尸体去了，里面一个人都没有，好在这里也没什么东西好偷的。她四处转了转，看见旁边的椅子上放着一张报纸，日期是四五天前的，报道在本市某个垃圾场挖到一只汽油桶，汽油桶里乱糟糟的全是小孩子的尸体，据说已经死了十几年了，警察已经立案调查。后面还跟了个延伸阅读，十几年前曾有一桩轰动全市的儿童失踪案，很多孩子失踪，全是女孩，十岁左右，当年发动了好多人寻找，都没有找到，这些孩子就像是由人间蒸发了一般。现在警方已经开始寻找当年失踪儿童的父母，进行 DNA 检查确定死者身份。

文字旁边配了一幅图，数十具小小的尸体一字排开，身上都盖着白色床单，离镜头最近的那具掉了只手出来，烂得只剩下骨头了，手腕上还挂了一只手表，样式很独特，苏兮觉得以前似乎在哪里见过。

“请问，你有什么事吗？”身后一个声音幽幽地问，苏兮吓了一跳，猛然回头，看见一个老头，拿着扫帚和簸箕，似乎正打算清扫灵堂。

“呃……我，我是那边音乐学院的。”苏兮胡乱想着词儿，“昨晚上好像听到这里有人弹琵琶？”

“嗯，是有个人弹。”老头冷冷地说，“怎么，你们家要请人吗？”

苏兮讪笑道：“没有，我也是学弹琵琶的，听他的琵琶弹得不错，所以想过来讨教讨教。”

“有什么好讨教的，都是贱业。”老人低头继续扫地。

苏兮不死心，继续追问：“大爷，昨晚弹琵琶的人到底是谁啊？怎么现在还有人在灵堂上请人弹琵琶？”

“谁？还不就是你们音乐学院的人。”

苏兮愣住，音乐学院的老师学生都喜欢在外面接活儿挣钱，可一般都是去发布会、婚礼等场合，很少听说有人会去揽死人的活儿，一来不吉利，二来名声不好听，以后想揽别的活儿就难了。

“是男的女的？”

“男的，挺年轻一人。”老头抬起头来，“你还是别打听了，那个人邪门得很。”

“怎么个邪门法？”苏兮追着问，“我这个人好奇心重，不问清楚我怕今晚睡不着觉。大爷，你就跟我讲讲吧。”说着从包里掏出一包玉溪烟，抽出一根递上去，老人接过烟点上，深深地吸了一口：“你这女娃，真是不撞南墙不回头啊。那我就跟你说说吧。那男的昨晚也是第一天来，听说是丧家自己找的，说是有个什么很古老的风俗，老人停尸第三天要请人来弹琵琶，而且是弹一首什么《招魂曲》，只有这样才能超度死者。那男的来了也不跟人说话，穿着一件带帽子的衣服，用帽子遮着脸，抱着把琵琶坐在那儿。他那琵琶也怪得很，好像不是木头做的，惨白惨白的，我们都以为是塑料的。我们都没听过琵琶曲，都想听听，哪知道他就坐那儿一直不弹，丧家也不急，也没有守夜人，都静静地坐在那里不说话，好像是在等什么。我们也不知道他们葫芦里卖的什么药，就纷纷回办公室里看电视去了。我估摸快十二点的时候吧，我本来睡得迷迷糊糊的，忽然听到琵琶响，就醒了过来。那声音特别响亮，像是在耳边炸开一样，我的同事也醒了，都想出去看，谁知道丧家堵在门口不许我们出去，说有规矩，外人不能看。我们当然尊重他们，这弹琵琶确实也没必要用眼睛看，就坐在屋里听，弹得倒是挺好的，但那曲子总能让人心里感觉很别扭，好像死的是自己的亲人，隐隐的有些难受，我们觉得这人也算是合格了。我挺好奇，就把窗户打开了一条缝儿，丧家竟然把灵堂的灯关了，只有月光。那男的坐在阴影里，死者的几个儿子跪在牌位前不停地磕头，一边磕头一边哭，本来这也没什么，可我就觉得很怪，感觉那些人都中了邪一样，眼神都是疯狂的，磕头磕得水泥地板“咚咚”作响。头上擦破了都浑然不知。”

说到这里，他朝地上一指：“你看，看到那个红印子没有，那就是长子磕出来的，儿子里面啊，就属他最伤心了。我觉得害怕，那曲子里是不是有什么古怪啊，是不是像武侠小说里说的那样能夺人魂魄啊，我怕我的魂也被夺走了，就赶忙关了门，钻到被窝里，把电视音量调到最大，就这么折腾了一宿，天快亮的时候琵琶声终于没了，我担惊受怕的，也累了，睡到中午才醒，丧家已经走了。”

苏兮听得心惊胆战，这个诡异的故事和她从曹魏那里听来的有惊人的吻合度，还有那把惨白的琵琶，莫非真的是人骨做的吗？

她心神不宁地回了寝室，上网查琵琶招魂的典故，查到的资料很有限。只知道这是本地人的一种古老习俗，只不过现在早就没什么人在用了。

网页一页页看下来，当看到第五页的时候，百度帖吧的某个帖子引起了她的注意。

她点开链接，那是四年前发的，是一篇恐怖小说，小说讲述了一个耸人听闻的故事。

主人公很喜欢吃街角小卖部卖的那种果丹皮，但父母对她要求很严格，不肯给她零花钱。她只能站在小卖部门口对着果丹皮流口水。有一天，她遇到了一个大哥哥，大哥哥总是给她买果丹皮吃，她很喜欢大哥哥，无话不谈。有天大哥哥约她去他家里玩，她毫不犹豫地去了，但她没想到，大哥哥的家很破败，看起来像废弃已久的危房。进了屋之后，大哥哥就不见了，屋里也不像有人居住，她很害怕，又找不到出去的路，只能一边哭一边瞎转，忽然间，她看到了一条幽长的通道，一直通往地下室，下面阴暗无光，充斥着一股浓重的汽油味。

故事到这里戛然而止，当她看到汽油味的时候，一下子想起了那篇报道，很多小孩被杀，尸体全都塞在汽油桶里。

这一定是巧合吧。

她刚想要关掉网页，却忽然愣住了，脸色霎时变得雪白。

发这篇帖子的人，ID 叫做苏兮。

– 3 –

“喂，你们知道吗？丽丽有男朋友了。”苏兮正在震惊，冷不丁听见身后有人说话，吓了一跳。

说话的是白晓，一个长得很漂亮的假小子，老喜欢将 MP3 挂在脖子上，似乎走到哪里都要听歌：“你们知道她男朋友是谁不？”

“是谁？”另一个室友苏蔷八卦地问，白晓“嘿嘿”一笑：“陈南阳。”

苏蔷惊呼，苏兮不明所以地看着她们：“陈南阳是谁？”

“是咱们学校有名的写手啊，而且是个大帅哥。”苏蔷说，“他的恐怖小说写得那是一绝，出了好几本书了，在网上的点击率也很高。最有意思的是，他很神秘，没人知道他究竟是谁。”

“既然没人知道他是谁，你们怎么知道他长得很帅？”

“呃。”两人面面相觑，“大家都说他长得帅，那肯定就很帅啊。”

苏兮无语，这种人云亦云太害人了。

她对室友的罗曼史不感兴趣，回头继续看那个帖子，四年前的三月她在北京参加民族乐器比赛，根本不可能发帖子。

这是巧合吗？

这个晚上在苏蔷和白晓的八卦中度过，裴丽丽一直没回来，她们不停地八卦她会在哪家旅馆过夜，苏兮在她们的笑声中进入梦乡。

她又开始做那个梦，穿古装的男人不停地弹奏琵琶，满目的猩红，她无助地盘腿坐在地上，往旁边缩了缩，钻进了某人的怀里。

从梦中惊醒，梦里的景象历历在目。在那个梦里，她的身旁还坐了一个人，那个人会是谁？

早上的女生宿舍一片忙碌，苏蔷和白晓互相给对方画眉毛，苏兮对化妆没有多大兴趣，她拿下挂在墙上的琵琶，准备练习一下指法，门忽然被推开了，两个大男人站在门口，脸色严肃。

穿着睡衣的苏蔷和白晓尖叫着拿起外套遮挡身体："你，你们是谁？怎么进来的？"

"你好，我们是警察。"他们亮了亮证件，"你们是裴丽丽的室友？"

三人互相看了看，都看到彼此眼中的惧意。

再次见到丽丽，是在警察局阴冷的停尸房中，她容貌安详，头发梳得一丝不苟，赤裸着身体，嘴唇乌黑，很美丽，也很残忍，像一只被撕碎了翅膀的天使。

白晓和苏蔷两人抱头痛哭，苏兮静静地看着她，不知道是不是认识不久的缘故，她感觉不到一丝悲伤，反而很有兴趣，想要一探究竟。

"没错，这就是丽丽。"她说，"是毒杀？"

警察有些诧异，她连忙解释："丽丽的嘴唇是乌青的。"

"没错，她被灌下了毒药，毒素还在分析中。"

苏兮别过头去看了看尸体的躯干，伸手将白布掀开，白晓和苏蔷失声尖叫，裴丽丽的胸口空荡荡的，凹下去了一块。

她被取走了琵琶骨！

苏蔷身子一软，晕了过去，两个女孩连忙手忙脚乱地将她送去医院。苏兮和白晓坐在病房外发了一会儿愣，白晓忽然说："你真可怕。"

苏兮不明白她是什么意思。

"丽丽死了，你一点都不伤心。"

苏兮想解释，谁知道白晓说："你根本就没有感情。从你住进寝室的第一天起我就注意到了，你除了弹琵琶之外，你对周围的一切都没有感觉。"

苏兮像是被人往胸口擂了一拳，喘不过气来。

她知道，白晓说的是真的。

她的确对周围的一切没有感觉，从小爸妈就骂她是白眼狼、心肠硬，因为她看到最疼自己的奶奶死了也不哭一声，她清楚地记得，那个时候她并不难过，这种感觉让她害怕。

– 4 –

裴丽丽的死在学校里掀起了不大不小的风波，人们都在议论人骨琵琶的故事，苏蕾和白晓开始孤立苏兮，苏兮并不以为意，开始到学校图书馆找一些犯罪心理的书来看，越看越让她觉得害怕。

所有的连环杀手从某种意义上来说都有精神障碍，他们无法感受到正常人所应有的情感，只有在杀人的时候才会令他们兴奋，杀人就像毒瘾，一旦品尝了，就再也无法收手。

苏兮的手开始颤抖，她觉得自己落进了一个可怕的漩涡里，在自己没有过去和未来的命运中挣扎。

她再也抑制不住自己的恐惧，拨通了堂兄的电话。

堂兄苏宁在本市当了好几年的警察，现在去首都进修了，但人脉还在，苏兮原本只是想请他帮忙打听一下当年那个孩童失踪案的情况，谁知苏宁刚听她说了半句语气就变了："你是不是想起什么了？"

这句话让她心里"咯噔"了一下，连连追问，苏宁犹豫了很久，最后终于将当年发生的事说了出来。

那年苏兮才 10 岁，正是儿童失踪案风行的时候，家里的大人看孩子都看得很紧，但苏兮的父母很忙，没时间照顾她，终于有一天，她在放学路上失踪了。家里急得要死，四处寻找，找了整整一夜，第二天早上她竟然自己回来了，目光呆滞，很长时间都不说话，后来渐渐好了，却忘记了那晚所有的事。

没人知道，那天晚上她究竟去了哪里。

苏兮浑身冰凉，似乎就是从那年开始，她的成绩一路下滑，却展现出惊人的琵琶演奏天赋。

难道那天晚上发生的事，和这一切都有关联吗?

挂断了电话，她来到挖出汽油桶的垃圾场，这里离她家很近，周围的一切都似曾相识，她环视四周，目光落在不远处那座废弃的仓库里。

那座仓库似乎是以前收破烂的人建的，后来人走了，只留下一座堆满了垃圾的破旧建筑。离这座建筑越近，她的心就越冷，好像有人将冬天冰冷的河水往她的心头上浇。

这里的景色好熟悉，就好像很久以前曾来过。

仓库上了锁，她凑到门缝边朝里看，里面黑漆漆的，弥漫着一股淡淡铁锈味，她觉得意识有些恍惚，仿佛看到一个小女孩惊恐四顾，嘴里叫着:“哥哥，哥哥。”

“喂。”身后冷不丁冒出一个人来，吓得苏兮差点坐地上去。她愤怒地回头，看见曹魏站在那里，一脸奇怪地望着她。

“你怎么在这儿? ”两人异口同声，然后都愣住了。

“你不会也是为了那个装着孩子的汽油桶的事儿来的吧? ”

“你也是? “

曹魏说:“我是校报记者啊，现在这个陈年旧案这么热，我们也想在报纸上报道一下呢。”

“哦。”苏兮淡淡地答应一声，“我只是好奇，所以才来看看。”

“怎么，你也觉得这仓库很有可能就是当年杀人的屠宰场? ”曹魏也凑到门缝边看了一阵，又四下看了看，朝她挤了挤眼睛:“替我保密。”说罢，从兜里取出一枚别针，伸进锁孔里搅了一阵，“咔哒”一声，锁开了。

苏兮有点不可思议地看着他，原来他还有这一手，难不成他父亲是开锁匠?

曹魏推开门，那种铁锈味更加浓烈了，两人进去看了一圈，没发现什么有价值的线索，也对，警察肯定把这一片都翻过来了。

两人正打算离开的时候，苏兮忽然听到低低的哭声，猛地回头，又看到那个小女孩，穿着碎花裙子，一边哭一边走进墙壁里去了。

“苏兮，你没事吧？”曹魏有些担心地问。苏兮没理他，径直走到那堵墙跟前，伏在墙上敲了敲，然后从垃圾堆里翻出一把又脏又破的大铲子，对着那堵墙猛击。

“苏兮，你干什么？”曹魏连忙上去阻拦。

苏兮说：“这墙后有密道。”

曹魏惊问：“你怎么知道？”

苏兮不说话，只是猛敲墙壁，曹魏沉默了一阵，也捡了个东西去敲，那堵墙似乎很薄，没费多大力气就敲出偌大的一个洞，两人凑到洞口前朝里张望，一股陈腐的气味直扑而来，令两人差点把肺都咳出来。

这堵墙后面，真的别有洞天。

“哈哈，警察没发现的让咱们发现了，这次我们校报要一炮而红了。”曹魏拿出手机照明，小心翼翼地走下去，越往下走陈腐味越浓，楼梯的尽头是一扇铁门，门上有铁栓和铁窗，苏兮头皮发麻，这简直就像一座监狱。

曹魏踮起脚尖，在铁窗上看了看，然后打开了铁栓。

也许是许久没有开启的缘故，生锈的轴承发出刺耳的吱呀声，在苏兮耳边轰鸣，恍惚间，她仿佛看到了一个小女孩，她蜷缩在角落里，泪眼汪汪地看着自己。

“哥哥，哥哥救我。”

“喂，你没事吧？”曹魏按住她的肩膀，苏兮蓦然醒转，铁门内空空如也，哪里有什么小女孩。

“呃，我没事。”

“真的没事？我看你脸色都白了。”

“可能是吓的吧。”苏兮糊弄过去。屋子的角落里堆着一些衣服，上面布满了灰尘，脏得几乎看不清颜色。

“喂，别乱动啊。”曹魏说，“如果这里真的是‘屠宰场’，警察要来取证的。”

苏兮没理他，捡起一根木棍，将衣服挑开，一股浓烈的腐臭味扑鼻而来。

衣服堆里赫然躺着一具尸体，不知道死了多少年了，已经腐烂，只剩下骨头和一些组织。

“是小孩子？”曹魏问。

“不，是成年人。”苏兮蹲下来，仔细打量那具尸体，“从身上穿的衣服来看，应该是个成年女性。”她似乎发现了什么，将盖在尸体胸口的一件小孩衣服拨开，然后，她看到了一把水果刀。

那把生锈的水果刀准确无误地刺进了尸体的胸口，刺得很深，毫不犹豫，仿佛和她有着深仇大恨。

“那个儿童杀手还杀成年人吗？”曹魏捂着鼻子说。

苏兮瞥了他一眼：“我看报纸上说，孩子们是先被毒杀，然后才被分尸的。”

“嗯，听说是被灌了一种早年生产的农药，毒性很强，喝下去之后会很痛苦。”

苏兮沉默一阵，淡淡地说：“毒杀，是女性凶犯最惯用的手法。”

– 5 –

曹魏和苏兮都不喜欢警察，用公用电话报了警后，就偷偷跑回了学校。三天后，苏兮在报纸上看到了相关报道，经过警方多方查证，地下室里的女尸是仓库的主人，名叫肖绫，已经死去十几年。她以前是在别人的丧礼上弹琵琶的，后来改行在这里收废品，离婚后失去了孩子。认识她的人都说她是个非常和蔼可亲的人，从没有人怀疑她就是杀儿童的凶手，但仓库里留下的证据证明，她就是那个犯下滔天恶行的杀人犯。

当年的儿童杀手死了，这对本市来说无疑是一个天大的好消息，但是另一个疑问化作阴影，笼罩在人们的头上。

是谁杀了她?

苏兮合上报纸，陷入了沉思。当年她肯定被诱拐过，也曾进过那间可怕的屠宰场，那么，她是怎么逃出来的呢？那天晚上究竟发生了什么?

胸口有些发冷，难不成，是她杀了肖绫?

不，不可能，那个时候她才 10 岁，一个 10 岁的孩子能杀人吗？就算能，她能将刀子刺得那么深吗?

她的直觉告诉她，只要想起那天晚上的事，她就能吹散一切迷雾。

催眠!

她选了个夜深人静的晚上来到练习室，怀中抱着那把琵琶，记得上次弹奏的时候本能地就弹起那首曲子，如果她再次弹起，会不会想起以前的事呢?

不管如何，她都得试一试。

夜晚的练习室里有一股淡淡的木材味道，她坐在旋转皮凳子上，五指在琴弦上一划，琤淙一声，清彻的韵律自弦间汩汩流淌而出。她努力回忆着那天所听到的曲调，思虑越深，意识越沉，她觉得自己仿佛回到了多年前的那个晚上，她在那个如同庞大怪兽的仓库里乱走，哭得稀里哗啦。

“哥哥，哥哥你在哪里？”她哭喊，然后听到一声沉闷的惊叫，她吓了一跳，那声音是从地下室里传来的，听来痛苦莫名。她怕得紧紧贴在墙壁上，浑身瑟瑟发抖。

这个时候，她听到了脚步声，很低很低的脚步声，一个女人从地下室走了出来，穿着一件脏兮兮的裙子，脸上挂着和蔼可亲的笑容。

“小妹妹，乖，别怕，跟我来。”她牵起苏兮的手，拉着她来到地下室，打开铁门的那一刻，苏兮看到了一个男孩，穿着深蓝色的衣服，瞪着一双大眼睛扑闪扑闪地望着她。

“哥哥，哥哥。”苏兮跑过去，牵起他的手，“哥哥，带我走，这里好可怕啊。”

男孩没有说话，只是瞪着一双无辜的眼睛看她，那双眸子纯洁无瑕，宛如两潭深水。

“小妹妹。”女人轻轻抚摸她的头，她能够闻到女人身上漫出来的腥味，“你喜不喜欢我儿子啊？”

苏兮点头。

女人很高兴：“既然这样，你就陪我儿子玩吧，做我儿子的洋娃娃。”

“你在干什么？”一声低沉的呵斥打断了她的思绪，她蓦然醒转，手上的动作一停，重重地拍在木质的琵琶面板上。

“秦老师？”她有些诧异地看着站在门边的女人。

秦老师阴沉着脸：“大半夜的，你在这里弹什么？”

“呃……”苏兮一时间不知道说什么好，想了半天才鼓起勇气问，“秦老师，那天晚上，你妹妹真的听到琵琶声了吗？”

“你问这个干什么？”

“前几天，我也听到了。”

秦老师有些诧异，看了她半晌，见她不像在撒谎，才说：“那天晚上，她的确听到了琴声，但哪里都找不到弹琴的人。”

“会不会是……录音机放出来的？”

秦老师愣了一下：“这个我倒是从来没想过，或许吧。”

“也许那个人蓄谋已久，你妹妹之前有没有遇到过什么奇怪的事？”

“没听她说过。”

“那她有没有去过什么奇怪的地方？”

秦老师摇头：“她是个很老实的孩子，从来不去夜店之类的地方，也不会交奇怪的朋友，下了课就回家，最多也就去做家教。”

“家教？”苏兮放下琵琶，“她在哪家做家教？”

“这个我就不清楚了。”秦老师脸色忽地一变，“你的意思是，和她做家教那家人有关？”

“这个我不敢胡说，只是很有可能。”

秦老师咬着下唇，在练习室里来回走了几趟：“我去查，瑾儿的遗物我都留着，肯定能查到什么蛛丝马迹。”

“如果查到了，请尽快通知我。”

“行。”秦老师拍了拍她的肩膀，“你要小心。”

白晓和苏蕾又不知道到哪里野去了，苏兮上网搜索当年连环杀人案的事，发现一个熟悉的名字。

陈南阳。

陈南阳以当年的故事写了一篇小说，在网上大受好评，可以说是借此一炮而红，她花了两个小时将小说看完，越看越心惊，情节和她记忆中的很相似，最可怕的是，小说里的杀人犯，也姓肖。

难道陈南阳就是当年那个小男孩吗？

苏兮关掉电脑，开始到处打听陈南阳，功夫不负有心人，她在校文学社打听到了他的真实姓名。

他叫肖安。

苏兮倒抽了一口冷气，肖安，难道是肖绫的儿子吗？记得当年是他用果丹皮将她引诱到“屠宰场”的，莫非肖绫一直在利用自己的儿子诱拐儿童吗？

真是一个可怕的母亲。

她查到了肖安的寝室，马不停蹄地赶过去，男生宿舍楼总是充斥着一股脚臭味和汗臭味，走廊里阴暗无光，挂着各种各样的衣服。她敲响了尽头的那扇门，过了很久才有人将门拉开一条缝儿：“找谁？”

“我找肖安。”

“他不在。”

“什么时候回来。”

“一个月后吧。”

“一个月？”

“他去法国领什么文学奖去了，都走了一个多月了。”门“砰”地一声关上，苏兮愣在当场，一时间脑子里没有转过弯儿来。

肖安已经走了一个月？那和裴丽丽在一起的那个男孩是谁？

心头疑云密布，苏兮整天都失魂落魄，一直到半夜才从外面晃悠回来，女生宿舍楼的大门关得早，她敲开管理员阿姨的门，穿着睡衣的阿姨很不高兴：“你们这些丫头真是不自爱，晚上外面很危险，要是出了什么事怎么办？”

苏兮很不耐烦，却也没有说什么。

“跟你寝室里那个丫头说，叫她早点回来。要是以后再两三点来敲门，我可不开门。”

苏兮愣了一下：“你说的是谁？”

“还能是谁，不就是那个长得像个男孩的，姓……好像姓白来着？”

苏兮像被人当胸打了一拳，匆匆跑回寝室，白晓和苏蔷还是没有回来，她开始翻找白晓的东西，当她掀开枕头的时候，看到了白晓一直在听的MP3。

她按下开关，将耳塞塞进耳朵里，熟悉而低沉的琵琶曲响起，在耳中轰鸣，在心头回响。

是招魂曲！

电话铃声猛然响起，吓得她差点握不住MP3，看来电显示，是秦老师打来的。

“苏兮吗？”秦老师在那边说，“我找到了我妹妹当年的通讯录，里面记录了家教那家的姓氏，他们姓白。”

苏兮头皮一麻：“把电话号码告诉我。”

秦老师说了个号码，是家里的座机，苏兮忙打过去，响了好几声才有人接，是个很苍老的声音：“喂，哪位？”

“请问，白晓在家吗？”

“哦，你找晓晓啊。她在学校呢，你打她手机吧。”

苏兮挂断了电话，白晓，竟然真的是她！

她吞了口唾沫，继续翻找白晓的床柜，床垫下面似乎有个硬硬的东西，打开之后发现是一个笔记本，她翻开封面，里面密密麻麻贴满了照片，像是偷拍的，前面几页全都是一个陌生女孩，长得有些像秦老师，非常年轻漂亮，有一头乌黑的直发和一双大眼睛，总喜欢穿白色的裙子。每一张照片都被挖去了一块，正是琵琶骨的位置。

是秦老师的妹妹？

她继续往后翻，苏蔷和裴丽丽的照片赫然跃出，这个时候她才发现，这两个室友都是直发，都喜欢穿白裙子。

她记忆中的肖绫，正是这个模样。

裴丽丽是被毒杀的，毒杀，是女性罪犯惯用的伎俩。难道，当年那个小哥哥，不是男孩，是个女孩吗？

－6－

她拨通了白晓的手机，没人接，再打，还是没人接，她不气馁，一次一次地拨打，半个小时后，对方终于接了。

“喂。”白晓的声音冷冰冰的。

“白晓，放过苏蔷。”

白晓沉默了一阵，忽然笑起来：“你想起来了？”

“放过苏蔷，别再杀人了！”

“我在老地方等你。”对方挂断了电话。

夜晚的垃圾场味道更加浓郁，似乎要把一整天烈日暴晒所发酵的气味都释放出来，苏兮绕过垃圾场走向仓库的时候想，没有什么地方比这里更适合杀人埋尸了。

苏兮推开仓库的门，月光洒进来，将一个穿着男人衣服，戴着兜帽，手中抱着琵琶的人照得如同鬼魅。

“我一直在想，多久之后你才会想起我。”白晓抬起头，眼神阴冷中带着几分变态的狂热，苏兮吸了口气，有一瞬，她觉得那双眼和自己很像，“真羡慕你啊，遗忘是上帝赐给世人的疗伤灵药。可是我看出来了，你所受的伤还留在心里，从来都没有愈合过。”

苏兮觉得浑身发冷。

“你感受不到爱情、亲情和友情，你的心里住着一只野兽，它会让你在产生无可抑制的冲动，从小到大，你家里从来都不敢养小动物吧？”

“够了！”苏兮厉声喝止，“告诉我，这究竟是怎么回事？你是肖绫的女儿？”

“不，她生的是个儿子，我是她第一个诱拐的孩子。”白晓轻轻弹奏起曲子，“她把我当成了男孩，我正好和她的男孩一般大，她失去了儿子，心理变态，把我偷回来当儿子养。为了让我高兴，她找了很多女孩来给我当洋娃娃，只要那些女孩大声哭喊，她就会疯了一般将她们毒死。后来风声紧了，没有女孩愿意跟她走，她就让我出去带女孩回来，美其名曰，让我自己挑选洋娃娃。”

“所以你选中了我？”

“你是一个很可爱的女孩，很善良，那个时候屠宰场里还有一个女孩，她很害怕，你为了安慰她，还把自己的手表脱下来给她戴上，可是肖绫在我们面前肢解了她。”

怪不得报纸上那具童尸戴的手表很眼熟，原来是她的东西。

“这首琵琶曲是怎么回事？”

“肖绫很喜欢这首曲子，她每次肢解孩子的时候，就喜欢放这首曲子来听。”

“为什么你要去殡仪馆弹这首曲子？”

“我从来都不会去殡仪馆。”白晓冷冷地说，她站起身，朝苏兮走了两步，“我不喜欢那里的味道，它会让我想起那个夜晚，那个疯狂的夜晚。你还记得吗？我们在那里杀死了肖绫。”

苏兮像被人推进了泥沼之中，冰冷、无法呼吸，她就像个溺水的人，挣扎许久，仍然逃脱不了死亡的命运。

“那是我第一次杀人，从那以后，我就再也感觉不到感情了，只有在听那首曲子的时候，我才能感觉到心灵的平静。”

“还有杀人的时候吧？”

“杀人会让我兴奋，那个时候，我才觉得自己是个人。”

苏兮轻轻咬住下唇：“我和你不一样。”

白晓笑道：“有什么不一样？”

“让苏蔷走。”苏兮上前一步，沉着脸说，“我们来结束一切。”

“你想要做什么？杀了我吗？”

“她在哪里？死了吗？”

“放心，我没有杀她，跟我来。”白晓带着她走进地下室，打开那扇斑驳的铁门，苏蔷被绑得像个粽子，嘴里塞了布团，看到苏兮时眼睛里燃起希望，“呜呜”地叫个不停。

“我留着她，就是为了等你来。”白晓从口袋里掏出一个瓶子，“我把她让给你。”

苏兮侧过脸去看她，她脸上燃烧着狂热的火焰，苏兮忽然笑起来：“她不是我喜欢的类型。”

“哦？那你喜欢什么类型的？”

“当年你被肖绫诱拐，所以你选择和肖绫一样打扮的人。我当年被你诱拐，你说我会选择什么样的人呢？”

四目相对，两人都能看到彼此眼中的狂热。

“你果然还是想杀我！”白晓说，“你能杀得了吗？”

不知道什么时候，苏兮的手中忽然多了一把枪，是一把老式的左轮手枪，白晓看着黑洞洞的枪口，冷冷地说："你以为拿把玩具枪就能吓唬我？"

苏兮以枪指天，开了一枪，巨大的声响震得整个房子都在颤抖。

白晓的脸色有些发白。

沉默，死一般的沉默。

"为什么不开枪？"白晓问。

"十几年前，你救了我，我想要给你一个机会。"苏兮将左轮枪打开，里面还有一颗子弹，她将转轮一转，卡回去，将枪柄递向她，"来赌一次吧，看这次是我的运气好，还是你的运气好。"

白晓有些诧异，似乎想不通她为什么要这么做。苏兮冷声说："怎么，不想赌吗？"

白晓迟疑了一下，拿过枪，对准了她的心脏。扣动扳机，一连开了六枪，枪响了，苏兮后退几步，扑倒在地，鲜血从身下流淌出来，为这间小小的房间增添了一分腥味。

白晓哈哈大笑："看来，幸运之神始终是眷顾我的。"她丢下枪，走向苏蔷，"既然她死了，还是我自己来动手吧。"

苏蔷恐惧地盯着她，目光却落在她的身后，她像是突然想到了什么，回头的刹那，一根钢管狠狠砸在她的头上，她应声倒地。

苏兮满身是血，冲过来为苏蔷解开绳子，苏蔷抱着她号啕大哭，她扶起她，走出门外，"砰"地一声关上了房门。

"你，你不是受伤了吗？"苏蔷满脸是泪地问。

"那只是一把玩具枪，只是做得很逼真，扣动扳机的时候能发出巨响而已，这些血是假的。"苏兮推开仓库的门，将手机扔给她，"报警吧。"

— 7 —

白晓被送进了监狱，苏兮当年杀死肖绫算正当防卫，又是未成年人，免于处罚。苏兮终于又过上了正常的生活，只是每周定期去看一次心理医生，只求解开心结，重新开始。

苏蔷受了很大的惊吓，休学半年，回家乡休养去了，寝室里又来了新的室友，都是乐天的家伙，每日里都欢声笑语。苏兮很快就融入进去，四个女孩像一家人般快乐。

可是，只有苏兮自己知道，她依然无法感受到任何情感，所有的一切都不过是在演戏罢了。

她以为这样的日子会永无休止地继续下去，生活平淡乏味。直到有一天，她又梦到了那个可怕的屠宰场，梦到了那首可怕的曲子。

她几乎是疯了一样从床上跳下来，遥远的地方传来琵琶声，她冲到阳台上，眺望远处的殡仪馆，眼泪终于无法抑制地流淌下来。

她刚刚记起了一切。

多年前的那个晚上，她和白晓在屠宰场里缩成一团，惊恐地看着肖绫肢解女孩，忽然间，她们听到了急促的脚步声，有一个男孩闯了进来。

那个男孩比苏兮大几岁，不可置信地看着眼前血腥的一切，肖绫喜不自禁地扑过去，用满是鲜血的手抱住他的脸："儿子，儿子你回来了，我就知道，你不会不要我的。"

男孩厌恶地推开她，两人发生了激烈的争吵，肖绫发了疯，拿起尖刀刺向自己的儿子，两人扭打起来，然后，她们听到血肉模糊的声音。

肖绫缓缓向后退去，靠着墙壁跌坐下来，没了声息。男孩满身是血，一脸惊恐，呆了半晌，才突然对苏兮她们大吼："快走！快！"

两个女孩惊慌失措地逃跑了，仓库沉重的铁门在她们身后关上，也关闭了一桩可怕的罪恶。

那个男孩，正是曹魏。

ACADEMY OF MUSIC

故事五　血色钢琴曲

88个键，黑白分明，如同人的眼眸，带着无尽的诱惑，让她禁不住内心的狂喜。

风雨如书

－ 楔子 －

夜色深沉，整个校园一片漆黑，冷风阵阵。

她抱着手电筒缩着身子，顺着走廊向实验楼跑去。实验楼里空荡荡的，她往前跑了几步，又停了下来，回头朝身后看了看，总觉得身后似乎有人。

有风吹过来，旁边的窗户响了几下，她缩了缩脖子，拧开了手电筒，然后向前走去。整个实验楼仿佛是一座空荡荡的坟墓，她每走一步，心便剧烈跳一下。十分钟后，她停在了一个房间面前，房间的门开了缝隙，像是幽灵咧开的嘴，诡异莫测。

真的要进去吗？她有些犹豫，握着手电筒的手有些潮湿。思来想去，她还是推开了眼前的门，走了进去。

房间里面一片凌乱，地上是破旧的书籍，墙边到处堆放着破损的桌椅，到处是灰尘，到处是蜘蛛网，手电能照到的地方几乎全部被灰尘覆盖。最后，手电的光芒落到了前面一块白布上。

她的心脏跳了起来，她知道，那是一架钢琴。

这时候，走廊忽然传来几个脚步声，她的心一颤，慌忙钻到了旁边的桌子下面。

脚步声越来越近，最后停在了房间外面。

“我们真的要进去吗？”随着一道手电光闪过，一个嗓子略微有些娇嫩的声音响了起来，听起来是一个女学生。

“当然，马上就要考试了，你不是想再修习一年吧。”第二个说话的也是女生，声音洪亮，中气十足。

“就是，就是，我们是来拜祭的，又不是来捣乱的。”第三个女生说话瓮声瓮气的，但是显得很和气。

“吱”地一声，门被推开了，三个女生走了进来，她们的手里都拎着一个小篮子，里面是红色的塑料结。

“这些东西管用吗？”那个声音稚嫩的女孩又说话了。

“不知道，不过听说肖望生前最喜欢塑料结，我们带这些给他，不会错的。”

“是啊，今天可是肖望的生日，他一定会喜欢的。”

躲在桌子底下的她此刻忽然明白过来，今天竟然是肖望的生日，她不由得抬头望了一眼前面的钢琴，那架钢琴静静地伫立在那里，仿佛一具死尸，默不作声。

三个女生很快便离开了，整个琴房又安静下来。她从桌子底下钻了出来，走到了那些红色塑料结跟前，三个女生一定是别的班的，她们把塑料结撒在地上，光线下面看起来如同一滴滴嫣红的血。

“呼”，钢琴上面的白布忽然动了一下，然后滑落到了地上，她慌忙把手电照了过去，只见一个人影从黑暗中走了出来，然后慢慢地坐到了钢琴面前。

她全身一震，身体往后退了两步，手电光亮下，清晰地映出钢琴旁边人影的样子，他赫然就是死了两年的肖望。

她左手一松，手电掉在了地上，光线乱晃，整个琴房影影绰绰……

— 1 —

夜里下着雨，雷声很大，闪电发出惊悚的光芒划亮天际，照在实验楼上，仿佛是吸血鬼古堡复苏一样鬼魅。

女孩一直在挖着什么，直到双手流血也没有停下。雨水冲淡了手上的血迹，冲开了泥土，露出了埋藏在泥中的那样东西。

那是一个深黑色的盒子。

女孩更加用力地挖着，时间一分一秒的过去，终于，整个盒子都显现了出来。女孩小心翼翼地将盒子从泥土里面取了出来，将它虔诚地放在了自己面前。

盒子复活了，上面的字清晰地出现在女孩眼前，上面清楚地写着——绝世。

这是肖望的生命绝曲。

女孩颤抖着打开了盒子盖，她的眼里闪出了欣喜的光芒，盒子里有一叠薄薄的纸笺，女孩小心护着那些纸笺，生怕雨水溅落到上面。

就在女孩欣喜若狂的时候，盒子里突然伸出一只手来，一下扼住了女孩的脖子，她用力挣脱着，但是却怎么也无法甩开，脖子上的手劲越来越大，女孩的眼前开始模糊，她看见自己的身体慢慢被拉进了黑盒子里，然后泥土重新覆盖到了盒子上面，一切仿佛没有发生过一样。

"停，停，停。"听到这里，上铺的杜玉娟打断了苏蕾的讲述，"哪有这么恐怖啊！"

"你不信？"苏蕾白了她一眼，有些生气她打断自己的故事。

"我也不信，我听说肖望可是为了林安儿才死的。本来一个凄美的爱情故事，被你讲得如此恐怖。"对面的赵林丽也摇着头说话了。

"本来就很恐怖啊，我听说每天晚上肖望的鬼魂都会回到 2 号琴房呢，有人从那里经过，还能听到钢琴声响起。不说了，我得去洗漱了，你们自己想吧。”苏蕾说着站了起来，端着脸盆出去了。

苏蕾走后，其他人都没有说话。杜玉娟戴上耳机继续听音乐，赵林丽则拿着乐谱继续默读着那些音符。

明天是南明音乐学院选系考试，这样一个考试对于音乐学院的每个学生来说都是非常重要的，如果能够被选进重点班，那么他们将踏上一条锦绣之路，同样，如果落选，只能再等一年。

赵林丽看着那些音符，脑袋越来越重，她来自一个普通的工薪家庭，对于选择音乐学院这条路，家人本来就不同意，所以她十分在乎明天的考试。宿舍里的其他人则不一样，杜玉娟本身出生于音乐世家，对于音乐技能的掌握非常到位，而苏蕾是一个标准的富家女，对于前途早有安排。

“砰”，宿舍的门被苏蕾撞开了，她哼着歌曲走了进来，把手里的瓶瓶罐罐化妆品放到桌子上，然后开始卸妆。

“其实肖望真的很优秀，咱们学校这么几年就出了个这样的天才。你想，他来自一个贫困家庭，但是对钢琴的感悟可不是一般的通透。他不但是一个优秀的钢琴师，更是一个痴情种，那个林安儿可真幸福。”苏蕾一边擦着脸上的妆容，一边说道。

“天才总是和悲剧挂钩的。”赵林丽惋惜地叹了口气。

“说实话，你要是真想明天考试通过，你去实验楼 2 号琴房拜祭一下肖望，兴许真的管用。我今天听很多人这样说呢！”苏蕾提议。

“是吗？”赵林丽心里不禁一动。

“不过别撞见了肖望，帅哥大家都喜欢，鬼魂可没几个人喜欢啊！”苏蕾“嘻嘻”一笑，取掉脸上的面膜，然后向自己床铺走去。

宿舍的灯熄了。

苏蕾和杜玉娟很快睡着了。但是赵林丽却是满怀心事，翻来覆去，怎么也睡不着。她在担心明天的考试，同样，她的脑子里一直响着刚才苏蕾说的话。

如果去拜祭一下肖望，兴许真的会管用呢！虽然这个做法有些迷信，但是并不是没有道理。要不然那些喜欢义气的人就不会拜关公了。

时间一点一滴的过去了，拜祭肖望的想法像是虫子一样吞噬着赵林丽的心。终于，她从床上坐了起来，最后穿上衣服，走出了宿舍。

深夜的校园，有些阴沉，月亮半死不活地泛着白光。

赵林丽走过操场，很快来到了前面的实验楼。她看着眼前这栋有些陈旧的楼房，身上禁不住有些颤抖，不过想起明天的考试，她还是咬牙走了进去。

– 2 –

女孩坐到了钢琴边，她的姿势很僵硬，仿佛一个孩童，好奇地看着这个世界。事实上，整个房间里只有一个手电筒在亮着光。

“噔，噔噔……”清悦的钢琴声响了起来，在 2 号琴房，格外响亮。

女孩很陶醉，手指从最开始的生涩变得行云流水，仿佛是一个技巧娴熟的钢琴师，演奏着绝世惊曲。

赵林丽感觉内心充满了恐惧，她看着房间里面那个弹奏钢琴的女孩，简直无法相信自己的眼睛。

女孩弹奏的优美钢琴声，简直堪比国外大师的琴声。难道真的是肖望的鬼魂出现了？

这个时候，钢琴声停了下来，赵林丽慌忙退出了走廊。

“你愿把灵魂留在这里吗？”琴房里传出一个陌生的男声。

赵林丽打了个哆嗦，虽然她从没听过肖望的声音，但是她可以确定，那就是肖望的声音。

不知道自己是怎样回到宿舍的，赵林丽躺到床上，把整个被子紧紧裹在身上，整个身体蜷缩着，依然无法平息内心的颤抖。

琴房里的女孩是3班的林欣，她和赵林丽军训的时候是一个班的，赵林丽知道林欣的音乐基础并不好，可是她竟然弹出了那么好听的钢琴曲。

难道她去拜祭了肖望？最后那个男人的声音是谁的？肖望的吗？他让林欣把灵魂留下？

无数个问题充斥在赵林丽的脑子里，她感觉自己陷入了一张巨大的黑网中，迷迷糊糊地睡着了。

在梦里，她又一次来到了2号琴房。她看见自己来到了那个钢琴面前，钢琴干净整洁，黑键神秘，白键高雅。她抬手抚摸过去，琴键发出悦耳的音符声。

“坐下来试试吧。”一个声音在她的耳朵里响了起来。

她知道那是蛊惑，她想拒绝，可是身体却不由自主地坐到了那里，两只手轻轻放到了钢琴上面。

音符如同不受控制的双手一样在耳边响起，她感觉自己和眼前这架钢琴飞离了地面，在空中旋转。她轻快地弹奏着曲子，自己仿佛成了舞台的大师，她开心地笑起来。就在这个时候，钢琴突然伸出了触手，一下裹住了她。

“啊……”赵林丽睁开了眼，大声喊了一下。

“怎么了？”听到喊声的杜玉娟和苏蕾被惊醒了。

“做噩梦了。”赵林丽不好意思地笑了笑。

“吓死人了，不会梦见自己没被选上吧。”苏蕾笑着问。

“不是，不是。”赵林丽摇了摇头，重新躺到了床上，刚才的噩梦依然在眼前，也许真的是太累了。

“你觉得今天谁会被选走？”苏蕾和杜玉娟已经准备起床了，两个人在说话。

“这个谁知道呢？要知道我们学校可是卧虎藏龙啊！”杜玉娟说道。

赵林丽忽然想起了林欣，昨天晚上在2号琴房看到的那一幕，她可以确定那是真的。林欣把自己的灵魂给了肖望，那她会不会被选上呢？

学校礼堂挤满了人，每年南明音乐学院的选试总会吸引很多人，包括外校的学生老师。为了体现选试的公平与公正，学校还特意邀请了南明电视台的记者来做现场报道。

赵林丽和杜玉娟坐在一起，苏蕾直接连来都没来。对于这样的情况，赵林丽和杜玉娟早已经习以为常。

“你看见了吗？中间那个评委是我们的师姐，她叫叶子涵，和肖望是同学呢，现在可是知名唱片公司的歌手。听说她以前暗恋过肖望呢！”杜玉娟指着前面评委席上的一个女孩说道。

“是吗？我怎么没听说过她呀！很出名吗？”赵林丽盯着那个女孩，的确，她的穿着打扮不像平常人，似乎真的是个明星。

“废话，人家都用艺名，叶子啊！听说今天刚刚发行了新专辑，一会儿还会演唱呢！”杜玉娟白了她一眼。

“你说的是叶子，我的天啊，她竟然是我们学校毕业的？”说到叶子，赵林丽顿时明白了过来，那可是现在正流行的新秀歌星啊！

“好了，一会儿好好表现吧，也许得到她的经纪人赏识，我们也成明星呢！”杜玉娟“嘿嘿”一笑。

这个时候，主持人走到了台上，选试正式开始。

南明音乐学院新生一共有四百多人，对于这样的选试，几乎每个人都想试试，但是每个班级名额有限，再加上参加选试的费用并不低廉，所以一共有六十名参赛选手，两两对决，最后再进入下次的复赛。

“现在，请大家参照一下电子屏幕上方的对决排序，我们会根据号码开始选试。”主持人说完，舞台上面的电子屏幕上出现了六十个数字。

杜玉娟和赵林丽快速寻找自己的号码，很快，她们各自找到了自己对决的号码。

“你知道跟我对决的人是谁吗？”杜玉娟看到自己的对手号码后笑了起来。

“谁？”

“3 班的林欣，她怎么会赢过我呢？”杜玉娟开心地说道。

“是她？”赵林丽脸色顿时僵住了。

– 3 –

杜玉娟是第十八个出场，根据号码排列，她在林欣前面表演。

“等着我的好消息吧。”杜玉娟临走的时候，冲着赵林丽伸出了一个 V 字。赵林丽想说什么，杜玉娟却已经走进了后台里面。

杜玉娟表演的是二胡独奏。赵林丽知道，杜玉娟练习二胡已经快八年了，她是以优秀的音乐基础考进来的，甚至老师都很欣赏她的表演。并且杜玉娟刚刚拿到了二胡十级证书。所以说无论是从专业角度还是音乐基础来讲，林欣都不可能胜过杜玉娟的，但是赵林丽想起昨天在实验楼 2 号琴房看到的那一幕，她的心里总是有一丝隐隐不安。

赵林丽正在思索的时候，杜玉娟已经换好了表演服，来到了舞台上。她拉的是经典名曲《赛马》。杜玉娟娴熟的技巧，刚刚起调便赢得了观众的掌声，随着她手势的变换，以及曲调的高涨，全场掌声不断。的确，前面虽然已经有二十多个人表演了，但是没有一个可以像杜玉娟一样如此专业，就连评委席上的叶子涵都显得很吃惊。

一曲完毕，杜玉娟站了起来，然后潮水般的掌声雷鸣般响了起来。

“下面有请音乐 3 班林欣同学为大家弹奏一曲钢琴曲《绝世》。”主持人走到舞台中央报出了林欣的参赛曲目。

听完主持人的报幕，所有人都惊呆了，全场一片死寂。

整个南明音乐学院都知道，《绝世》是肖望的临终曲，那是他写给林安儿的曲子。现在林欣竟然要弹奏它，是巧合还是意外呢？

赵林丽感觉自己的心跳到了嗓子眼里，她担心的事情果然出现了。昨天晚上的那一幕看来是真的，肖望真的把灵魂附到了林欣的身上。

所有人都带着疑惑，聚精会神地注视着舞台上的林欣。只见她平和地坐到钢琴面前，双手轻轻弹起了琴键。

钢琴声响了起来，台下登时发出了一阵哄笑。

这分明就是贝多芬的《献给爱丽丝》，哪是什么《绝世》，真不知道是主持人搞错了曲目，还是林欣故意卖弄。

赵林丽也愣住了，林欣弹奏的的确是贝多芬的《献给爱丽丝》，虽然弹奏的是名曲，但是她的技巧和音感还是很不错的，只是因为刚才主持人的报幕，让很多人对她有了误会，台下一片哄乱。

终于，林欣弹奏完毕。

“现在请评委为杜玉娟和林欣同学打分。”主持人对于林欣的做法似乎也有些纳闷，报到她的名字的时候，还特意看了她一眼。

五个评委，两个支持杜玉娟，两个支持林欣，只剩下最后一个评委，她是叶子涵。

“下面有请叶子涵评委为两位同学打分，你选择哪一个？”主持人看着叶子涵问。

叶子涵似乎在想什么事情，对于主持人的话没有任何反应，直到旁边的评委推了她一下，她才反应过来。

“叶老师有些难以抉择呀！”主持人自嘲地说道。

“我选，林欣。”叶子涵亮出了自己的选择。

台下一片嘘声。这个结果实在有些意外，台上的杜玉娟似乎没想到会输，竟然愣在那里，半天没有回过神来。

选试继续进行，赵林丽是第二十个出场，本来她想安慰杜玉娟，但轮到她到后台了。她的对手是自己班的一个男生，那个男生似乎并没有多大意愿被选上，所以赵林丽轻松胜出了。

选试完毕后，赵林丽匆匆离开了礼堂，她先是给杜玉娟打电话，电话关机，然后她来到了宿舍，杜玉娟也不在。她刚准备离开的时候，宿舍电话响了。

“你好，杜玉娟在吗？”电话里是一个中年女人的声音，似乎是杜玉娟的妈妈。

“嗯，她还没回来。”

“现在选试结束了吗？她选上了吗？”杜玉娟的妈妈急切地问道。

“还没结束呢？等她回来了，我让她给你回电话，好吗？”赵林丽实在不知道该怎么同她讲，杜玉娟没有被选上。

“好的，谢谢你！”

挂掉电话，赵林丽跑出了宿舍，她想起以前杜玉娟经常去的一个地方——学校后面的小树林。

穿过学校后门，赵林丽果然在那里看到了杜玉娟，她一个人坐在地上，轻声抽泣着。赵林丽慢慢走到了她面前。

“我怎么会输呢？”杜玉娟抬眼说道，她的眼里全部是晶莹的眼泪。

“都怨那个叶子涵，她一点都不懂。”赵林丽不知道该怎么安慰她，只好把责任推向了叶子涵。

“不，不能怨她的。只是我该怎么和妈妈说，她一直期待我可以被选上的。”说到这里，杜玉娟又哭了起来。

“没事的，我们知道你的实力。老师不是说过吗？是金子，到哪里都会闪光的。”赵林丽抱着她说道。

杜玉娟不再说话，只是轻声哭泣着。

风吹着树叶，呜呜作响。

– 4 –

赵林丽又做梦了。

这一次，她梦见自己站在舞台上，林欣在弹琴，琴声阴沉，仿佛是黑色的水，将整个世界淹没。然后，场景又回到了 2 号琴房，她看见杜玉娟坐在那里，双手用力按在琴键上，有嫣红的血从手指上流出来，染红了琴键。

赵林丽睁开了眼，用力吸了口气，然后她听到了一个声音，似乎是什么东西在撞击窗户的声音。“啪”一下，她抬起头，然后瞳孔里映出了惊人的一幕。

杜玉娟的尸体吊在窗台边，身体因为绳子的松动，时不时撞击到窗户上，发出“啪啪”的声音，

“啊……”赵林丽的尖叫传遍了整个女生宿舍楼。

警察在宿舍里拉起了警戒线，法医和警察开始勘察现场，作为第一目击人的赵林丽和苏蕾都受到了不小的惊吓。

很快，法医给出了结果，杜玉娟死于自杀。

当然，她们都知道杜玉娟自杀的原因。

人群中，林欣也在，她穿着一件黑色的长风衣，如同一个幽灵，冷漠地看着眼前的一切。

“都是你，你这个恶魔。”一股怒火突然涌进了赵林丽的心里，她瞬间冲了过去，向林欣扑去。

“干什么，干什么。”宿舍管理员拉开了赵林丽。

“别以为我不知道你做过什么？你会为自己所做的一切付出代价。”赵林丽冲着林欣喊道。

林欣没有说话，默默地转头离去。

杜玉娟的死，让整个音乐学院为之一颤。选试一直以来都是一个选拔优秀生的手段，是校方用来鼓励学生的一种方法，但是现在却有人为了这自杀。这让学校不得不考虑学生心理问题。

一些跟风的媒体开始在叶子涵身上打主意，他们认为是叶子涵评判不公，导致学生自杀。于是，短短不到一天的时间，整个媒体、报纸、网站都充满了叶子涵和音乐学院以及杜玉娟死亡的新闻。

天渐渐黑了，赵林丽趴在桌子上一动不动，她保持这个姿势已经有一个小时。杜玉娟的死让她的心情很难过。

昨天晚上，杜玉娟和她一起回到宿舍，然后杜玉娟给妈妈回了个电话，听到杜玉娟没有选上，杜玉娟的妈妈语气犀利，有一种歇斯底里的失望。挂掉电话，杜玉娟便上床睡觉了。赵林丽帮她打来晚饭，她也没吃。

赵林丽知道，杜玉娟出生在音乐世家，从小父母对她要求严格，也许正是这种严格才让她有这无形的压力，最后选择轻生。

对于林欣，赵林丽有一种说不出的感觉，所有人都知道，林欣根本什么都不会，却弹出了让她进入复赛的钢琴曲。这是为什么呢？也许答案真的和那天晚上在实验楼发生的一切有关系。如果能揭开林欣的秘密，那么至少可以给杜玉娟一个交代。想到这里，赵林丽顿时坐了起来。

走出教室，赵林丽径直来到了实验楼。不知道是因为心情的缘故还是其他原因，整个实验楼一片阴沉，远处的灯光照过来，显得影影绰绰。

赵林丽穿过走廊来到了 2 号琴房。

房间里面很静，没有任何声音，静得让人害怕。那架钢琴死一样矗立在那里，那块蒙在上面的白布如同一块盖尸布，散发着鬼魅的气息。赵林丽慢慢走了过去，轻轻揭开了那块白布。

钢琴上面很干净，白键干净，黑键整洁。

Do、ri 、mi、fa 、sol、la、xi……

赵林丽顺序按下了琴键，钢琴发出了单调的曲声，这是一架老式钢琴，听说以前是学生练习的公共钢琴，后来肖望出事后便放到了这里。如同宝剑殉英雄一样，再也没有人碰过它，但是林欣却碰了它，她让钢琴再次响了起来，惊动了肖望的鬼魂。

突然，走廊传来一阵脚步声。赵林丽慌忙盖住钢琴，躲到了旁边的角落里。

门被推开了，一个人走了进来，赵林丽只能看到来人的下半身，这是一个女人，她穿着一条米色的裤子，穿着一双高跟鞋，似乎不是学生。

只见女人坐到了钢琴旁边，揭开了上面的白布，她无声地摸索着琴键，仿佛在悼念故人。

赵林丽歪着头，她想看看来人是谁，但是身体却不敢发出声音，就在她心急如焚的时候，那个人突然弹响了钢琴。

竟然是一曲娴熟的《月光曲》，欢快的音调，简直就是一个专业的钢琴演奏师的作品。赵林丽不禁听呆了。直到曲子结束后，她才回过神来。

“难道你从来没有离开过吗？你还是没有忘记林安儿，是你让林欣弹起《绝世》的吗？”那个人忽然说话了，语气之中充满了忧伤。

赵林丽忽然想起了一个人，她是叶子涵。

– 5 –

钢琴没有变，依然停留在 2 号琴房。

那一年的月光很凉，凉到心扉。

叶子涵拿着乐谱偷偷来到 2 号琴房，坐到了钢琴面前。这架钢琴平常白天被很多人用，根本轮不到她，所以她只能选择晚上来练习。

第一次见到钢琴，叶子涵便深深爱上了这种乐器。88 个键，黑白分明，如同人的眼眸，带着无尽的诱惑，让她按捺不住内心的狂喜。当她看到老师在台上演奏出行云流水般的乐曲时，她的内心彻底沦陷了。这是一种超越其他音乐的伟大乐器。无论是肖邦还是贝多芬，每个为它沦陷的人，都曾经创造出了惊世杰作。

所以，她暗暗发誓，一定要好好学习钢琴。

叶子涵抚摸着那些钢琴键，仿佛那是锦缎玉雕，她小心翼翼地拨弄着琴键，按照乐谱断断续续地弹奏了一段小曲。

断续的曲声让她皱紧了眉头，她知道练习钢琴曲需要多加练习。就在她思索着该如何安排自己多来琴房几次的时候，琴房的门开了，一个男生走了进来。

他是肖望。

看到坐在钢琴前的叶子涵，他有些意外。

“你，你也来练琴啊！”叶子涵一下站了起来，竟然有些紧张。

“刚才是你弹的？”肖望点点头说。

“是的，我，我还不熟。”叶子涵低着头，脸上一片火辣。

“多练习一下就好了，其实我也刚学。你看，弹奏的时候，尽量不要边看乐谱边弹，这样曲子会断断续续的，连接不上。”肖望说着坐到了钢琴面前，双手轻盈地在钢琴上飞舞。

那是叶子涵第一次近距离接近肖望，这个音乐天才在南明音乐学院一直是一个神一样的人物。他每天总是行色匆匆，沉默寡言，只有在谈论音乐的时候才会滔滔谈论。

肖望弹奏的是肖邦的《夜曲》，听着优美的琴声，望着窗外的夜色朦胧，叶子涵真的出现了错觉，她自己彻底沉浸到了肖望的琴声里。

那个夜晚，美好而朦胧，是叶子涵记忆最为深刻的一个夜晚。她也是那个时候爱上了肖望，如同她对钢琴的沉沦一样，一发不可收。

肖望并不是每天都来琴房，他偶尔来一次，但是叶子涵很珍惜他来的时间，两个人在一起讨论音乐、讨论钢琴、讨论人生。为了能够和肖望在一起，叶子涵拼命学习着乐理知识，尽量让自己的心和这个天才靠近，虽然很累，但是每次能够和肖望站在同一个角度的时候，她的内心满满的全是蜜。

第二年的选试，叶子涵和肖望同时通过，与他们一起通过的还有一个女孩，她是林安儿。

世界上的事情就是如此奇怪，无论是从基础还是经历，叶子涵和肖望都有着非常合理的相似，所有人都以为他们会在一起，肖望却选择了林安儿。

林安儿是南明一家企业老总的千金，她爱上了肖望。

面对肖望的离去，叶子涵选择了隐忍。本来他们之间就没什么，她把悲愤化成动力，不仅修习了钢琴、吉他，并且开始学习通俗演唱和美声演唱。

曾经的天才音乐家肖望因为和林安儿的相爱成了众矢之的，而叶子涵被老师和同学们推向了顶端。

肖望和林安儿的爱情在被林安儿家人知道后出现了危机，林安儿的母亲带着人找到肖望，用尽各种办法威胁他，最后让林安儿回家，阻止他们见面。

那天晚上，叶子涵在琴房再次见到肖望。

他们已经很久没有单独相处了。

"我送你一首曲子吧。"叶子涵说话了，然后默默地坐到了钢琴面前。

叶子涵弹奏的是贝多芬的《献给爱丽丝》，琴声代表心声。

肖望没有说话，叶子涵闭着眼睛，她的眼前是她和肖望在一起的每一寸时光。

"贝多芬一生没有结婚，唯一的爱人便是他的学生特雷莎，这首曲子就是为她创作的。只是后来被人改成了献给爱丽丝。"肖望轻声说道。

"是的，就像我对你一样，我一直深深爱着你。我想告诉你，即使你和林安儿真的不能在一起了，我还在等你。"叶子涵的眼泪落了下来。

"爱情不能勉强，我也曾想试着去爱你，但是我发现你为了能和我在一起，你很累。爱情如果那么辛苦，我们又何必强求。"肖望叹了口气，"如果有下辈子，也许我会和你在一起，从一而终。"

肖望坐到了钢琴边，弹奏了一个曲子，它就是《绝世》，原名《献给林安儿》。其实这个曲子和贝多芬的《献给爱丽丝》，几乎如出一辙，只是在曲风和中间有一些变化。

眼泪滴到了琴键上，叶子涵从回忆里醒了过来。昨天，她听到林欣弹奏的《绝世》，恍如当年那晚上肖望弹奏的场景一样。

"难道真的是你回来了？"叶子涵抚摸着钢琴，柔声问道。

－6－

叶子涵终于站了起来，她的情绪似乎很低落。就在她准备离开琴房的时候，又有一个人进来了。

“林欣？”叶子涵喊出了来人的名字。

“叶老师，你怎么在这？”林欣似乎没想到叶子涵竟然在琴房。

“我来看看，你昨天的演出很成功。”叶子涵说道。

“是吗？其实就是一个简单的练习曲，我没想到竟然可以通过。”可能连林欣自己都有一些意外。

“不，你弹的是《绝世》，那不是《献给爱丽丝》，我能问你一个问题吗？”

“什么？”

“你是从哪里得到这个曲子的？”叶子涵问。

“这个，这个……”林欣沉默了。

“如果不方便就算了。”

“不，叶老师，其实说出来我怕你不信，是，肖望给我的。”

“你说什么？”林欣的话不但让叶子涵惊呆了，就连躲在桌子下面的赵林丽也差点叫出声。

“肖望不是已经死了吗？”叶子涵问。

“是的，可是我也不知道怎么回事。前天晚上，我来这里祭拜肖望，忽然吹过来一阵风，一个人影便从前面走了过来，坐到了钢琴面前，我走过去看了一下，那个人就是肖望。他默默地弹奏着这首曲子，不知道为什么，那时候我的脑子仿佛成了一个计数器，清晰地把那些音符记进了脑子里。其实，这个曲子很简单，就是《献给爱丽丝》，只是在中间有一些变化。后来我便坐到钢琴边弹了起来，直到我走出实验楼，我的脑袋都昏昏沉沉的，仿佛真的见鬼了。”林欣一口气说完了前晚的遭遇。

“你确定看到的是肖望？”叶子涵似乎不太相信林欣的话。

“绝对错不了，但是这也太不可思议了。所以到现在我都不明白是怎么回事？”林欣点点头说。

“也许你看错了，我得走了，你好好练习下次考试的曲子吧。”叶子涵停顿了几秒后说。

“好的，我们一起走吧。本来我是心里有些不安，想来这里看看的。”林欣似乎觉得有些害怕了，跟着叶子涵走了出去。

门被关上了。

赵林丽从桌子底下钻了出来。房间内安静了下来，钢琴依然寂寂不动，仿佛死了一样。赵林丽思索着刚才叶子涵和林欣的对话，前天晚上她的确看到林欣在这里弹奏钢琴，难道她真的见到了肖望的鬼魂？

就在赵林丽疑惑不解的时候，前面突然响了一下，一个人影从前面走了过来，那个人影走得很慢，步履僵直，仿佛根本没有看见赵林丽。

赵林丽的头皮有些发麻，愣愣地站在那里，她看着那个人影越来越近，最后来到钢琴面前，坐了下来。

他是肖望。

赵林丽感觉后背爬满了鸡皮疙瘩，整个身体一片僵直。

肖望弹起了钢琴曲，悠扬的曲声听上去如同鬼魅的嚎叫。赵林丽吸了口气，往后退了两步，身体一下瘫到了地上。

有鬼，有鬼，几秒钟后，赵林丽用尽全身力气爬了起来，向门外跑去，这个时候，忽然有人从背后抓住了她的腿，然后一下把她拉了回去，赵林丽用尽力气踹着，但是那只抓着她腿的手如同一个钢圈一样，丝毫没有松开，她回头看了一眼，正好看见肖望呆板的脸……

－7－

这是一个周末，叶子涵忙完了新专辑的发布会，回到家里的时候已经是夜半时分。下车的时候，经纪人给了她最近的工作日程安排，她草草扫了几眼，这才想起来，过两天就是南明音乐学院选试的复赛了。

电梯门开了，叶子涵走了进去，按下了数字 23。

最近，叶子涵一直睡不好，她总是梦见肖望来找她。肖望已经死了，这是不争的事实。肖望的尸体被警察抬走的时候，叶子涵还掀开白布看过，肖望的样子永远印在了她的脑海里。带着遗憾、伤心，也许更是绝望。

谁都没想到这样一个优秀的天才音乐生会选择结束自己的生命。叶子涵呆呆地坐到了门边，她知道自己这辈子再也见不到肖望了，他真的离开了。

林安儿是在下午知道噩耗的，也许是知道肖望已死，她的家人并没有阻挡她来看望肖望。她跑到火葬场的时候，肖望的家人正准备给肖望换衣服，她的哭声超越了火葬场任何一个人的哭泣。

那是一种哀嚎，疯狂的，无法克制的绝唱。

叶子涵没有在火葬场，但是她能想象出林安儿的悲伤。曾经，他们那么相爱，甚至为了爱情，他们宁愿放弃一切也要选择在一起，但是最终他们还是分开了，并且是最痛苦的阴阳两隔。

“叮”，电梯门响了一下，然后开了，叶子涵走出了电梯。

叶子涵对于林欣的话一直耿耿于怀，她无论如何也不相信林欣见到了肖望。但是最近南明音乐学院闹鬼的事情在整个城市传得沸沸扬扬，尤其是关于肖望的。最开始是当时选试和林欣一组的那个女学生自杀，后来她的舍友赵林丽又失踪了，在失踪前曾经向人发出过求救短信，短信息只有一句话，2 号琴房有鬼。

突然，手机响了起来，是一个陌生的号码，叶子涵拿起手机愣了几秒钟，接通了。

“叶老师吗？我是林欣，南明音乐学院的学生。”电话里传出来一个怯怯的声音。

“哦，是你啊，我记得你。”叶子涵想了起来，是那个弹奏《绝世》的女孩，“你有什么事吗？”

“其实那天我说了谎，我一直在自责，不知道该怎么和你说。”

“什么？”叶子涵心里一动。

“其实我没有见到肖望的鬼魂，我见到的是一个女人，她说只要我说见到了肖望的鬼魂，就让我通过学校的选试。现在整个学校都在传说肖望的鬼魂附在了我身上，我很难过。你能不能帮我？”林欣痛苦地说道。

“什么女人？林欣，你在哪里？”叶子涵听得一头雾水。

“我在 2 号琴房，我不知道该怎么办？叶老师，我只是想通过选试，我没想到这会使杜玉娟自杀，如果大家觉得只要我死了就能解脱了这一切，我宁愿死去。”林欣哀哀地哭了起来。

“你别做傻事，我现在马上过去。”叶子涵说完挂掉了电话，向门外跑去。

坐在车上，叶子涵的心沉了下去，她在思索林欣说的那个女人是谁？

林安儿从火葬场出来后，精神便出了问题，有人说她去了精神病医院，也有人说随着父母去了国外，也有人说她去了 2 号琴房自杀，跟着肖望离开了。

林欣说的那个女人会不会是林安儿？一个念头突然跳进了叶子涵的脑子里。其实，这种猜测叶子涵不是第一次推理，之前一直流传南明音乐学院 2 号琴房有钢琴声，很多人以为那是肖望的诅咒，其实不然，也许就是林安儿在里面纪念肖望。

十分钟后，车子停在了南明音乐学院，走进学校里面，叶子涵直奔实验楼。

林欣果然在，她在弹钢琴。

琴声有些生疏，仿佛一个初涉音乐的学生在练习谱曲一样，尤其是熟悉钢琴弹奏技巧的叶子涵，听上去有一种厌恶感。

“叶老师，你来了。”林欣看到叶子涵，站了起来。

“你弹的什么曲子啊！”叶子涵点了点头。

“哦，是一首不熟的曲子，有些音符转换我还不知道怎么弹合适。”林欣说道。

“这是曲谱吗？”叶子涵走过去看到钢琴前面放着一张纸，上面标着几个音符。

“是的。”林欣点了点头。

叶子涵看着乐谱，双手轻抚琴键，很快，一曲流畅的琴声传了出来，那些音符在叶子涵的拨动下变成了声音的精灵，四下飞散，组成了一幅绝世的音乐画卷。

“叶老师真厉害啊，怎么弹得这么熟悉啊！”林欣说道。

“什么？”叶子涵顿时停了下来。

“这首曲子名叫《约定》，它是肖望的作品。”林欣的脸上露出了诡异的笑容。

“你怎么知道？”叶子涵愣住了，还没有等她反应过来，林欣瞬间冲到了她面前，她的手里拿着一个手帕，一下捂到了她的鼻子上，一股奇怪的味道窜进鼻子里面，她想说什么，眼前一黑，晕了过去……

– 8 –

赵林丽不知道自己睡了多久，她感觉自己来到了地狱，从第一层地狱掉到第十八层，每一层都是恶魔的世界，每一层都是冤鬼的天地。

她梦见自己坐在钢琴边，两只手在琴键上快速地移动，耳边响起了哀怨的曲声，这个曲声让她想起老家给死人送葬的曲调。

舞台上飘起了白色的冥钱，密密麻麻的，把舞台铺了满满的一层，然后有人走了过来，他们分别是肖望、林欣、杜玉娟、苏蕾，最后一个竟然是叶子涵。他们走到赵林丽身边，一个个笔直地站着，默不作声。

“快点弹，弹完就跟我们一起死。”杜玉娟说话了。

“啊……”赵林丽叫了起来，她想跑却怎么也跑不掉，然后，她睁开了眼睛。

这是什么地方？眼前一片漆黑，黑暗比恐惧更让人害怕。

“有人吗？”赵林丽摸索着站了起来，她感觉呼吸有些困难，空气里似乎有什么腐朽的灰尘味。

赵林丽扶着墙慢慢向前走去，她感觉自己处在地下，因为面前有一道向上延伸的阶梯。她小心翼翼地沿着阶梯向上走去。

走到阶梯尽头的时候，她听到上面传来了两个人说话声，于是她放慢了脚步。

“现在我们怎么办？”说话的是林欣的声音，赵林丽记得。

“没事，只要等她醒过来，承认拿走了肖望的日记本，我们就赢了。”另外是一个男人的声音，听起来有些稚嫩，似乎是个学生。

“真没想到叶子涵竟然如此卑鄙，她依靠肖望生前创作的曲子才有了今天的位置。”林欣咒骂道。

“真正有才华的人因为性情清高，很少会被人赏识的。就像杜玉娟，真是可惜了。如果她知道你是因为弹奏了肖望的歌曲才入选，她肯定不会自杀。”

“是啊，这点的确很郁闷，现在很多同学都在怪我。”

“没事，等过了今天就好了，别难过了。”

“她醒了。”这个时候，林欣忽然说话了。

赵林丽听到这里不禁有些好奇，她不知道林欣和那个陌生人绑架了谁？于是她偷偷把头往前面探了探，微弱的光亮下，赵林丽看见一个女人躺在地上挣扎着，她是叶子涵。

“你醒了，叶老师。”林欣说话了。

“你们是谁？你们要干什么？”叶子涵似乎知道了自己的处境，警惕地看着他们。

“叶子涵，你偷了肖望的日记本，拿他创作的曲子来赢得自己的地位，这种手段真是卑鄙，现在你有什么好说的。”那个男人大声喊道。

“你们胡说，你们有什么证据？”叶子涵叫了起来。

“肖望在临死前曾经给家里寄过一个包裹，可惜里面只有他的一些生活用品，本来应该有一本创作手记的，但是被你拿走了。只要你告诉我们那本创作手记在哪里，我们保证不会为难你。否则，明天各大新闻媒体便爆料出你创作抄袭的新闻。”林欣笑着说道。

叶子涵沉默了。

“叶老师，你好不容易才有了今天的地位，你是个聪明人，不要让我们等太久。”林欣说道。

“我只想知道你们是怎么知道这件事情的。”叶子涵说话了。

“很简单，是林安儿告诉我的，她是我堂姐。”林欣说道。

“真没想到，林安儿有你这样的妹妹。好，我可以告诉你们创作手记在哪里，并且我还能给你们提供十万块钱资金，但是我有一个要求。”

“什么要求？”听到叶子涵的话，林欣和那个男人急声问道。

“这些东西只给你们其中一个人，如果你们想得到，必须杀死另外一个人。谁活下来，我给谁。”

听到这里，赵林丽不禁惊呆了，她没想到叶子涵竟然如此有心计。

“你想找死吗？”林欣一下揪住了叶子涵的衣领。

“当然你们也可以选择杀死我，那样你们非但什么都得不到，等我的经纪人发现我失踪找到这里的时候，你们谁也逃不了。”

“好，我同意。”突然，那个男人说话了。

– 9 –

林欣被男人打倒在地上。

叶子涵如实告诉了那个男人创作手记在那里，并且把一张银行卡和密码交给了他。

“好，我现在就去找创作手记，如果找到了我会告诉你的经纪人你在这里。”男人拿着银行卡离开了。

男人离开了，叶子涵站了起来，这个时候，倒在地上的林欣突然发出了一个微弱的呻吟声。叶子涵走到了她面前。

“救救我。”

“真可怜，可惜那个男人比你更可怜。你猜他是先去拿创作手记还是先去取钱？我打赌，他一定先去取钱，因为他不是喜欢音乐的人，十万块钱可比那本创作手记诱惑大了。只要他取钱，我的经纪人便知道我出事了，他便会想尽办法来找我。现在，只要你死了，这个世界上再不会有人知道我的秘密。”叶子涵笑了起来。

“你，你会得到报应的，这个世界上没有别人不知道的秘密的……”林欣的话没说完，叶子涵手里的石头已重重敲在她的头上，然后她再也说不出来了。

赵林丽躲在一边屏着呼吸，本来她准备出去和叶子涵汇合，但是想到刚才她对林欣所做的一切，她犹豫了，这一犹豫，救了她的命。

赵林丽不知道自己在黑暗中待了多久，她先是听到叶子涵把林欣的尸体处理完，跟着有人来救走了叶子涵，然后过了很长时间，她确认安全了，才向上爬了出去。

重新见到阳光的那一刻，赵林丽的眼泪流了出来，她慢慢向宿舍走去，在她的脑子里有两个小人在打架。

一个说，向警察报案，告诉全世界叶子涵的丑陋卑鄙行为。她借助肖望的笔记成名，她杀了林欣，她害死了人。

另一个说，不要声张，偷偷找到肖望的创作手记，然后敲诈叶子涵，你也可以当明星。

两个小人不停地打着架，究竟谁会打赢呢？赵林丽感觉有些头疼，她的脑子里又响起了林欣死前说的话：

“这个世界上没有别人不知道的秘密。”

这句话一定是说给她听的，因为他们当初把她绑架到这里并没有想过要伤害她，也许那是林欣最后的希望。

想到这里，赵林丽突然明白过来，脑子里的两个小人也决出了胜负。然后，她大步向前走去……

ACADEMY OF MUSIC

故事六　下一个就是你

夏洁站在楼顶，再次吹起了葫芦丝。《月光下的凤尾竹》那特有的舒缓和苍凉萦绕在四周，似乎连空气也变得悲凄起来。

紫龙晴川

– 楔子 –

我是紫龙晴川，一个恐怖小说作家。

我是个为恐怖小说而生的怪才。当看到人吃饭时，我会看到他用刀叉把自己的胳膊切成一块一块再放进嘴里；当看到有人摔倒时，我会看到地下冒出来一只腐烂的手，扯住了他的脚……

井喷般的恐怖灵感，泉涌般的变态创意，雪崩般的离奇画面让我蹿红网络，顺利跟小说网站签了 VIP，拥有了一批粉丝。

我签约的小说名字跟我的人一样粗暴、直接、充满破坏感——《恐怖小说》。

我过着与世隔绝的生活。白天，我躲在地下室里老鼠般的睡觉，晚上爬起来对着冰冷的电脑“劈里啪啦”地敲。一行行充满暴力、诡异、宣泄的文字从我的指尖冒出来跳动着，在屏幕上狰狞地笑着。不久，这些张牙舞爪的精灵就会爬进网站，再流向成千上万台电脑里。

我很满意现在的生活，让我足不出户，躲开人世间的纷纷扰扰。网站 VIP 的收入也不少。我不愿改变现在的生活，依然龟缩在阴暗的地下室里，吃着简单的速食食品。白天睡觉，晚上码字。当然，我也不是一个会存钱的人，也不想让钱改变自己的生活。

我从不担心我的灵感会枯竭，我从不担心我写不出来东西。或许，以前的我会担心。其实，我曾经有一段时间真的灵感枯竭了。但现在我不担心了，因为我有了电脑宝贝——一盆盆栽植物，摆放在电脑旁，防辐射。

跟别人的电脑宝贝不一样，我的电脑宝贝叶片是粉红色的，厚实的叶片像是婴儿粉嫩的小手，仿佛想要从泥土里钻出来。

夜深人静的时候，我就抱着电脑宝贝敲键盘。我知道，网站上很多人都没有睡，他们在等我更新文章。可爱的小宝贝，今天又长大了不少，我知道灵感又要来了，也许明天就能把剩下的故事写完。

电脑宝贝才是我真正的宝贝。先透露一个秘密，它可不是普通的植物。

再透露一个秘密，我住在江城音乐学院里。别误会，我不是老师，也不是学生，只是这里的租金便宜。

— 1 —

江城音乐学院坐落在山头，可谓占山为王独霸一方。山下，一片茂密的竹林，茂密得有些寒意。平时我很少到这个地方去，太阴暗了。

可是，这里有我的小宝贝需要的养料，偶尔我还必须去一趟竹林。

要知道，即使是白天，独自穿过那片竹林也需要莫大的勇气，何况是夜晚。而我，只能在夜深人静的时候，进入密不透风的竹林，摸黑寻找小宝贝的养料。

那天，我带着工具去了，却吓得屁滚尿流地窜了回来。

当时我正专心给我的宝贝寻找养料，脑袋不知道被什么东西撞了，顺手在脑袋上扒拉了一下，一股寒意直逼脚底，像掉进冰窟窿里一样。当时我就想，一定撞上什么不干净的东西了。我控制着僵硬的身体，吃力地抬起头，吓得我当即瘫倒在地，“哇哇”大叫起来。

一具尸体!

上吊的尸体!那惨状,直吓得我要骂娘,谁说竹林里全是竹子?这分明就是一棵大树,粗壮的树枝上拴着一根麻绳,麻绳下挂着一具女尸。

阴风吹过,竹林里“哗啦啦”地响作一团,那具尸体随风摆动了两下,我听到“咔咔”的声音。寂静的黑夜里,这种类似于骨头断裂的声音异常刺耳,让我头皮发麻。正要逃走,却不小心迎面撞上了女尸的眼睛。那一刻,我终于明白了什么叫做“死不瞑目”!

死寂的夜里,四双相望,我看到了女尸眼中那充满仇恨的光。

我连滚带爬回到地下室,惊魂未定,剧烈地喘着气,大口大口地喝凉水,接着是剧烈地打嗝,这才勉强把恐惧强行压了下去。

次日,江城音乐学院爆出一个消息。在竹林里发现了一具女尸,是舞蹈系学生卓黛欣。

我想,那一定就是我昨天晚上碰到的那具尸体。据说那是个美丽的女孩儿,可我没看出来。是的,我是见过那具尸体,还撞上了她死不瞑目的眼睛,可我能说一具尸体很好看吗?

不过,奇怪的是,该女生的手掌不翼而飞了。

我一直关注这件事的调查进度,想看看警察用什么高明的手段破获这起案件。可惜,很令人失望,这件事迟迟没有进展。现场没有指纹,没有打斗的痕迹,没有奸杀的证据,谁也不知道这个叫卓黛欣的女生是自杀还是他杀,死因究竟为何。

可是,我知道。我知道这件事最初是因为易秋移情别恋引起的,我还知道这件事起初就发生在竹林里。

–2–

深夜,卓黛欣和男友易秋来到幽暗的竹林。

“易秋，为什么？”卓黛欣哭着问道，“为什么是我姐姐？”

易秋背过身去，不敢看卓黛欣，也许觉得心里有愧。他也不知道为什么，先是喜欢妹妹卓黛欣，后来却喜欢黛欣的孪生姐姐卓黛熙，就抛弃卓黛欣去追求卓黛熙。

如果非要说原因，大概是姐姐黛熙的葫芦丝吧。跟黛欣的热情奔放不一样，姐姐黛熙喜欢安静，长长的头发总是柔顺地披在肩头，有一股天然的妩媚。她很擅长吹葫芦丝，总是在学校的情人湖边上静静地坐着，幽幽地吹起葫芦丝。她最喜欢吹的曲子是《月光下的凤尾竹》，每当婉转略带凄凉的声音响起，易秋的心里就有种莫名其妙的感觉。听着那幽幽的声音，易秋的脑海里总是不自觉地浮现出跟黛熙一起花前月下的浪漫场面，让他的心跟着跳动起来。

“我们分手吧。”易秋不愿意解释，只希望黛欣不要再缠着他。这些天，黛欣总是哭哭啼啼，让人怀疑易秋真的对她做了什么见不得人的事情，这让易秋在一帮哥们面前很不好做人。

卓黛欣从背后抱住了易秋，不愿意放手。她爱他，她也可以放开他，可他移情别恋的人为什么是她姐姐?

葫芦丝的声音就是在这个时候响起来的，好似不给竹林里的两人再有说话的机会。刚开始卓黛欣和易秋都觉得奇怪，已经是深夜了，在这么偏僻的竹林里，谁会在这个时候吹《月光下的凤尾竹》呢?

“姐？”卓黛欣止住了哭声，“姐，我知道是你，出来吧，我们把话说清楚。”

卓黛欣松开了易秋，开始在原地转圈，希望能看到姐姐卓黛熙的身影。可是，深夜的竹林，这时更显得寂静了，除了卓黛欣和易秋，这里再也见不到第二个活物，哪怕是只老鼠。

“姐！姐！”卓黛欣大叫了几声，让原本寂静的竹林显得更加寂静。

空旷的竹林，除了黑暗还是黑暗，幽幽的葫芦丝声像针一样，根根刺入人的肌肤，痛到揪心。卓黛欣害怕了，她突然觉得这片竹林有股说不出的诡异。她想要马上离开这里，哪怕以后永远不能再跟易秋说话，哪怕跟他彻底分手。她也不愿在这里多待一秒钟。她有股强烈的预感，这里非常危险！再留在这里，她将万劫不复！

很遗憾，卓黛欣的预感应验了。但她万万没有想到，这个把她置于万劫不复的人不是别人，正是她深爱的易秋！

易秋突然发疯了，他手里不知道什么时候多了一根麻绳。他猩红着双眼，转身恶狠狠地扑向卓黛欣，将麻绳套在了她的脖子上，再用力一勒，黛欣就喘不过气来。

卓黛欣惊愕地瞪大眼睛，一边抓住麻绳想要把它扯开，一边拼命捶打易秋："易秋，你干什么？"

对于卓黛欣的反抗和捶打，易秋没有丝毫反应，仍然狠命地勒紧麻绳。易秋的力气大得惊人，卓黛欣从来都不知道易秋会有这样大的力气。他仿佛从来不认识卓黛欣，仿佛她是一个必须要挨千刀万剐的恶人，仿佛易秋不是易秋，而是一头发了疯的公牛。

卓黛欣的喘息声越来越粗，越来越紧，越来越短。最后，她的喘息化为若有若无的游丝，在竹林里渐渐消失。扯着麻绳的手，无力地松开了，软软地垂了下来。

起初，卓黛欣还能说出完整的话来，可到最后，她只能断断续续地求救："姐……姐……救……救……我……"

卓黛欣的声音越来越小，越来越空洞，越来越让人觉得那是死亡的声音。虚弱无力而又恐惧的声音，最后终止在了一个字上——姐。

卓黛欣死了，恐怕到死都以为卓黛熙就在竹林里，却轻而易举地抛弃了她。卓黛欣死了，到死都不知道易秋为什么要勒死她，难道只是为了和卓黛熙在一起？

卓黛欣不知道，我也不知道。

但我知道易秋在卓黛欣死后，并没有住手的意思。他找了棵大树，将麻绳拴了上去，又把黛欣的尸体挂在了麻绳上，伪造成了自杀现场。大功告成后，易秋望着吊在树上的卓黛欣，“嘿嘿”笑了两声，笑得如此瘆人，似乎比吊在树上的卓黛欣的惨样更加恐怖。然后，头也不回地离开了竹林，像从来都没有来过一样，留下了一具冰冷的尸体。

竹林深处，葫芦丝的声音戛然而止，一阵窸窣的声音从竹林里消失了。

我猜，竹林深处应该还有人，可我看不清楚，所以不知道竹林里究竟藏着什么人。

我对易秋突然发疯，六亲不认充满了好奇，按理说他和卓黛欣没有深仇大恨，仅仅因为分手就杀人，太不可思议了。我对竹林里突然出现的声音更感到好奇，为什么易秋杀人的时候会有声音传来，而易秋杀人之后，那声音就消失了。

－3－

竹林里发现一具女尸，这个消息迅速传遍了校园，音乐学院里人心惶惶，再也没有情侣敢到幽暗的竹林里风花雪月了。

但有一个人的心没有惶惶，而是停止了跳动。这个人正是死者的姐姐——卓黛熙。

看到妹妹的尸体后，卓黛熙当即晕死了过去。

我想昨晚竹林里的那个人，绝不是卓黛熙。否则的话，她的戏演的就太真了，何况她更没有理由加害自己的妹妹。

那个从小到大从来没有离开过自己的卓黛欣，那个喜欢和自己抢漂亮衣服穿的卓黛欣，那个喜欢在父母面前要小聪明的卓黛欣，那个喜欢跳舞的卓黛欣，一大清早被人发现死在了竹林里。卓黛熙只觉得天空变得灰暗，所有的色彩瞬间消失，周围是个黑白的世界。她看不清别人的脸，听不到别人讲话，更不知道自己究竟在哪里。她只看到了卓黛欣的笑脸，看到卓黛欣在跳舞，听到卓黛欣在喊她“姐”。

清醒过来的卓黛熙，第一时间想到了易秋，她不顾楼管的阻止冲上男生寝室，将还在睡梦中的易秋揪了出来。

话说这个易秋，被人莫名其妙地从被窝里拉了出来，却不知道出了什么事。他头疼得厉害，真想骂那个揪他出被窝的人。可定睛一看，站在他跟前的竟然是卓黛熙。

“黛熙，你……你……怎么……”易秋挥手赶走前来看热闹的男生，“你怎么跑男生寝室来了。”

可当他看清楚卓黛熙满脸泪痕时，就知道一定有事情发生了，而且一定是发生了重大事情。卓黛熙是个坚强的女孩，易秋从来没有见她哭过。不过，美女就是美女，看她哭也是一种享受。

这个时候的易秋，根本不知道卓黛熙为什么哭。

“易秋，你这个混蛋，我妹妹死了，都是你害死的，我要你杀人偿命！”

卓黛熙语出惊人，易秋来不及说一个字，脸上就被她掴了好几个巴掌。

“你说什么？黛欣……死了？”易秋惊恐不已。

“黛欣死了，我妹妹死了。是你杀了她，一定是你杀了她！”

卓黛熙知道这些天妹妹为了易秋要分手的事情，整日伤心欲绝。昨天，有人看到黛欣和易秋一起去了竹林，今天早上就在竹林发现了黛欣的尸体。卓黛熙了解自己的妹妹，虽然伤心，可绝不是会上吊自杀的人。而昨晚，只有易秋和妹妹在一起，除了他，凶手还会是谁？

“怎么回事？！黛欣怎么会死？什么时候？怎么死的？她现在在哪里？”显然，易秋并不知道自己昨晚上究竟做了什么事情。易秋被这一消息打击的程度，不亚于当得知妹妹死于竹林时的卓黛熙。

“易秋，没想到你是这种人，你杀了人还在这里装糊涂。”卓黛熙死死地拖着易秋不松手，“你说，昨天晚上，你究竟对我妹妹做了什么？”

“我昨晚……我……”易秋一时语塞。倒不是他想起了昨晚杀人的事情，而是脑子里突然冲进来一组酒吧里暧昧的画面。橘色的灯光，闪烁的霓虹，还有 DJ 摩擦乐盘的声音。

“在酒吧喝闷酒。”那画面如此熟悉，如同身临其境，随口说，“我是和黛欣去了竹林，可我没有杀她。我提出分手，黛欣不愿意，一直哭哭啼啼，我很烦，就到酒吧喝酒去了。”

必须要说明的是，易秋是真的不记得昨晚究竟做了什么事情，不过他确信，自己绝不会杀害卓黛欣。

卓黛熙抑制不住，终于号啕大哭：“果然是酒吧……”

“果然？酒吧？”易秋一头的雾水，他疑惑地看着号啕大哭的卓黛熙，怀疑她是不是受刺激而失常了。

“我昨晚睡不着，在网上看小说，看到了一篇文章，名字就叫《恐怖小说》，里面最新更新了一章‘竹林女尸’，小说里女主人公的名字竟然叫欣儿。而且她的性格跟我妹妹很像，也喜欢跳舞。我当即就被吸引了，就一口气看完了。在小说里，欣儿在竹林里被杀了，凶手还将现场伪造成自杀的样子。在小说里，杀她的人正是她的男朋友，而且……”卓黛熙的声音里突然多了股愤怒。

“而且什么？”易秋的心紧了一下。

“而且当警方询问起她男友昨晚在哪时，他回答说在酒吧里。”卓黛熙死死地盯着易秋。突然，她的声音又凄惨起来，“没想到……我妹妹果然……死了……”

易秋傻了，他不相信世界上会有这么巧合的事。对卓黛熙的这番话，易秋自然胸有怨气，可他也理解卓黛熙的心情，也为黛欣的死感到万分难过：“我说大小姐，你不能把小说里的内容和现实搅在一起啊！我怎么会去杀人呢？她可是黛欣啊，我一点都不恨她，我想跟她分手是因为无法控制自己不爱你！”

“杀人凶手！”卓黛熙冲易秋哼了一声，“我才不稀罕你的爱！”

“我真的没有害你妹妹的心。”易秋急了，恨不得把心掏出来给黛熙看，“杀人是要偿命的。黛欣的死，我也很难过，我相信警察一定会找到杀害你妹妹的凶手。”

其实卓黛熙也没有充分的理由能说明易秋就是杀害妹妹的凶手。她了解妹妹，也了解易秋，她很难想象易秋会为了分手而杀人。

那么，谁才是真正的杀人凶手？卓黛熙不愿意妹妹死的不明不白，她一定要找到杀害妹妹的人！可是，现在还能有什么办法呢？无助的卓黛熙突然蹲在地上，大哭起来。

易秋走上前拉起卓黛熙，打算一起去看望卓黛欣的时候，卓黛熙使劲地甩着手，不让易秋扶她。心里充满了自责，是自己抢走了妹妹的爱，才让妹妹想不开。其实，这根本不能怪卓黛熙，是易秋这个见异思迁的家伙纠缠上了她。

不过，卓黛熙也不是胡搅蛮缠的人，也不想在男生寝室多纠缠，就默许了。她等易秋穿好衣服，两人打算一起去看望黛欣。毕竟，黛欣都已经死了，再做什么也挽回不了什么。

两人走出男生宿舍，往竹林方向走去。

– 4 –

突然，两人的手机同时响了。

卓黛熙的手机上一条短信："我知道谁杀了卓黛欣！"

下面是一段视频。

易秋的手机上一条短信："我知道你昨天晚上干了什么！"

下面也是一段视频。

两人不约而同地打开了视频，是一模一样的视频：易秋用麻绳勒死卓黛欣，将其挂在竹林里的一棵大树上，扬长而去。

没错，跟我看到的一模一样。别误会，短信不是我发的，视频也不是我拍的。我现在还不知道是谁拍的，但用不了多久就会知道，我坚信。

陌生的号码，同样的内容。卓黛熙发疯地大叫不止，易秋则瘫坐在地，脑子里一片空白。如果说刚才卓黛熙对易秋的态度，只是因为卓黛欣的死而迁怒于他，现在卓黛熙对易秋的仇恨，就够得上“血海深仇”的级别了。

易秋望着视频，惊得目瞪口呆，他真的不记得昨晚究竟做了什么。视频里的那个人，真的是自己吗？什么人会知道他的行踪，什么人能拍下这样一段视频，又是什么人怀着什么目的同时传来相同的视频？

杀人了！

易秋无言以对，那段视频是铁的证据，还能狡辩不成？

围观的人越来越多，卓黛熙发疯地揪住易秋，嘴里重复着同一句话：“杀人偿命！杀人偿命！……”

既然易秋不肯承认昨晚对卓黛欣做了什么，那就让警察调查吧，手上的这段视频是易秋杀人的证据。那个发短信过来的人就是目击证人，证据确凿，易秋就等着坐牢，等着去死吧！卓黛熙不会让妹妹白白死去的，虽然她的死已经是无法挽回的事实。

突然，耳边飘来了悠扬婉转的音乐，那是葫芦丝吹奏的名曲《月光下的凤尾竹》。卓黛熙愣住了，是谁在吹这首曲，吹得如此婉转，比起自己毫不逊色。天哪，那分明是自己吹的，可自己不是在这里站着吗？她四处打量，却看不到有人在吹葫芦丝。

与此同时，卓黛熙觉得易秋突然变重了，她使出了全力都无法拖动他了。那幽幽的葫芦丝声似乎把易秋钉在了地上，谁也拉不动他。

一瞬间，卓黛熙愕然，易秋突然就在她眼前发了疯，他冲开围观的人群，像愤怒的公牛，径直撞上了不远处的一棵白杨树。脑浆横飞，当场毙命。

很快，警察公布了调查结果：易秋杀害女友卓黛欣之后，畏罪自杀。

这个结果，在大家的意料之中，似乎没有什么悬念，也没有什么吸引人之处。

除了卓黛熙和少数的人对此事关心之外，大多数学生很快就忘了这件事，忙碌自己的生活。校园里每天都会发生新奇古怪的事情，死人只能算是这些新奇古怪事件中的一个。只不过，这次的女主角是那么的美丽，男主角是那么的帅气，多少会令人感到惋惜。

我原以为，这就是故事的结局。至于说是谁拍下了视频，那或许是在竹林幽会的情侣，也或许是蹲守在那里准备拍些“激情视频”的“拍客”。至于易秋为什么会突然发疯，我觉得他可能本来精神就不太正常。在我们的社会生活里，有一部分人的精神本来就有缺陷，只不过没有到“绝境”，没有显露出来。

– 5 –

小宝贝的肥料又来了，小宝贝长势喜人。

随着小宝贝的成长，我发现了更让我惊讶的事情，推测出了一个匪夷所思的结论：杀害卓黛欣和易秋的，竟然是一把葫芦丝？

当然，这只是我的推测。

我把这两件事连在一起，发现了一个共同点，在竹林易秋发疯杀人的时候，曾经有葫芦丝响起，而易秋发疯自杀的时候，也听到了葫芦丝的声音。所以我推测，真正的杀人者，应该是那把葫芦丝。当然，葫芦丝不会杀人，杀人的是躲在暗处吹奏葫芦丝的人。

不过，我可不会把这个没有任何证据的推测告诉警察，否则他们会认为我是个十足的疯子。何况，警察还会问我，你怎么会对这件事了解的这么清楚？难不成是你杀的人？

又是一个寂静而寂寞的夜，我坐在电脑前敲击着键盘，这是《恐怖小说》的最新章节《葫芦丝杀人事件》。深沉的夜让我的思绪不着边际起来，我有点恍惚地在键盘上敲出了如下天马行空的文字。

一种特制的葫芦丝能够对人产生迷幻作用，让这个人因幻觉杀人或者自杀。传说，只有足够的仇恨才能制成这样的葫芦丝，而吹奏葫芦丝的人，则是仇恨的种子，能够将仇恨的意念通过声音植入傀儡的体内，替自己杀人或者自杀。

有一种方法可以对付杀人的葫芦丝，那就是有足够的爱制成的葫芦丝，吹奏葫芦丝的人，则是爱的种子，能够将对方的仇恨削弱，阻止仇恨侵入体内。

不过，这两种葫芦丝要是一对才行，这样吹出来的乐曲才能产生足够的共鸣。很有可能，杀害卓黛欣和易秋的葫芦丝，就是仇恨的葫芦丝。可是，要到哪找和它成对的爱的葫芦丝呢?

……

我都写了什么啊。葫芦丝杀人? 也太荒谬了吧，怎么可能会有人相信? 但我没有删除文字，把这些“神游之作”传到了网上。反正网络小说嘛，也没人当回事，多敲几个字多点稿费。

结果我错了，真的有人相信葫芦丝能杀人。此人正是卓黛熙，她坚定不移地相信葫芦丝可以杀人。自从在网上看到了《恐怖小说》，她就成了我的一个狂热粉丝，不光如饥似渴地阅读我的小说，每天守在电脑前刷新页面，还拼了命地打探我的联系方式。不过，想找到我可不容易。我没有公开任何联系方式，而且除了我签约的网站，从不给别的网站、出版媒体写稿，而且那网站编辑对我的联系方式也守口如瓶。

不过，此时我并不知道卓黛熙喜欢上了我的小说。那是后来才知道的，我现在只知道一个叫夏洁的女孩，正拿着葫芦丝，静静地站在楼顶。

– 6 –

夏洁站在楼顶，再次吹起了葫芦丝。《月光下的凤尾竹》那特有的舒缓和苍凉萦绕在四周，连空气似乎也变得悲凄起来。

只剩下最后一个了，夏洁想，必须让她死得更惨一些。为了这一刻，她等了 20 多年。

夏洁为最后一个即将死去的人设想了很多种死法：上吊、自焚、投河、中毒、窒息……最后想到了跳楼。

想想看，一个美丽的女孩儿，从楼顶纵身跳了下去，“砰”的一声，众目睽睽之下，在地面上摔出一个支离破碎的形状，鲜血流淌得到处都是。也许脑浆会从开裂的脑袋里流出来，也许眼珠子会从眼眶里滚出来，也许……

这是多么美妙的一幕啊。

夏洁甚至想象得到，见到此情此景的路人的表情。胆小的女生一定会把头深深埋在男友的怀里，甚至有人会晕倒。

那将是多么壮烈的一幕啊。想着想着她有些得意了，所以她选择在楼顶吹葫芦丝，她要看着卓黛熙从楼顶跳下去，她要亲自把这最后的仇恨连同她恨的人一起埋葬。

卓黛熙，就是最后一个了。上次，易秋的死就是听到了葫芦丝的声音，而卓黛熙之所以没有看到她，正是因为她躲在了楼顶。

夏洁心里的恨，只有这把葫芦丝知道。原本属于她的一切，都被卓黛熙和卓黛欣抢去了，她的父亲，她的快乐童年，她的公主梦，尤其她的母亲。

她的母亲，到死都不肯原谅她的父亲。正是这个男人的背叛，才让这对母女的生活陷入了困境。母亲靠卖葫芦丝为生，穿梭在大街小巷，无论刮风下雨，无论寒霜酷暑。她只有一个心愿，一定要让女儿出人头地、生活无忧，一定要让这个曾经背叛她的男人不得好死！

恨由爱生，有多少爱，就会有多少恨！夏洁幼小的心灵中，早已经埋下了仇恨的种子，她恨那个是她父亲的男人，恨他身边所有的人。

当母亲知道自己快要死去的时候，她做了人生最后一把葫芦丝。她毅然决然地亲自煮骨水，浸泡那最后的一把葫芦丝。直到浓稠的骨水变得清澈，直到母亲含恨而终，那把葫芦丝终于最后完工。

现在，夏洁手上拿着的，正是那把充满仇恨的葫芦丝。

卓黛欣被易秋杀死在竹林里，易秋畏罪自杀，卓黛熙受不了双重打击，跳楼自杀。多么完美的计划啊，简直天衣无缝！夏洁暗暗为自己的计划而兴奋。

她来了，卓黛熙果然来了，一袭白色的长裙，是为自己的葬礼刻意打扮的吗？这个笨蛋，自己只不过说可以告诉她一些她妹妹死的线索，就送上门来伸着脖子等自己下手了。

“你不想知道你会怎么死吗？”夏洁问。

卓黛熙一愣，不知道夏洁的葫芦里在卖什么药。

夏洁幽幽一笑，拿出了一把葫芦丝，放在了嘴边，带着微微邪恶的笑。

“是你杀了黛欣和易秋？”卓黛熙愣了一下，似乎一下明白过来了。

“我不止杀了他们两个。”夏洁笑了笑，清风拂面，长发飞扬，映衬得那笑容更加狰狞，“你也要死！”

我想象不出来，说这话的人，竟会是如此美丽的女孩儿。

其实，卓黛欣死的那天，夏洁就在竹林里。麻绳是她扔到易秋跟前的，她吹葫芦丝，就是为了控制易秋，让他杀死卓黛欣，并用手机录下了这一过程。当然，易秋和卓黛熙同时收到的短信视频正是夏洁发来的。

在我知道还有夏洁这个人存在的时候，我就应该想到卓黛欣最后喊出的那个字，不是“姐”，而是“洁”。也就是说，卓黛欣看到了藏在竹林深处的夏洁，只是再也没有机会来指证凶手了。或许，她只是看到夏洁，但并不知道夏洁是凶手，毕竟，夏洁没有动手。

被人勒死是一个很痛苦的过程，慢慢地窒息而死，而且被自己心爱的人勒死。夏洁想想就觉得好笑。

不过，易秋好可怜，他本来可以不用死的，可他偏偏和卓家两姐妹纠缠在一起。这样也好，夏洁可以寻找机会让他们吵架，让他们到竹林里去，制造合理的杀人现场。所以，易秋在听到夏洁吹的葫芦丝之后，便莫名其妙地想要和卓黛欣分手，而且执意要和卓黛熙在一起。这一切，都是预谋，夏洁早就为他们各自想好了最终的归宿。

在易秋要不要死这件事上，夏洁其实纠结了很久。这是一个十足的帅哥，夏洁还真有点舍不得。可是，他活着，很多事情就得不到合理的解释，岂不是很麻烦？所以，易秋还是得死。那就让他自杀吧，畏罪自杀也算合情合理。至于卓黛熙，自杀也是个合理的选择。

－7－

“为什么？”迟早也是要死，卓黛熙已经无所畏惧了，她只想知道夏洁这样做的目的，“我们之间，从来没有任何交往，谈不上有仇有恨，你为什么要置我们两姐妹于死地？你还害死了易秋，你究竟有什么目的？”

“哈哈哈！”夏洁对天狂笑。她的笑声中藏着对不公的愤怒，“为什么？难道你爸爸从来没有跟你说过吗？难道你不知道，是你们夺走了别人的人生吗？20多年来，我一直压抑心中的怒火，一直寻找机会要报复这个男人。我恨他，恨他身边所有的人，所以他们都得死！我万万没想到，我竟然和他的女儿在一个学校学习。看来，这一切都是命中注定的，你们所有人都得死！”

听到夏洁的话，卓黛熙颤抖了一下，她从夏洁的话语中，感受到的是刻入骨髓的愤怒和仇恨，可这和卓黛熙有什么关系呢？

“我爸爸……他……什么也没说过。”卓黛熙不明白，夏洁为什么会提到爸爸。爸爸那么爱她们，可他却在几年前生病去世了，留下来的仅有一把葫芦丝。

卓黛熙更不明白，那时候，为什么已经病入膏肓的爸爸，坚持每天都要吹这把葫芦丝，吹到嘴角起泡流血还不肯停下来。爸爸说，这是一把爱的葫芦丝，能化解仇恨。黛熙问他，什么仇恨需要它来化解，爸爸只是笑不说话，并叮嘱她一定要收好葫芦丝，一定要像爱惜生命一样爱惜它。从此，卓黛熙就一直把葫芦丝带在身边，细心地呵护着，并能用葫芦丝吹出一支支婉转的曲子。她当时就想，或许在某个角落，会有一把相同的葫芦丝，是仇恨的葫芦丝。

那天，卓黛熙看到《葫芦丝杀人》时，似乎有所顿悟。真是没想到，卓黛欣和易秋的死，和葫芦丝有关。更没想到，世界上还真的有一把仇恨的葫芦丝。

“他也是我爸爸！”要说出这句话，夏洁得忍受多大的煎熬，她愤怒地说，“虽然我不肯承认，可这是血的事实。我恨我是他的女儿，我恨我的身体里，竟然流着他的血液。每当我想起这件事的时候，我就觉得难受，我想把这张皮扒下来，把血抽干！我永远不要做他的女儿！”

夏洁疯了似的抓着自己的手臂，抓出一道道血痕。

就算卓黛熙聪明，有些事情也不是她能预料到的，夏洁的话，留给她的只有惊愕：“什么！？你说什么？”

夏洁的母亲和卓黛熙的父亲，本是恩爱的夫妻，他们发誓要永远相爱，此生不渝，如果有背叛，将会有世代的仇恨。母亲和父亲，偏爱葫芦丝，便对着葫芦丝发誓，如果有一天有人变了心，就有会仇恨的葫芦丝替自己报复变心的人。

如果这对夫妻能够恩爱地生活下去，就不会有今天的事情发生。

卓黛熙和卓黛欣母亲的出现，彻底摧毁了这坚如磐石的誓言，夏洁的父亲最终还是变了心。那时，夏洁躺在母亲的肚子里，卓黛熙和卓黛欣也躺在母亲的肚子里。也就是说，这个男人，同时爱上了两个女人，而最终，他选择了后者，选择了卓黛熙和卓黛欣的母亲。

没有想到，誓言成真，恨早就埋在了夏洁母亲的身体里，并通过那条脐带，灌输给了还没有出世的夏洁。

“不可能！你说谎！”卓黛熙怎么能相信爱她的父亲是这样的人呢？

夏洁丢来一张照片，冷冷地说：“你自己看吧。”

照片上的，正是夏洁的母亲和卓黛熙的父亲，两人甜蜜地依偎在一起。

“我妈妈死了，孤老终生，都是因为你，因为卓黛欣。我绝对不能原谅那个男人，绝不！”夏洁的语气，锋利得像是要撕碎眼前的卓黛熙。

一切都已经解释明白，这样让卓黛熙死去，已经算是对她最大的恩赐了。夏洁吹起了葫芦丝，这最后一个人即将死去。葫芦丝的声音，是死亡的乐曲。

– 8 –

《月光下的凤尾竹》响起来了，夏洁死死地盯着卓黛熙，希望她立刻就从楼顶跳下去。

可是，出乎夏洁意料的是，卓黛熙也拿出一把葫芦丝，吹起了同样的《月光下的凤尾竹》！

当我知道这件事的时候，我差点疯了，曾一度以为，配对的葫芦丝只是我的疯言疯语，没想到世间真的有这两件乐器！这就是和声，这就是相依相偎又相克的两把葫芦丝。爱的声音覆盖了仇恨，削弱了仇恨种子的意志。

夏洁功亏一篑，终于没能用葫芦丝把卓黛熙杀掉。不过，即使没有葫芦丝又如何，卓黛熙还是一样得死！恨埋在夏洁的心里，而葫芦丝只是一件工具。下定决心的夏洁扔掉葫芦丝，上前揪住卓黛熙，哪怕同归于尽也要让她死！

卓黛熙身后不远处，就是顶楼的边缘，只要能将她推下去就大功告成。此刻，已经头脑发热的夏洁可不管有没有人看到是不是她推的，只要卓黛熙死，她就是胜利者！

想到这里，夏洁是拼了命地向卓黛熙冲了过来。

可谁承想……

卓黛熙离开时，捡走了夏洁扔在地上的葫芦丝，她要把这把葫芦丝永远藏起来，不让这种事情再发生。

后来，学校疯传：易秋杀了女友卓黛欣后畏罪自杀，暗恋易秋的夏洁受不了打击跳楼殉情。

结局悲惨的有些出人意料。

如果夏洁能够稍稍放下一点仇恨，说不定她不用这么早死去。卓黛熙并没有杀害夏洁，她是爱的种子，怎么可能杀人呢?

是一颗小石子，要了夏洁的命!

在夏洁冲向卓黛熙的时候，卓黛熙本能地躲开了，夏洁要停下来，可已经来不及，脚下踩到一颗小石子，滑了一跤，身体向前趔趄了很长一段距离，长得从楼顶一直到达楼下，长得到达了另一个世界。

地面上摔出一个支离破碎的形状，鲜血流淌得到处都是。不过，眼珠子还在夏洁的眼眶里，脑浆也没有流出来。这是夏洁没想到的，从楼顶跳下来还不足以让眼珠子从眼眶里滚出来。

这个故事有点压抑，那段时间，我总觉得心里压着一股气，怎么也吐不出来。

为了换换心情，这些天，我认真地照顾我的小宝贝，去寻找另一个故事的灵感。在寂静的黑夜里，我出去给我的小宝贝找养料。

在幽暗的地下室里，我蜷缩着身体，在敲打着键盘。冰冷的劈里啪啦声在狭小的地下室里弥漫、扩散。

好像说过了，有了小宝贝后，我的灵感一直源源不断。今夜，我依然文思泉涌，文字如奔流而下的瀑布，疯狂地倾泄在电脑屏幕上。

从我再次给小宝贝补充养料的那天起，我不得不佩服那个叫卓黛熙的女孩儿。我在想，如果我有个女儿，会不会像她一样聪明。

我不得不对她说："难得糊涂，不要让自己太聪明了。"

别以为这话是说给我未来女儿听的，不，我说给卓黛熙听。聪明的卓黛熙竟然找到了我的住处，她以为我是夏洁的帮凶。这也难怪，她钻进了每个人都会钻的牛角尖，为什么我会知道这一切，会把这写成小说？

开玩笑，我没有杀人，就算要杀人，我也不会找帮凶，那样不符合我的性格。

聪明的卓黛熙甚至险些发现我的小秘密。

此刻，那个自以为聪明的女孩儿卓黛熙就坐在我对面的椅子上，歪着头不说话。那是我唯一的一把椅子，现在卓黛熙坐在上面，我只好坐在床上了。

我夸赞她说："你真聪明。"

卓黛熙歪着头不说话。

我很好奇，就问："你怎么找到我的？"

"你找我有什么事？"

我有点着急了，问了好多问题，卓黛熙都不回答，跟她说话，她也不理。其实，我很想和她聊聊天。自从搬到地下室之后，我已经很久没和人说话了，唯一陪伴我的，就只有我的小宝贝。可小宝贝不会说话，所以我也就懒得自言自语了。有时候我会怀疑，我是不是一个只会用键盘说话的文字哑巴。

我"嚯"地从床上坐了起来，指着卓黛熙："我说你能不能说句话？"

卓黛熙依旧歪着头不说话。

很明显，这是在试探我的底线。"啪"的一声，我狠狠地甩了卓黛熙一记耳光，哪怕她是个美丽的诱惑人的女学生，我也不能容忍此人对我的无礼。

可卓黛熙却重重地从椅子上摔了下来，躺倒在地上。说实话，她躺在地上的姿势真好看，还很诱人，让我有点想入非非。也许我应该先奸后杀，这样才能把资源利用到最大化。只可惜，这个念头在我脑子里一闪而过，我没有恋尸癖。而且我觉得，那样太恶心。

没错，此刻的卓黛欣已经是一具冰冷的尸体了。

卓黛熙还是死了，是我杀的。

－9－

虽然我在小说里杀人如麻，但在现实里，这还是头一遭。

第一次杀人，心里难免忐忑不安，我是用易秋杀死卓黛欣的方法，杀死了前来找我的卓黛熙。不过，我找不到麻绳，用的是网线。

其实，我没打算要杀卓黛熙，我没有杀人的欲望，我也不想杀人。尤其是那天第一次看到她的时候，我甚至喜欢上了这个漂亮的女孩。

那天，卓黛熙突然造访。

“你是个作者？”卓黛熙问我，“怎么会住这种地方？”

“我喜欢这个地方。”

“你知道我们音乐学院发生的事情？”我猜这个女孩儿会问我这个问题，她果然问了。

我点点头。

“你认识夏洁？”

我摇摇头。

卓黛熙问一句我回答一句，仿佛她是审判官，而我是个犯人。

亲爱的读者，我再次郑重声明，卓黛欣、易秋和夏洁的死，和我没有丁点关系。

大概已经没有什么可以问的问题了，卓黛熙开始在我的屋子里转悠。我就纳闷，这屋子有什么好转悠的，从屋子这头走到那头有七步，从那头走到这头也是七步，我已经数了不下一千遍。

“这是什么？”卓黛熙突然对我桌子上的一盆植物感兴趣。

“电脑宝贝。”我有点紧张，不过并没有表现出来。还好我的小宝贝正在休息，没有要进食的欲望。

“哦？是吗？怎么觉得有些奇怪？怎么是粉红色的？”卓黛熙本能地上前想要看看究竟哪里奇怪，却不想被地面上乱七八糟缠绕的网线绊了一下。

“哎哟！”卓黛熙整个人扑倒在电脑桌上。

小宝贝晃了一下，晃晃悠悠地从电脑桌上滑落。

我大叫一声，狂奔过去，却没能接住。我的小宝贝从电脑桌上摔了下来，泥土散落一地。

“啊！”

一声尖叫吓得我蹦了起来。

一根手指露了出来，已经可以看到森森白骨，白骨上缠绕着小宝贝的根须。

“啊！”又是一声尖叫，卓黛熙转身就想逃离这间地下室。

地下室的门，在卓黛熙进来的时候就已经锁上了，只是她没有注意到我锁门的动作，所以她打不开门。

我拎起浑身颤抖的卓黛熙，像是拎一只鸡。我把卓黛熙扔到床上，掀起床单，将她整个人包在了床单里，然后绑在了我仅有的一把椅子上。我卷了卷多余的床单，全都塞到卓黛熙的嘴巴里。我不喜欢大喊大叫。

我有一根 50 米的网线，足够我把这个卓黛熙勒死好几次。

动我的任何东西都行，就是不能动我的小宝贝。卓黛熙犯了我的大忌，更何况她看到了小宝贝根须里的东西，不死都不行。

我把还未僵硬的卓黛熙摆成柔美的姿势，让她端坐在椅子上。这样，我就可以一直看着她美丽的样子，可以不时地跟她说话了。虽然她已经不会回答了。

我重新把小宝贝栽种起来，那个白森森的手指已经不能用了，看来必须要有新的养料才行。幸好，卓黛熙死了。

于是，我把卓黛熙的手掌砍了下来，连同小宝贝一起，埋在了一个花盆里。要不了多久，小宝贝的根须就能把卓黛熙的手掌缠绕个遍，小宝贝的粉叶上又会有新的文字出现。我的灵感就会又来了。

或许，看到这里，你已经明白我那源源不断的灵感源自哪里了。没错，就是这个电脑宝贝。

如果你是个看书很认真的读者，或许记得前文里我说过这样一句话：其实，我曾经有一段时间真的灵感枯竭了。

这是真的。那段时间井不再喷，泉不再涌，雪不再崩，我困兽般地在阴暗的地下室揪着头嗷嗷直叫。但一封突如其来的信改变了这一切。那天，我收到了一封信。信里有一颗种子和一张纸，纸上说，种下这颗种子，用人的手掌做养料喂养它，树的叶子上就能长出你需要的文字。

我把种子种下，很快就长出了粉嫩的叶片。

此刻，我依然灵感枯竭，为了 VIP 不被下架，为了每天的方便面和酸奶，我豁出去了。在一个月黑风高的晚上，我带着工具出门，偷偷截去了一个冻死的弃婴的手掌。把手掌埋在盆栽里，叶片上果然“长”出了小说，是一篇被父母抛弃的幼儿的死亡之路。那时我才知道，电脑宝贝长出的小说，其实是手掌主人从生到死的真实经历。

于是，我拿这些文字当素材，把它们写成一个个恐怖故事，作为《恐怖小说》的章节。

我砍了卓黛欣的手掌，所以知道了易秋杀死卓黛欣的内幕；我砍掉了易秋的手掌，所以知道了易秋自杀的真相；我又砍了夏洁的手掌，所以知道了葫芦丝杀人的秘密。

现在，小宝贝的养料是卓黛熙的手掌，很快，我将知道她的一切秘密。

— 10 —

不过，我对卓黛熙的事情已经没有太大的兴趣，我发现她落在地下室的包包里有两把葫芦丝。这就是传说中相依相偎又相克的两把葫芦丝？我欣喜若狂，可是我不懂音乐，我能拿它们做什么呢？

我把卓黛熙的尸体搬到了床底下。虽说蜗居在地下室，可好歹还有张像样的床。然后扶起椅子坐了下来。我把两把葫芦丝和小宝贝一起放在电脑桌上，突发奇想，我要把它们当成养料，一起喂给小宝贝，看看这下小宝贝会长出什么新鲜的故事来。

只是，我不知道这个“吃荤不吃素”的小宝贝，会不会喜欢新的养料。

当即，我就找了个水桶，把卓黛熙的手掌和两把葫芦丝一起扔进去，埋上土封好，把小宝贝移植过去。荤素搭配，才更美味，让小宝贝自己选择食物。

我还担心，小宝贝被我这样移来移去会不会死掉，那样就得不偿失了。

不过第二天，我就不再担心了，因为我的小宝贝从来没有这么旺盛过，满屋子都是小宝贝粉油油的叶子。我抓狂地亲吻着每一片叶子，我幻想着一篇流传千古的大作即将在我的手中完成，怎么能不兴奋呢？

不过，大喜之后却有些失望，叶子粉油油的，可上面什么都没有。

怎么可能？我原以为靠这些粉油油的叶子，可以写一部传世经典，它怎么能什么都没有呢？

我又等了一天，结果还是一样，粉油油的叶子。

第三天，粉油油的叶子。

粉油油的叶子。

……

终于，在卓黛熙的尸体发出恶臭味道的时候，小宝贝起了变化，叶子中间竟然夹着一些小花，若隐若现，它们就像藏在叶子后面的幽灵，不仔细看根本发现不了。

似乎一夜之间，小花长成了果实，粉油油的叶子上有了文字。

我摘下一片叶子，惊奇地看着上面的文字：种下这颗种子，用人的手指做养料喂养它，你就能在叶子上发现你想要的文字。

每片叶子上都是如此！

更奇怪的是，每片叶子背面都浮现出一个地址。

我觉得脑子里一片空白，身体似乎一下失去了控制。一股强大的力量推动着我，让我买回来成堆的信封。然后，那股强大的力量依然支配着我，让我开始疯狂地抄叶子背面的地址，并把小宝贝的种子和带有文字的叶片塞进信封，到邮局把这些信寄出去。

我不知道自己为什么会这么做。或许，我已经不是我了！

小宝贝的种子全部寄出去了，我记不清自己写了多少信，记不清摘了多少片叶，只记得封信就用了五瓶胶水。

此刻，小宝贝的叶子几乎被我摘光了，只剩下了孤零零的一枚叶片。奇怪，上面不再是"种下这颗种子，用人的手指做养料……"而是两个血红的字——谢谢。

霎时间，我明白了，原来，那对葫芦丝正是小宝贝繁殖后代的条件。只有埋下了葫芦丝，小宝贝才能开花结果，生出更多的种子。

我也明白了，这么多年来，我写了那么多小说，其实只不过是小宝贝的排泄物。

如果有一天，你收到了这样一封信，不要惊慌。

或许，你就是下一位恐怖大师。

或许，你就是下一位奇幻天王。

或许，现在的某位作家、大神的作品，正是某个小宝贝的排泄物。

ACADEMY OF MUSIC

故事七　408女生宿舍

曲水涵的心情很快就由急迫变成了惊恐，因为辅导员一再向曲水涵保证，408宿舍里从来就没有过穆芳菲这个学生。

考薇

— 1 —

曲水涵搬进新宿舍的那个晚上，风冷得刺骨。整个公寓楼内静悄悄的，只回荡着曲水涵自己沉重的呼吸声，以及她焦急的脚步声。

到了，408 宿舍。曲水涵知道此时宿舍里的另外三个人一定已经睡下了，所以她掏出钥匙准备开门。

“吱呀”，恰在这个时候，门自动打开了。曲水涵也没多想，拖着箱子急急地向内走。黑暗中，曲水涵的脚绊到了一个庞大而坚硬的东西，她控制不住自己的身体，狠狠地栽倒在地上。

“哎呀！”曲水涵不由得叫了一声。借着月光，曲水涵感觉到四号床上有个人影坐了起来。

继而，宿舍内的日光灯被按开了，屋内白晃晃的一片，舍友们显然都被惊醒了。曲水涵往脚下一看，绊倒她的是一架巨大的手风琴。此时，琴键黑白分明，透露出一股肃杀之气。

睡在一号床上的卷发女生尖声叫了起来：“天啊！那不是姬锦媚的手风琴吗？”

曲水涵愣了一下。

曲水涵知道，姬锦媚是原本住在408宿舍里的女生，因为她不久前跳楼了，曲水涵才有机会搬进这个宿舍的。

此时，已经有一个短发女生从自己的床上爬了下来，她很客气地扶起了曲水涵："你就是新来的曲水涵吧？我是这个宿舍的宿舍长，穆芳菲。"

"宿舍长……"曲水涵的声音有点战抖，"这架手风琴是怎么回事呢？"

穆芳菲叹了一口气："你可能还不太了解姬锦媚的事情吧？"

曲水涵摇了摇头。

原来音乐学院里的学生，每人都要选修一种乐器。而大多数人都会选钢琴、小提琴之类的热门乐器，姬锦媚却很特殊，她选择了手风琴这种冷门而且也不太适合女生演奏的乐器。

姬锦媚的这种选择受到了许多关注和猜测。很快，大家就明白了姬锦媚选择的缘由。原来，姬锦媚对学院里的手风琴老师李家磊有好感，这种好感很快就发展成了不可抑制的喜欢，而且愈发歇斯底里。然而，李家磊对姬锦媚一直都淡淡的，从来没有丝毫表示。后来，姬锦媚越来越疯狂，在某一个黄昏，她抱着手风琴走到学院最高的天台上，对着夕阳演奏了一曲，然后像断了翅的蝴蝶一般坠楼了。

如果仅仅如此，这个故事就太简单了。

紧接着，奇怪的事情发生了，姬锦媚并不是抱着手风琴坠楼的，在她坠楼之后，却没有人找到那架手风琴。姬锦媚在生命最后时刻演奏过的手风琴，在天台上奇迹般的消失了。

现在，手风琴回来了。它就静静地躺在宿舍的地板上。

卷发女生突然叫了起来："我害怕！"

"欧阳姗姗，别总是尖叫，你的叫声比鬼还吓人。"穆芳菲责备道。

欧阳姗姗白了穆芳菲一眼，然后一边爬下床一边说道："我们还是快点把这架手风琴丢出去吧。"

曲水涵却急忙拦住欧阳姗姗："能不能把这架手风琴留下？因为，买一架品质这么好的手风琴并不便宜……更重要的是，我在学院里选修的也是手风琴，我正好还没有琴。”

穆芳菲和欧阳姗姗都用一种异样的目光看着曲水涵，曲水涵有些不好意思，急忙把手风琴装进了黑色琴套里，放在了墙角。

“好吧，如果你执意想要把手风琴留下也可以。”穆芳菲是个很随和的人，“四号床，也就是姬锦媚以前睡过的床，它现在是你的了。”

曲水涵心里一凛，她顺着穆芳菲所指向的四号床看去，发现四号床上空荡荡的。可是，刚刚曲水涵摔倒的时候，明明看到四号床上有一个人影爬起来的。

难道是幻觉吗?

曲水涵不声不响地爬上了床。这个时候，她发现自己对面的三号床上还有一个女生，她把自己完全蒙在被子里，由始至终都没有讲过一句话，曲水涵有点好奇，她向着对床仔细地看着。

突然，对床的女生活动了。她把被子从头上缓缓地取下来，然后把脸转向了曲水涵……

曲水涵吓了一大跳，她看到一张惨白如纸的脸，眼睛和嘴巴都只是三个黑黑圆圆的洞。

“啊……”曲水涵忍不住尖叫起来。

对床女生并不理会曲水涵，她机械般地从床上爬了起来。借着日光灯，曲水涵才看清楚，原来这女生的脸上贴了一张面膜。

“这是茹梦，她总是贴着个面膜，大晚上的像鬼一样！”穆芳菲抱怨了一句。

茹梦并没有把面膜取下来的意思，她只是把恐怖的脸朝向了曲水涵，冷冷一笑。

曲水涵急忙缩进了被子里。

这个初来的夜晚，充满了诡异与戏剧性。

－2－

次日清晨，是以欧阳姗姗的尖叫为开端的。

欧阳姗姗的声音分贝很高，一句“手风琴啊”把宿舍里所有人都叫了起来。大家从被子里钻出来一看，只见昨晚那架手风琴，又静静地躺在门口的位置。

可是，曲水涵明明记得，昨晚自己已经把手风琴装进了琴套里，而且放在了墙角的位置。难道手风琴自己会跑出来？

“我一定要把这鬼东西丢出去！”欧阳姗姗又叫又跳。

曲水涵急忙下床拦住了欧阳姗姗：“求求你了！千万不要！今天就要去上课了，可是我还没有手风琴呢。如果你把它丢出去了，我怎么办呢？”

“你就那么穷吗？一架手风琴都买不起？”欧阳姗姗尖声嘲讽道。

曲水涵的脸顿时红了起来，她一言不发。

欧阳姗姗狠狠地瞪了曲水涵一眼，然后转身离开了宿舍。

正在这时，做面膜的茹梦从床上坐起来了，她第一次开口讲话，声音如她眼神一样冷：“别理欧阳姗姗，她做过对不起姬锦媚的事情，所以她才那么害怕。”

曲水涵用诧异的目光看向了茹梦。

原来漂亮且家境好的姬锦媚，是很容易惹其他女生妒忌的。而在408宿舍里，只有欧阳姗姗条件与姬锦媚相当，所以欧阳姗姗和姬锦媚的关系非常不好，两个人经常吵架甚至大打出手。

后来，欧阳姗姗居心不良地给姬锦媚讲了一个关于手风琴的可怕的故事。

从前，有个住在边境的中国女子爱上了一个俄罗斯男子。她最爱的，是他抱着手风琴演奏时候的样子，他符合了她心中所有对白马王子的想象。可是，俄罗斯男子对这位女子并没有什么意思，他结了婚，也生了子。女子终于在妒忌中爆发，她杀死了俄罗斯男子的妻子和孩子，剁碎后塞进了男子的手风琴里。当男子拉琴的时候，有丝丝的血从琴键中渗了出来。从此以后，男子发疯了，再也不敢拉手风琴了。同时，他在女子的眼中也就失去了当初的那种魅力，女子成功地解脱了。

欧阳姗姗讲得绘声绘色，把姬锦媚吓坏了。也就是在这个时候，欧阳姗姗对姬锦媚说："你敢不敢拉一下你的手风琴？"

姬锦媚心里并不敢，可是她不能够在对头面前露怯。于是姬锦媚壮着胆子拉起了手风琴。

有血，随着琴体的开阖，丝丝渗了出来。

姬锦媚胆子并不大，她吓得丢掉了手风琴，跑出了宿舍。当天正好下了大雨，姬锦媚在雨里飞奔了许久，受了凉，发起了高烧。高烧之中，姬锦媚不停地喊叫着李家磊的名字。这才让同学们都知道，姬锦媚暗恋着李家磊老师。

曲水涵听得瞠目结舌："你的故事是真的吗？手风琴里的血是从哪儿来的？"

"你真傻！"茹梦冷笑道，"欧阳姗姗在讲故事之前就买来了许多带着血的生肉，剁碎了塞进了手风琴啊。"

曲水涵缓缓地点点头。

"从那件事之后，姬锦媚就不太正常了。也许，这件事与姬锦媚最后的坠楼有些关系。欧阳姗姗做了亏心事，当然会害怕手风琴了。"茹梦继续补充道。

这个时候，上课的时间到了，茹梦把脸上的面膜揭了下来。

一张非常漂亮的脸从面膜下露了出来。曲水涵心头涌上了这样一种想法，茹梦比欧阳姗姗更漂亮。

沉重的手风琴压在了曲水涵的身上，曲水涵隐隐闻到了一种血腥气。

– 3 –

一道闪电划过，大雨倾盆。

曲水涵来到教室门口，礼貌地敲了敲门。

门内，传来了手风琴的声音，曲水涵从门缝向内看去，只见到一个年轻的男子背对着自己，正忘情地演奏着。雨声的敲击和着流畅的琴声，曲水涵突然有了一种想要哭出来的冲动。

“你走吧，今天不上课。”老师李家磊说，但是他没有转头。

“为什么？”

“因为今天下雨。我不喜欢雨天。”

“为什么？”

“因为，我在一个雨天里，发现自己爱错了人。那个雨天，我痛苦得差点死去。”

李家磊已经把话说到了这个份上，曲水涵还有什么可说的呢？曲水涵只能背着琴离开。

走到楼下的时候，曲水涵恍惚看到了一个白色的人影，飞快地飘了过去。曲水涵有些害怕，她背着手风琴急忙往宿舍赶。

“救……救……”刚刚来到宿舍的走廊，曲水涵就听到了一阵悲切的呻吟声。在半明半暗的光线里，这声音格外可怕。曲水涵壮着胆子向声音发生处走去，发现 408 宿舍门口趴着一个人。那个人正在地板上蠕动着，长长的黑发像海藻一样披散在地板上。

曲水涵吓得捂住了嘴巴，她怕自己一出声，地上的人会朝着自己爬过来。不过，曲水涵很快就觉得，地上这个人并不是鬼，她很面熟。

是欧阳姗姗！

此时，欧阳姗姗的头发散乱，脸色惨白，一双手蜷曲着向门板上敲打，边敲打着边说：“救……救……”

“欧阳姗姗，你怎么了？”曲水涵急忙扶起了她，并且打开了宿舍门。

出乎曲水涵意料的，宿舍里居然有人，茹梦正在宿舍里贴面膜，对欧阳姗姗的情况视而不见。曲水涵有些愤怒：“茹梦！你既然就在宿舍里，欧阳姗姗叫门的时候你为什么不开？”

茹梦丝毫没有愧疚的意思，她冷笑道：“我为什么要开门？我怎么知道敲门的是人还是鬼？在这个宿舍里，可怕的事情还少吗？”

曲水涵不想和茹梦争论，她把欧阳姗姗扶到了床上，然后给欧阳姗姗倒上热水。不一会儿，欧阳姗姗从慌乱的状态里缓和过来，她猛地扑到了曲水涵的怀里：“刚刚……真是太可怕了！”

从欧阳姗姗断断续续的讲述里，曲水涵听到了这样一件可怕的事情。

今天早上，欧阳姗姗因为和曲水涵斗气，所以走得比较早。当欧阳姗姗发现教学楼里只有自己一个人时，她感觉到了恐惧。为了给自己壮胆，欧阳姗姗边唱歌边走：“思念是一种很玄的东西，如影随形……”

然而，欧阳姗姗很快就发现了比思念更“如影随形”的东西。她每唱一句，都会有一个人应和着。不紧不慢地，不是回音。

欧阳姗姗不敢再唱了，她机械地向前走。

突然，在楼梯间的位置，一个血红色的人影出现在欧阳姗姗的面前。那个人影飘浮在半空中，一道闪电划过，淡蓝色的电光映在了血淋淋的人影上……

欧阳姗姗哭着说，“我觉得，姬锦媚回来了……”

突然，地上的手风琴向侧翻倒，发出了一声巨响。

难道，姬锦媚真的回来了吗？

穆芳菲恰好在这个时候走了进来，她的脸色也很不好看：“你们知不知道这样一件事？今天早上，不知道谁恶作剧地在教学楼里挂了一件雨衣，那件雨衣上洒了红色的颜料，看上去像是血一样，真吓人呢。”

原来是这样。曲水涵长长地松了一口气，不禁觉得欧阳姗姗有点太大惊小怪了。欧阳姗姗见连曲水涵都不支持自己了，顿时有些着急："姬锦媚真的回来了！你们怎么不相信我呢？难道，昨天晚上的声音你们都没有听到吗？"

欧阳姗姗的话真是点中了大家的要害，瞬间大家都变了脸色。

昨天晚上发生了一些事情，其实大家都知道，可是谁也没有说出来。

昨晚，当所有人都陷入到迷迷糊糊的睡眠状态中时，有一阵脚步声打破了夜的宁静。

"哒，哒，哒……"脚步声越来越近。到了408宿舍的门口，脚步声停下来了。然后，传来了钥匙开门的声音，门缓缓地打开了。

一股寒气从门外钻进来，扑到了每个女孩的身上。然后"哒哒"的脚步声渐渐地响起在宿舍里了。

"昨晚的事情，我以为是错觉。"四个女孩几乎都是这样想的。

"可以用钥匙打开门的女生，除了我们四个，恐怕就只有姬锦媚了。"穆芳菲最后做了总结，"姬锦媚确实回来了。"

可是，姬锦媚为什么要回来呢？

– 4 –

雨止，天晴，又是新的一天。

新的一天，发生的事情却是旧的。清晨，手风琴再次安安静静地躺在宿舍的门口，像是在等待自己的主人。

早晨只有欧阳姗姗和曲水涵有课，通往教学楼的路上，欧阳姗姗神秘兮兮地说："你觉得姬锦媚为什么回来呢？"

"是留恋这里吧？"曲水涵回答。

"胡说！姬锦媚和我们的感情并不算好，我们没有什么值得她留恋的。"

"那你觉得姬锦媚为什么回来呢？"

“我觉得……”欧阳姗姗把脸贴近了曲水涵，“姬锦媚是回来报仇的。”

曲水涵吃了一惊。

“我早就觉得姬锦媚的死没有那么简单，好好的一个人，怎么会无缘无故就跳楼了呢？而且，姬锦媚死前就已经精神失常了！她总是说着这样一句话，‘活着的时候，我无能为力；也许只有一死，才能得到我永生所爱。’很怪异吧？”

曲水涵点点头。

欧阳姗姗有些得意，继续说：“而且，姬锦媚死后那架手风琴怎么会突然消失呢？如果没有冤气，我们宿舍怎么会发生灵异事件呢？种种迹象表明，姬锦媚一定是被人害死的，而且这个凶手就在我们宿舍里！”

曲水涵听得全身发毛：“凶手会是谁呢？”

“我觉得，茹梦很有可能。”欧阳姗姗说。

曲水涵不由得笑了，茹梦曾经说欧阳姗姗心里有鬼。现在，欧阳姗姗又说茹梦可能是凶手。这明明就是两个女生在互相陷害嘛。

欧阳姗姗看出了曲水涵的怀疑，她急忙补充道：“可能你不知道，茹梦是李家磊的前女友！姬锦媚那么喜欢李家磊，她算是茹梦的半个情敌吧！”

还有这层利害关系！曲水涵仔细想想，茹梦还真有可能是凶手。

上课时间到了，曲水涵坐在了李家磊的面前。面前这个男人脸色有些苍白，眼神像潭水一样深不见底。曲水涵静静地听李家磊讲课，深深地感受到李家磊的魅力。

“怪不得姬锦媚会那么喜欢他啊……”曲水涵在心底暗暗地说。

“知道簧片乐器怎么来的吗？我给你讲讲吧。”突然，李家磊这样说，“很久很久以前，有一个音乐家走在小镇上，他突然听到了一种奇怪的声音，‘呜呜’的很动听。他循声而去，发现那声音来自一个正在玩梳子的小女孩，小女孩在梳子上粘了一些小纸条，因此就发出了这种呜呜的声音。那粘着纸片的梳子，就是簧片的前身。而手风琴正是一种依靠簧片发音的乐器。”

曲水涵听得津津有味，以至于下课铃打响的时候，曲水涵的目光依旧恋恋的。她走到教室门口，温柔地对李家磊说："老师，再见。"

这一幕恰好被经过走廊的茹梦看到了，茹梦冷笑道："我可警告你，千万不要喜欢上李家磊老师。"

曲水涵心里有点不满："你不是和他已经分手了吗？"

"那……你知道我为什么和他分手吗？"茹梦把脸贴近过来，她的眼神里有一种曲水涵读不懂的东西。

茹梦说："李家磊家里的情况非常复杂。李家磊还小的时候，爸爸被车撞成了瘫痪，从此失去了谋生的能力。一家人总要活下去的，无奈之下，李家磊的妈妈沦为了暗娼，靠卖淫为生。李家磊一直感觉到屈辱和痛苦，可是他无能为力。当李家磊有能力赚钱的时候，他的妈妈觉得自己会成为儿子未来人生路上的污点，于是自杀了。"

曲水涵听得瞠目结舌："撞伤李家磊爸爸的那一家人没有给赔偿吗？"

"没有找到肇事者，于是事情就不了了之了，李家磊的爸爸只能自己吞咽着苦果。"

"就因为这个，你就和他分手了？"曲水涵还是想不通。

"我们分手的直接原因是……"茹梦说到这里停顿了一下，"因为我去了他的家。"

说到这里，茹梦顺手拉上了走廊里的窗帘，整个走廊顿时笼罩在一片幽幽的蓝色光线之中，茹梦说："他的家，比这种感觉还要阴森。"

三个月前，茹梦说要去李家磊家里看看。当时，李家磊意味深长地一笑："如果你去了我家，一定会要求和我分手的。"

茹梦坚定地表示不会。

于是，李家磊带着茹梦来到了一栋非常老旧的平房前。还没有靠近，茹梦就闻到了一股沉重的香气——是那种给死人上供的香气。茹梦下意识地缩到了李家磊的身后，李家磊说："如果这个时候后悔还来得及。"

可是茹梦还是选择走了进去。

一进门，茹梦就看到了一个巨大的纸人。那纸人的脸上画得红白分明，直直地吊在天花板上。纸人下有一个香炉，里面烧着几束粗香。房间里一丝光也透不进来，像是地狱一样。

茹梦努力地控制住自己的情绪，她向着四周一看，只见墙壁上画了各种可怕的东西，全都是红色和黑色的。间或，屋内传来了痛苦的呻吟声。茹梦知道，那是李家磊伤残的爸爸。

李家磊说："我的妈妈生前造了罪孽，我只能在房间里这样布置，供着亡灵，才能够给她赎罪。如果我们将来结婚，我们的房间也得是这样的。"

"你想想看，我会和这样的男人生活在一起吗？爱情固然是美好的，可是我也得现实一点。"茹梦叹道。

说到这里，上课铃打响了，茹梦选修的单簧管课要开始了，于是茹梦匆匆地离开，曲水涵独自回到宿舍。

宿舍里只有穆芳菲一个人，她的目光直直地盯着曲水涵背上的手风琴，然后劝道："曲水涵啊，还是换个乐器选修吧。手风琴这个东西真的很不吉利。不光是姬锦媚，以前练手风琴的女生也没有什么好结局的。"

"还有谁出事了吗？"曲水涵问。

穆芳菲点点头。

二十年前，正是俄罗斯歌曲和手风琴大红大紫的时候。音乐学院里有位女孩酷爱手风琴，成为众人眼中的焦点，被评为"院花"。

也许是自古红颜多薄命吧。"院花"拒绝了许多的男生的求爱，偏偏喜欢上了有家有室的院主任。而院主任也是真心喜欢这个年轻漂亮又有才气的女生。然而，在那个年代，这种事情是绝对不被允许的。"院花"很快被主任夫人抓住痛打了一顿，然后逐出了音乐学院。"院花"当时已经怀上了主任的孩子，更因为这种"作风污点"而在社会上无法立足，生活非常痛苦。

“难道，这就是命吗？每一个学习手风琴的女孩子都这么惨？”曲水涵喃喃道。

“总之，手风琴这个乐器你还是不要学了。姬锦媚的死就是例子。”穆芳菲很严肃地说。

“穆芳菲，你觉得谁是害死姬锦媚的凶手呢？”曲水涵问道。

“欧阳姗姗和茹梦都有可能。”

曲水涵真是快要晕倒了，在短短的一天里，茹梦怀疑欧阳姗姗，欧阳姗姗怀疑茹梦，穆芳菲怀疑茹梦和欧阳姗姗。

姬锦媚是冤死的，那么到底谁是害死姬锦媚的凶手呢？

– 5 –

空荡的房间，幽幽的绿光，以及房间正中央的一张床。

床上，蒙着惨白的被单，隆起的曲线表明死去的是一个女人。

突然，被单下伸出了一缕黑发，之后，又是一缕……长长的头发不甘寂寞地陆续伸出了被单，乌黑发丝披散一地。

被单开始蠕动了。有一张面无表情的脸，从被单里露了出来，继而是上半身下半身乃至全身……

一具女尸从停尸床上爬了起来，然后僵直地站立着。良久，她对着镜头一笑，缓缓离开了。

408 宿舍的女生是相互搂抱着才有勇气看完这段视频的。这视频被刻成 CD，曲水涵在今天早晨发现它被丢在手风琴上。

无论是谁制作了这盘 CD，毫无疑问，姬锦媚离开了她应去的地方，她要回来了。一想到已经死去的姬锦媚不知道会在何时出现，几个女生就格外恐惧。猜疑情绪在408宿舍里蔓延开来。

到底是谁害死了姬锦媚？是谁让姬锦媚如此死不瞑目？

午夜时分。曲水涵突然心跳得很厉害，她有一种预感，有什么事情要发生了。

曲水涵转头向对床看去，茹梦直直地躺在床上。她的脸上依旧贴着面膜，看上去诡异极了。曲水涵又坐起来，向着另外两张床看去，穆芳菲和欧阳姗姗都睡得很香。

“哒，哒，哒……”突然，有脚步声从走廊尽头传来。

这个频率，这个声音，如此熟悉。曲水涵不禁觉得全身的寒毛都竖了起来。

果然，脚步声停在了408宿舍门口。随着“吱呀”一声，门缓缓地打开，门缝中透出了走廊里惨白的灯光。一个身着白色袍子，黑发披散的人影飘了进来。与此同时，曲水涵听到了一种“呜呜……”类似于鬼哭的声音，这声音让人毛骨悚然。

曲水涵吓坏了，甚至忘记把自己藏进被子里。她轻轻地呼唤着对床的茹梦：“茹梦……茹梦……”

可是茹梦一动不动。

“嘘……”女鬼把没有五官的脸转向了曲水涵，然后把一根食指竖了起来。鬼哭声更强烈了。惊恐中的曲水涵已经不会思考了，她急忙钻进了被子，一声也不敢再出。

黑暗中，曲水涵感觉到女鬼爬上了床，曲水涵全身颤抖地等待着。然而，她听到的是欧阳姗姗的呻吟声，欧阳姗姗的床因为挣扎而猛烈地晃动着。

“这是怎么回事？”曲水涵心里暗暗地想，可是她没敢探出头来看。

半个小时之后，宿舍的门关上了。

曲水涵偷偷地坐起来，黑暗中，宿舍的窗子大敞着。有些亮晶晶的东西贴在了玻璃上，一闪一闪很诡异。

曲水涵发现，欧阳姗姗已经被掐死在床上。

– 6 –

“今晚终于可以睡个好觉了。”茹梦一边往脸上贴面膜，一边开心地说。

“茹梦，这样不太好吧？毕竟欧阳姗姗是和我们一个宿舍的人，她死了，你不掉眼泪也就算了，怎么能这么开心呢？”穆芳菲一边责备着茹梦，一边端着盆子和脏衣服走出了房间。

茹梦才不管穆芳菲是不是离开了，她很得意地照着镜子：“欧阳姗姗是自作自受。她杀了姬锦媚，姬锦媚当然会回来报仇了。”

“茹梦，你怎么知道就一定是欧阳姗姗杀了姬锦媚呢？”曲水涵突然问。

茹梦愣了一下，她明显有些慌乱：“这还用问吗？恶有恶报啊！”

“还有一种可能。真正的凶手为了不让大家怀疑，假装成姬锦媚，杀死了欧阳姗姗。她以为可以掩饰自己的罪行，却没想到这是欲盖弥彰。”曲水涵的言语里有了逼人的意味。

茹梦站了起来：“曲水涵，你血口喷人！”

曲水涵笑了：“我又没说你，你紧张什么呢？不过，你得回答我一个问题。你昨天晚上一直睡在床上吗？”

“那当然！”茹梦坚定地说。

“可是，昨晚我叫你，你一声都不吱。你每天晚上都做面膜，表面上看来是为了美容，实际上，你是为了掩饰自己不在床上的真相。做了面膜之后，谁也看不出来躲在床上的那个人是不是你。”

“你这只是猜想！”茹梦大声说。

“那我拿出点证据来吧。”曲水涵从抽屉里取出了一些亮晶晶的片状物，“这是簧片，你不陌生吧？”

茹梦诧异地看着曲水涵。

“李家磊老师曾经给我讲过，簧片在风里会发出类似于鬼哭的‘呜呜’声。在这个宿舍里，只有你学的单簧管和我学的手风琴都是簧片乐器。昨晚，你就是用这个东西营造了恐怖的氛围，让我和穆芳菲都不敢坐起来看个究竟。”

茹梦张了张嘴，却一句话都没有说出来，宿舍里顿时陷入了一种令人窒息的宁静之中。

突然，灯灭了。

整个房间陷入了黑暗之中。两个女生还没有来得及尖叫，只听到“吱呀”一声，房间的门缓缓地开启了。

门外，立着一个白衣女人，长长的头发直垂到腰间，看不到她的脸……

“是姬锦媚！”茹梦率先叫了出来。

门突然关上了，灯接着亮了起来。白晃晃的光充满了整个房间，好像刚刚的一切都没有发生过。

“欧阳姗姗死了，姬锦媚为什么还要回来呢？”曲水涵冷冷地说，“看来，欧阳姗姗不是真正的凶手。茹梦，到了这个时候，你还不承认吗？”

茹梦把脸上的面膜撕了下来，曲水涵看到的是一张颓然而苍白的脸。茹梦的声音有些哽咽了：“真的不是我……真的。”

“可是，你这样说我就会信了吗？”曲水涵逼问道，“或者你把真相告诉我，或者你像杀死欧阳姗姗一样杀死我。”

茹梦呆呆地看了曲水涵一会儿，终于说：“好吧，我告诉你。”

原来，茹梦和李家磊并不是真的分手了。只是在三个月前的一天，李家磊对茹梦说：“你可不可以假装离开我一段时间？”

茹梦当然会询问这是为什么。李家磊说：“因为，我要报复姬锦媚。”

原来，在十年前的一个夏天，姬锦媚背着自己的父亲偷偷开着车子出来玩。那么小的孩子，怎么可能真的会驾驶呢？于是，姬锦媚的贪玩酿成了李家磊一家的惨剧——李家磊的父亲伤残，母亲被迫卖身。

李家磊恨恨地说：“姬锦媚根本就不记得这件事了。她这种富人家的女孩子，怎么可能在乎我们这些平头老百姓的命呢？天意啊！她前不久居然说她一直喜欢着我，她是为了我才选择了音乐学院的手风琴专业。这是上天给我的机会，我一定要抓住！”

茹梦被李家磊的苦难所打动，于是她答应与李家磊假分手一段时间。等李家磊的报复行动结束，自己再回到李家磊的身边。

“姬锦媚已经死了，你们为什么没有和好呢？”曲水涵问。

“李家磊怀疑是我杀死了姬锦媚！”茹梦急急地说，“他说他只是想要让姬锦媚伤心，并不想让姬锦媚死。他埋怨我心狠手辣，其实我才是无辜的啊！”

曲水涵有些明白了：“所以，你才不停地制造着假象，想让大家都去怀疑欧阳姗姗是真正的凶手。对吗？”

茹梦拼命地点点头，她一把拉住曲水涵：“我求求你，千万不要把这件事说出去。欧阳姗姗的死，所有人都以为是姬锦媚的亡灵报仇，只要你不说，我就会没事的。”

曲水涵看着这个为了爱情而变傻了的女人，无奈地叹了一口气。

此时，宿舍里的闹钟敲响了十二点。

曲水涵和茹梦突然意识到，穆芳菲出去已经好长一段时间了，她怎么还没有回来呢？

想到刚刚姬锦媚在走廊里现身的诡异情景，曲水涵和茹梦都很担心。两个女生壮着胆子到洗手间去寻找穆芳菲。然而找来找去，她们只看到了一只扣在地上的盆子和散落一地的脏衣服。

穆芳菲不见了。

“老师，不好了！穆芳菲失踪了！”曲水涵拿起手机，急急地给辅导员打电话。

听筒里传来了辅导员诧异的声音：“你说什么呢？我没有听说过这个名字啊。”

“就是我们宿舍的穆芳菲啊！”曲水涵越说越着急。

然而，曲水涵的心情很快就由急迫变成了惊恐，因为辅导员一再向曲水涵保证，408 宿舍里从来就没有过穆芳菲这个学生，穆芳菲睡的那张床是空着的。

曲水涵感觉到背上涌起了一阵寒意，她想起来，穆芳菲从来就没有上过课。

穆芳菲到底是谁?

突然，倚在墙角的手风琴轰然倒地。

– 7 –

欧阳姗姗死了，穆芳菲下落不明，然而日子还得过下去。

这一天，又是阴雨。曲水涵背着手风琴走进了教学楼，这个时候，她在楼梯间里听到了熟悉的手风琴的声音。

曲水涵循着琴声走了过去。她看到了一个身披长发的女子。女子背对着自己，怀里是一架巨大的手风琴。女子忘情地拉着，拉着……突然，她转过头来。

一张苍白的脸出现在曲水涵的面前。曲水涵看到女子怀里一片血红，血“滴滴哒哒”的从手风琴的键子里渗出来。

曲水涵连惊叫都来不及，她转头就跑。身后的女子缓缓地站了起来，身体以一种僵硬的姿态紧紧地追赶。正在这危急时刻，曲水涵看到了走廊尽头的洗手间，她飞快地冲向洗手间，想借此抵挡一阵。

然而，当曲水涵跑到洗手间门口的时候，门突然自动打开了。

门内出现了一个同样穿着白色袍子披着长发的女人，她的脸上也是苍白的一片。曲水涵绝望地回头，身后的女子也追来了。

一前一后，无路可逃。在这电光火石的瞬间，曲水涵猛地把洗手间的门关上，然后紧紧地锁了起来。走廊里的女子被关到了外面，而洗手间内的女子正向着曲水涵走来。一步一步……

曲水涵的眼睛一眨也不眨地看着前方，突然。她的脸上没有了惊恐，取而代之的是一种冷笑。曲水涵伸手，朝着女子脸上一扯——穆芳菲的脸露了出来。

“穆芳菲，原来真的你！幸好我仔细地看了看。”曲水涵嘲讽地说。

“为什么？为什么你没有把我当成是姬锦媚的亡灵？”穆芳菲诧异地问道。

曲水涵笑了：“你走路的样子和姬锦媚实在是不像。”

“可是，你并不认识姬锦媚。”

“哈哈哈……”曲水涵笑了起来，“你太不了解我的底细了。其实，我和姬锦媚是从小的好朋友。对于姬锦媚，我比你了解得要多得多。”

穆芳菲有些慌乱：“原来，你一直在伪装。为什么？”

“我伪装成不认识姬锦媚的样子，就是为了找出杀死姬锦媚的凶手。”曲水涵坚定地说。

这次轮到穆芳菲哈哈大笑了，说：“曲水涵，你别骗人了！我也告诉你一个秘密，我早就知道，你才是杀死姬锦媚的真正凶手！”

曲水涵呆住了。

穆芳菲接着说道：“姬锦媚在跳楼之前，精神就不太正常了。那个时候我怀疑，有人给姬锦媚服了什么药，让姬锦媚越来越疯。可是，我无论如何都找不到疑点。后来，我发现每次姬锦媚拉完手风琴都会疯得更厉害。于是，姬锦媚跳楼之后，我就偷偷拿走那架手风琴。大家都以为是灵异事件出现了，其实这不过是我的小动作。”

“说下去。”曲水涵的目光渐渐地变冷了。

“后来，我拆开了手风琴，果然在其中发现了可以摧毁人神经的粉末状药物。也就是说，当姬锦媚拉琴的时候，药物会随着风箱的拉动而挥发出来，被姬锦媚不知不觉地吸入。当时，我以为凶手会是欧阳姗姗或者茹梦其中的一个。可是这个时候，你住进了宿舍。你首先拼命阻止欧阳姗姗丢掉手风琴，之后你经常背着我们把手风琴拆开。我知道，你是在找那留下的毒药，可是那些毒药都被我拿走了。”

曲水涵的眼里凶光毕露，她咬着牙说：“你，你到底想要怎么样？”

“我想让你死。”

“我和你无冤无仇！”曲水涵叫道。

“你真的和我无冤无仇吗？”穆芳菲冷笑着说，“还记得二十年前那个会拉手风琴的“院花”吧？那“院花”就是你妈妈！”

曲水涵更加诧异了：“这件事情，很少有人知道。为什么你会……”

“因为，我爸爸就是当年的院主任啊。”穆芳菲的眼里有了泪光，“如果不是你妈妈的出现，我本来会有一个非常美好的家庭。可是我爸爸总是忘记不了这件事情……我恨你妈妈，也恨你！”

曲水涵的心脏猛地痛了起来，她知道，这件往事既然被挖出来，穆芳菲是不会放过自己的。念及至此，曲水涵壮着胆子选择了最危险的一步，她猛地扑向了穆芳菲，双手紧紧地掐住了穆芳菲的脖子。曲水涵相信，自己从小在苦水里泡大，总会比穆芳菲更有力气的。

果然，穆芳菲在曲水涵的双手紧掐下无力地挣扎着，可是穆芳菲的眼里没有恐惧，反而有一丝嘲讽。这种表情让曲水涵感觉到非常害怕，曲水涵不禁说：“我杀了你，就没有人知道姬锦媚死的真相了！”

穆芳菲摇摇头。

曲水涵的双手停止了用力。

穆芳菲缓过一口气来，得意地说：“刚刚你不是在洗手间门外关了一个‘女鬼’吗？你杀了我又能够怎么样呢？她已经知道所有的事情了。”

曲水涵感觉到脑子里“轰”的一声。

门外，传来了很均匀很熟悉的脚步声：“哒，哒，哒……”

曲水涵的思绪，拉回到了很久很久以前。

－8－

十年前的阳光，似乎比现在更暖。阳光下，两个小女孩手拉着手，友好地奔跑着。突然，一个小女孩说："曲水涵，我有一个新玩法呢，你敢不敢？"

曲水涵瞪着大大的眼睛看着姬锦媚。

姬锦媚得意地说："今天早上我把爸爸的车钥匙偷出来了，我们去开车，好不好？"

曲水涵有些害怕，她急忙摆摆手。可是姬锦媚的话很快就刺激了曲水涵："你妈妈天天躲在家里不出门，连你也被传染成胆小鬼了吗？"

曲水涵最害怕别人提到她妈妈，尤其是在家境优越，家庭幸福的姬锦媚面前。于是，曲水涵鼓起勇气说："开就开！不用你开，我来！"

就是在那一天，曲水涵做了一件让她一辈子都后悔的事情，她很逞能地坐进了车子的驾驶位，然后胡乱地鼓弄着。过了一会儿，车子居然真的动起来了。这时，两个小女孩才感觉到害怕，她们在车里手脚并用，却无法阻止车子向前。

"咣……"车子从一个人身上辗过去了。

曲水涵和姬锦媚的脸都吓白了。当车子好不容易停下来之后，姬锦媚很有主见地把曲水涵从驾驶位赶了下去，然后自己坐在那里。姬锦媚很义气地对曲水涵说："就说是我开车撞到人的，你千万别承认！"

曲水涵很感激，她怯懦地躲在了副驾驶的位置上。

这件事情摆平之后，曲水涵一直觉得自己亏欠了姬锦媚很大的人情。可是曲水涵不知道自己怎么样才能够偿还。直到有一天，已经初谙人事的姬锦媚对曲水涵说："你欠我一条命，这值得你用一辈子去还。"

曲水涵点头答应了。可是她已经感觉到，有一种沉重的负担压在了自己的身上。

于是，姬锦媚开始提出各种要求。首先，姬锦媚要求成绩优异的曲水涵替自己考取音乐学院。之后，姬锦媚对曲水涵说："我喜欢上一个年轻的老师，他叫李家磊。"

曲水涵心里一紧。

姬锦媚继续说："可是他喜欢你。"

曲水涵可怜巴巴地抬起头来："你想要我怎么样呢？"

"你，消失。"姬锦媚冷冷地说。

曲水涵不忍心再想下去了，她缓缓地打开了洗手间的门。

走廊尽头，立着一个很熟悉的身影。曲水涵对着那个身影说："姬锦媚，我不知道，你是我的仇人，还是我的恩人。"

– 9 –

又是一个雨天，天空哀号着将泪水倾泻而下。

李家磊演奏着手风琴，双眼紧紧地闭着。他怕自己一睁开眼睛，泪水就会流下来。

琴声里，他想起了曲水涵。年少的时候父母不许自己和曲水涵来往，说曲水涵的妈妈作风有问题。可是李家磊曾趴在窗台上看曲水涵，看曲水涵的妈妈手把手地教女儿演奏手风琴。那个时候的曲水涵有着清澈的眸子，像一个被音符包围的天使。

父亲的惨剧降临之后，李家磊知道自己没有资格去爱曲水涵了。因为他得报仇，报复那个因为无知而撞伤自己父亲的姬锦媚。

然而，在一个雨天里，姬锦媚被宿舍里的欧阳姗姗吓坏了，她发了高烧，在高烧中说出了让李家磊不能够接受的秘密。

原来，撞伤李家磊父亲的那个人，是曲水涵。

爱，还是恨？

李家磊睁开眼睛，泪水纷纷而下。

此时，在李家磊的门外徘徊着姬锦媚的身影。从小到大，姬锦媚想要什么就会得到什么，从来不知道艰辛为何物。可是，当她遇见李家磊的时候，才知道爱情是个例外。

姬锦媚知道李家磊心里一直有曲水涵，所以她只能装作中了曲水涵的圈套，然后导演了一出让曲水涵毁灭的剧本。

现在，曲水涵伏法，自己复活归来。李家磊的爱已经无处可去了，也许，他会有一丝丝的转变？姬锦媚相信，活着的时候，她无能为力；也许只有一死，才能得到永生所爱。

ACADEMY OF MUSIC

故事八　索命古筝

有那么一瞬间，陈阑仿似看见了暗蓝的海浪漫过了星灵子的眉眼，洗刷出她本来的模样——死神的模样。

芙蕖绿波

— 1 —

“你说这是怎么回事？”一个上了年纪戴着银边眼镜的男人把一份音乐杂志和一叠画纸扔到了记者陈阆面前。

戴银边眼镜的男人是弦周刊的老总。弦周刊是一家专门做音乐资讯的杂志报社，旗下的“弦”周刊介绍各类乐器、写音评或者各类与音乐相关的内容。“弦”的定位很高，其涉及的音乐知识十分专业，连从业的记者、编辑等人员也是有一定艺术造诣的。所以黄总不能容忍自己的员工把高雅的音乐当作游戏来对待。

把那一叠诡异的画面印在了音乐杂志上，配上了有关音乐的文字，就能称作文章。他，黄音达是绝对不允许有人这样轻视音乐的！

看着面前那一叠类似漫画的素描，陈阆算是明白老总的意思了。

画面上用铅笔描摹了一幅场面很阴暗的景象，素描的明暗比例用得很重。一面是幽深的大海，黑影铅云重压下的海是黑的，一根细细的，细得有些诡异的弦索缥缈地飘过画面，落在标号为 2 的第二幅素描图画上。

第二幅画是森林，森林阴森压抑，层层黑色林影下，设了一张古案台，案台上架了一架古筝。案前是一个身穿古代裙袍的女子在弹奏，女子衣袂飘飞，气质出众。但如此清芬淡雅的景致里，又是一根诡异的弦勒住了众人的视线。那根细弦刚好勒住了女子的脖子。

只一瞬，画里的女子脖子断了，舌头掉出，暴突的眼猛地盯住了他！陈阆一吓，忙退后了一步。他努力眨了眨眼睛，才发现，画里女子的头始终低垂着，视线落在了筝弦上，何来的突眼长舌。只是，她脖子上的弦，她低垂的头，真的是太诡异了。

“其实我是从一家风水堂路过时，碰巧捡到的。那家店主当时正放着歌剧《蝴蝶夫人》里最有名的唱段，咏叹调《晴朗的一天》，明明是晴朗的景致，但她根据音乐所绘画的场景，真的很有感觉。”陈阆努力地想着措辞。

“风水堂？”黄总极力忍了忍有些抽搐的脸面，“你去弄风水的地方感受音乐？你也太有创意了吧。”说到最后，他反是怒极而笑了。

话里的嘲讽、不屑、不满已经很明显了。

“我不是这个意思，我是听说那个女风水师很善于用音乐描摹命运。”陈阆说着，自己也觉得不对了，忙岔开了话题，“其实，撇开风水与音乐的不同领域来说，那样的描摹也有音乐背景下的故事隐意在里面。稍微懂些音乐的人都知道，《蝴蝶夫人》本就是一幕悲剧，用音乐来表达的悲剧，那么美的咏叹调，那样晴朗的一天，波光粼粼的大海上，等着丈夫驶着军舰归来的蝴蝶夫人，其实所有的美好都不过反衬了那场悲剧的惨烈。女风水师所描摹的画虽然阴郁诡异，但真的带了灵性音乐艺术在里面。女子的古代衣袍不是与和服有些像吗？蝴蝶夫人最后的命运，也不过是弦断无人听罢了，都是难逃一死的命运。‘弦’的意蕴，闻弦歌而知雅意，其实不是一样的吗？我们虽然是做高档资讯的音乐杂志，以古典音乐为主调，但偶尔的创新倒也未尝不可。”

一席话，倒是让黄总陷入了沉思。他当初招揽这个刚从音乐院校毕业的新人陈阆，看中的就是他的冲劲和新鲜。他每每有奇思妙想，都引得年轻音乐爱好者的认同，敢于推陈出新，确有他过人之处。但这样的描摹音乐的漫画，古典音乐爱好者真的能认同吗？

一向都是安排陈阆负责年轻人音乐市场的，这次安排他负责老读者的古典专版，他真是一点也不犹豫，直接来新招了。

“你也得照顾老一辈音乐爱好者那‘可怜’的小心脏嘛，他们的神经细了点。”黄总一声干笑，倒是套用了《傲慢与偏见》的一句台词，说了句幽默话。

“那你是不反对了？！”陈阆高兴得蹦了起来。

“最近的‘歌剧夜’也大胆创新，利用了一回中西乐器合璧，演奏了十二段世界经典歌剧。而《晴朗的一天》更是大胆启用了古筝、竹笛、弦乐五重奏来演奏，效果奇佳，我也并非食古不化的人，既然你有信心，那下个星期的歌剧夜就你跟着去吧。”

见陈阆已经是激动万分了，黄总无可奈何地叹气：“记着啊，我可是要一份有分量的音评！”

“老总放心。”陈阆手舞足蹈，只懂得笑了。挂在胸前的相机随着笑腔一颤一颤的，彰显着陈阆的意气风发。

“那女风水师很有名气吗？”黄总突发奇问。

陈阆眨巴着眼睛，想了想，道：“好像记着她叫星灵子，她的灵言堂很有名，门前挂了一对木质灯笼，门脚处还卧了一只石头做的大乌龟。嗯，她的容貌气质都很出挑。”他想着，不觉笑了，星灵子确是个美人。

– 2 –

那夜的景致很美，夜色朦胧，为歌剧夜等待许久的歌迷们纷纷进入了典雅辉煌的金色音乐殿堂。

各式的西式乐器就那样静静地等待在那里了，就着璀璨的灯光，耀出属于它们自己的明艳光泽，有些调皮、带着张狂。而润亮青翠的竹笛、温润细白的箫、木质的泛着沉郁光泽的古琴、古筝，一溜古典的东方乐器，带了内敛、带了温润儒雅，也安静地等待在了那里。

陈阗持着票和一份音乐小册子的手，微微有些颤抖。他吸了一口气，呼出，慢慢才平静下来。场内很静，那种听得见头发丝打卷儿的静。来这里的，全是音乐家，他们或许不会侍弄乐器，也不会唱音色美妙如莺的歌剧，但他们全是真正的音乐家，因为他们是用心去倾听的。

一阵香风习习，陈阗一怔，似听到了香水曼妙走来的轻盈步伐。他轻轻回首，怕扰着了那一段迷离、奢华的迷迭香气的神秘步子，那样眼神相触，他便看到了她，星灵子，踏着迷迭香的分子式，来到了他身边。

星灵子什么也没说，只是静静地坐在座位上，等待着演出。

他是知道她的，她的神秘，她的神奇预言，无不是伴随着死神的脚步而来的。她以预测人的灾祸而闻名。所以，旁人对于她，是既敬又畏的。

只是这样曼妙美丽的年轻女子，是让人怜爱，而不是敬畏的吧？陈阗只顾看着她，完全忘了礼数，他在想，这样年龄不辨的女子究竟有怎样的功力呢？她二十出头，还是刚刚二十五？二五年华，她也算是风华绝代的佳人了。

星灵子容忍了他的“无礼”，回眸轻笑：“好戏该上场了。”

她在和自己说话吗？陈阗顿时涨了个大红脸，看进她的眼眸，她的眸子那样平静通透，却又在透彻里看到了纯净如水、清澈见底的眸光。见他举止羞涩，她忽而掩唇而笑了，苍白的手如玉细润，只是没有血色，一挂波斯手链牵牵挂挂地腻在她手上，垂下了一缕黑纱，恰好遮住了她的小半边脸，以至于她的笑容那般的若隐若现、似笑非笑。

“年纪轻轻，倒热衷古典音乐。”她笑道。

陈阗清秀稚气的脸庞顿时怔住了，稚气未尽的脸庞掠过了不满：“你这妹妹也不见得有多大年纪。”他左边唇畔有一只酒窝，不算深，只是随着他的生气，抿得有些紧了。倒让瞧着那单独一只显得有些孤单的酒窝的星灵子有了片刻的出神，以至于他说了什么，她也没听见。

“怎么想到他了？”星灵子无奈地摇了摇头。

“哪个他？”陈阗脸色更红，忙忙问了出来。

“嗯，是个法医，对侦查案子，也很有兴趣的一个人。”星灵子一笑。

本就是很普通的对话，陈阗忽然就觉得哪不对了，是那种气场的不对劲。一个专门预测死亡的女风水师，一个专门料理死者的法医，好像他们身边潜伏着的全是不测。

见她对着自己的酒窝出神，陈阗抚了抚左边脸，有些落寞地说道：“他也有酒窝？”

“歌剧夜快开始了。”她答。

只是隐隐地，他觉得开始的不会是一场音乐盛宴，而是一场死亡乐章呢？陈阗迷茫地摇了摇头，看来心理暗示的作用真的很大，他一定是对那些关于她的死亡预测报道看得太入心了。

灯渐次地暗了下来，台前缥缈朦胧的纱帘徐徐垂落，紧接着纤弱的竹笛声如一根缠绵轻巧的线，打了一个小卷儿，将蔚蓝海空上的薄云，勾画的近在眼前。

弦乐如一幅海作幕的背景，一浪一浪地响起，呼吸间，每个人都小心翼翼，生怕把这薄脆的美好拂落了。

古筝、竹笛、弦乐五重奏互相映衬，相映成趣。改编自普契尼《蝴蝶夫人》选段的《晴朗的一天》便这样开始了。

仿若月明星稀，辽阔的大海上，因了那几点顽皮的星光，而越加美丽活泼，轻巧的云挑起莲步走远，月光一时大盛，而勾描薄云的竹笛也飘得远了。进而，古筝沉静的拨弄将东方情愫的期待与哀愁，缠缠绵绵地点染在勾、挑、拨、拂之间，恰如纤云弄巧，飞星传恨；一阵雷过，漫长的等待中，巧巧桑的心里跃动起了一丝惶惑与疑虑，那自晴朗中升起的雷声，平静的海面翻起的低沉波浪，如拨乱了的琵琶，声嘶力竭的二胡，瞬间乱了人的心思。即使巧巧桑以坚贞的爱情等待成了信仰，再高贵美丽的姿态，也掩饰不了那样的悲哀，等待会换来那样一个灰色的哀痛结局，就如那灰色的海面，阴暗的天空。

全场的人如漂浮在海面的小鸟，凝神屏气。陈阆更是连大气而不敢喘，怕扰了这一场美妙而哀伤的情绪。

台上，弹奏古筝的是个三十五六岁的女子，一身柔和色泽的旗袍，巧手弹拨，哀伤漫过指尖，飘进了每个人的躯体，四肢百骸。

古筝弹奏者是新进的艺术家蓝宓，她身材纤瘦，却满脸愁苦，不是美人，但胜在有气质。陈阆做过她的专访，所以得以近看她的容貌。蓝宓的发际纹颇深，而眼线下垂，五官清秀但却是一副愁苦相。

蓝宓以演出古典音乐入行，但敢于打破旧俗，推陈出新。此次的歌剧夜也可以说是她一手促成的。毕竟她出身音乐世家，年纪虽轻，但说话已极有分量。保守派是极为反对老音乐新玩法的，但蓝宓却不顾风口浪尖的舆论，坚持选用新乐器来演奏经典歌剧。

正想着，陈阆移了移半边肩膀好让自己坐得更舒服些，却瞧见了一旁星灵子古怪的笑容。她的笑容里有漫不经心、慵懒、享受，还是不屑?

“你不认同老曲新作？”陈阆低声问道。对于新音乐，他是赞同的，只要能给人美的享受，便是成功的音乐。

他把注意力放到了星灵子身上，完全忽略了漫在身侧的音乐。古筝声音“铮铮”作响，高亢得有些诡异。使得晴朗的一天遍布了阴郁，死亡的阴影笼在了闭着眼睛倾听的星灵子身上。

有那么一瞬间，陈阆仿似看见了暗蓝的海浪漫过了星灵子的眉眼，洗刷出她本来的模样——死神的模样。

是的，那样黯淡的灯光下看，星灵子就像那披了黑裳的死神。闭着的眼睛，似笑非笑的唇角，那样的荒诞不经，仿若她在听的不是古典音乐，而是哥特式故事。

不知是哪里传来的“啊”一声尖叫，台上渐渐起了骚动。陈阆顾不得礼仪，急急地站了起来，看向舞台。

那一幕，是如此的诡异。弦乐仍在继续，方才还高亢、诡异的古筝声戛然而止，只剩了些幽怨的回声，如泣如诉。蓝宓的头低垂着，垂得很低、很低，低得那样诡异，仿若她的脖子已经断了。她的手苍白而无力地搭在了弦上。不用多说，陈阗也知道，蓝宓必定是出事了！而且出事的状况和星灵子画的漫画一模一样！

“你！”陈阗低声质问，怒目瞪向星灵子，但她依旧颇为享受似的闭着眼睛，任那长长的睫毛一颤一颤，而嘴角的笑容说不出是何情绪，是悲？是喜？还是都不是！那又是什么？陈阗全身一震，头皮发麻，那一刻，他觉得星灵子可怕极了。

舞台上乱作了一团，陈阗作为记者，首先冲到了舞台上。他的本意是想救人的，但一旁的小提琴师拉住了他的手臂：“很抱歉，蓝老师她……她已经去了。”

“轰”地一下，陈阗觉得他的脑袋快要炸了，好端端的一个人，怎么说没有就没有了呢？上个星期，他还采访了她啊！陈阗慢慢地、小心地走近一看，蓝宓脸色酱紫，低垂的头看不清脸部表情，只发现，她的舌头半伸了出来，能想象到此刻的她，神情必是可怖的。

她已经死了。演奏中，突然就死了！身旁的一个年轻的女笛手吓得一哆嗦，竹笛掉落，滚到了蓝宓脚下。女笛手惊恐得连一张好看的脸都白了，她哆哆嗦嗦地走到蓝宓身旁，低下身去拣竹笛，却在一仰头时，吓得大叫一声，昏死了过去。

– 3 –

警察很快就来了。

跟着来的还有法医。陈阗始终站在离警察不远的地方，注视着这一切。

只见一个三十左右的年轻法医蹲了下来，戴着白手套的手在蓝宓颈脖处仔细翻弄查看。就着灯光，陈阗好像也看见了什么，刚想靠近些好看清楚，却被法医的背影挡住了他的视线。

“女死者的死亡时间不过一小时，脸色发青僵紫，眼珠暴突、舌头半伸出，是为外力引起的强迫性窒息死亡，而不是病变引致的呼吸不了、窒息而死。她的颈脖处有极细的勒痕，入肉极深，是导致她死亡的重要原因。”法医的话尚未说完，却被突发而来的尖叫打断了。

“见鬼了！”

是二胡手的声音。

确实，好端端的一个人如何就被勒死了？被什么勒死？被谁勒死？警察就这点作了讯问，一众音乐家都惶惑地摇头，他们谁也没看见有谁靠近了蓝宓，大家都是坐在各自的座位上演出的，按部就班。

台下的观者起了不小的混乱，闹鬼一事搞得人心惶惶。所有的人都可以作证，没有任何人靠近蓝宓，更别说神不知鬼不觉地勒死了她。除了……鬼！

“你不是我们局里的！”一个警察发了话。其余的警察也马上醒觉，围住了那名法医，“你脸生得很，不要冒充法医，引起恐慌。”那名法医不动声色地站着，眼睛仍是盯着死者看。

正在此时，另一队警务人员到了，一个刑侦科的小警员暗暗嘀咕：“竟被困电梯里了，真倒霉。”

领头的刑侦科队长开始指挥大局，勘察现场，而法医已经开始验尸了，尸检的初步结果和方才那位假法医一样。

“现场被保护得很好。”刑侦大队长说。

“李队，是那位先生指挥得好。”最先到的警察指向假法医说。

另外两名法医头一抬，一个显然是认出了他来，拉了他说，“哎，谷行烈你怎么来了？”

原来假法医叫谷行烈。陈阗从他们的对话中得知，谷行烈也是法医，但不在这个城市工作，是为S市服务的法医，而且他在法医界这一行十分有影响力。直到此时，陈阗才注意到谷行烈的样子，他有两个可爱的小酒窝，人很高很瘦，比自己略高出小半头。他长得很俊。

“虽然也是同行，但这不在你的工作范围内，请回吧。”李队礼貌说道。

谷行烈没有说什么，他端直了身子，刚要离去，却听见台下一名观众嚷嚷了起来：“我看过‘弦’杂志，就是这样一个画面！星灵子预言了这一幕！”

只那么一瞬，陈阒看见了谷行烈的嘴抽搐了一下。只凭这一个微妙的表情，陈阒就已经知道，星灵子提到的有酒窝的法医必定是谷行烈无疑，而且他们俩人有理不清的情感纠葛。

“星灵子在哪里？”尽管有些唐突，但谷行烈完全不理会这些，重复问着观众同一个问题。

一旁一个知道详情的法医，连忙劝住了他：“你由一个城市追到一个城市，何必呢。”

说不出是什么滋味，当看见星灵子提起他时落寞的神情，当看见他为了星灵子失魂落魄时，陈阒便明白，自己再也没有了走进星灵子内心世界的机会。

“我知道她在哪里。”陈阒听见自己是这样说的。

警察从谷行烈处了解到星灵子的处事行为，便总结出，她是一个很会揣摩人的心理师，她必定是见过受害人，甚至是凶犯的，所以才会有此预测推论，这对警方来说，是个重要证人。于是找她问话，便是意料中的事了。

“警方不可能那么轻易找到她的。”那是在第二天见面时，谷行烈对陈阒说出的话。彼时，他俩正站在星灵子开的灵言堂门前，只是灵言堂再次关闭了。

他由一个城市追逐她的行踪到另一个城市，一心想要找到她，他们就在“歌剧夜”同一个剧场擦肩而过，她存了心要避他，怎么会让他找到。

“她真是任性，即便她的读心术再厉害，能一眼看穿对方的祸心，也不该那样预言。那样做非但不能使受害人领会，反而将自己搭了进来，引起警方的怀疑。上一次，她就是被警方当作了嫌疑犯对待。”谷行烈并没看向他，那一番话倒像是在自言自语。

“她很爱你。”陈阆的话一针见血，“其实她很矛盾，她一心想要避开你，那是因为她爱你，所以潜意识里又给你留了线索，让你去找她，但她自己的心思连自己也不知道。”

“你很了解她。”谷行烈斜睨了他一眼，意定神闲般地吐出了一句话，“但是她不会爱上你。”他根本就是个未长开的男孩，想必也是如自己一般，被星灵子那神秘的气质容颜迷惑了。

“大姐姐不会爱上小男孩。”谷行烈说了个很烂的笑话。

他俩站在一起，爱着同一个女人，本就是一个笑话。

陈阆岔开了话题：“如果警方找不到星灵子又该怎么办？”

“警方查案不会只靠一条线索或一两个证人。像这起案子里，如果找不到知道内情的星灵子，他们会从现场环境入手调查。例如，可以如此布局杀人的人必定是和蓝宓相熟的人，只有认识蓝宓的人才会如此熟知她的动向，从而布局进行谋杀。”谷行烈也回到了案子上来。

“你知道多少？”陈阆问。

“歌剧夜那晚，我蹲下检查蓝宓的尸体时，发现古筝有两个弦洞有摩擦过的痕迹。我来不及做详细检查，刑侦科的人员就到了。如果估计不错的话，刑侦科的技术人员一定会在那两个弦洞测试到火硝残留。”谷行烈答。

“火硝？”

见陈阆仍是不解，谷行烈答：“弦索端口（弦洞）经摩擦生出火花，所以会有火硝留下。”

这个假设真够大胆的，陈阆明白其中原理，但仍是不信。

“你仔细想想，当你靠近蓝宓尸体时，在她身上有什么发现。”谷行烈继续提示。

闭上眼睛，仔细想了想，陈阆有些不确定地说了出来：“因为是刚死，所以不会有尸臭的，但蓝宓的身上好像有股焦糊的味道。”

“你也这样觉得，那就证明我的感觉没有产生偏差。”见他疑惑地看着自己，谷行烈继续说道，“蓝宓旗袍的两个长袖上有烧焦的味道，丝绸的布料上也有留下黑色的地方，我觉得那里面有热感应源，设计好的弦索从弦索端口出来沿了两个袖子快速攀爬，然后瞬间勒进了颈脖处，把人勒死。当然，这也只是初步推测。”

“短时间根本不可能设计出这么精密的攻击性武器。”陈阆质疑。

“所以说凶手是经过了无数次演练，才会有如此精确的结果。换言之，凶手是蓄谋已久的。”谷行烈答，“而且这个状况对星灵子会很不利。”

“为什么？你不是说她一早就可以排除嫌疑了吗？”

谷行烈无可奈何地摇了摇头：“那是因为我熟悉她，知道她不会杀人，但这个城市的警方不熟悉她。而且这样的杀人布局是要经过反复演练才能成功的，星灵子却毫不隐讳，轻松地描摹出这样的场景，查到这里，警方反而是会怀疑她了。”

“分头行动如何？”这是谷行烈的提议。

– 4 –

陈阆是记者的身份，所以有灵活弹性的工作时间。

他进入到美音一院里，逐个询问了有关蓝宓的一切事情，以“弦”周刊想为蓝宓做个专题报道为由。

一院里，学校和研究室是分开的。蓝宓带的是古筝 2 班，因为主要是以新的古典音乐为主，所以年轻人较多。其中最为有名的当属一个叫白灵的女孩儿，才 18 岁，但已经在亚洲区古筝大赛里得过奖了。

“你认可新古典主义吗？”陈阆问。

眼前的这个略显调皮的女孩儿眨了眨眼睛，回答：“不认可我干嘛要学呢？”她用的是戏谑般的反问，伸出了她缠了创可贴的十指。无疑，学弹古筝是辛苦的，但白灵一看便知道是那种一帆风顺的女孩，没有经受过挫折。

“老式的音乐人总会持不同的意见吧。”陈阗很会顺藤摸瓜。

“我懂得你的意思，但即使再反对，也不会为了这个杀人吧。电视里，警察都是这样排查疑犯的。”白灵笑着回答，“而且也没见过蓝老师和谁结怨。”

这真是个人精。陈阗总结道。

“如果你想知道更多，我可以给你提示，毕竟我是蓝老师的得意弟子，和她相处的时间是很多的。”所以知道的也很多。白灵没有把最后一句说出来，但陈阗已然明白了她的意思。

绕过繁复的教学楼，每一道紧闭的暗红色的拱门后面，都传来各种琴声、乐器声。陈阗在一个办公室门前停下了脚步。

开门的男人，尽管上了年纪，但身段依旧挺拔，看起来顶多五十岁而已，是个很懂养生之道的人。如果不是一早知道他就是蓝宓的爸爸蓝之弦，陈阗真看不出他已六十多岁了。

“她是个离经叛道的孩子，我不喜欢她。”这是蓝之弦的由衷之言。

“你的女儿遇害了，难道你不难过吗？”陈阗仔细推敲着用词。

“整个一院，只有她在大力折腾着什么新音乐，会有这样的结果，是信念的崩塌，也就不奇怪了。”蓝之弦说得淡漠，但陈阗还是看见了他眼底闪烁的泪光。白灵说，他是反对蓝宓最厉害的，但他对女儿的爱也是最深的。只因信念不同，让他们父女分道扬镳。确实，白灵说得对，这不能构成谋杀。

陈阗在办公室里转了一圈，那里放了几架古琴，此时老式唱片机里放着的正是古琴曲《广陵散》。

“蓝教授喜欢弹琴？”陈阗随意问着，但眼睛却停留在了一块木板上，木板很精巧，只有半米长，上面有勾弦丝的弓。

“我是男人，男人是不弹古筝的，尽管私底下我也会教孩子们古筝，但公开场合不会弹奏。”蓝之弦答。

“就像古时的男子抚琴，女子弹筝一样？”陈阆问。蓝之弦点了点头。

“这个东西很精致。”陈阆指了指木板。

“这是模型，展示的是制古筝调弦工艺流程的一部分，是我大女儿亲手做了送给我当六十大寿的礼物。”

“有点意思。”陈阆答道。

另一头，谷行烈找到了证明星灵子有不在场的时间证人。因为那个杀人机关是需要在歌剧夜演出前装好的。那是蓝宓每次演出自己的专用琴，锁在自己的办公室里，所以星灵子不可能动什么手脚，再者星灵子有很长一段时间被邀请去了另一个城市，所以凶手不可能是她。

“你好像对这起案子不怎么在意。”会合后的陈阆直接问他。

谷行烈吸了一口烟，再徐徐地喷出：“我的目的是要找到她，并为她洗脱嫌疑。”

“所以你提议分头行动，让我去找出凶手，而你则去找星灵子的时间证人？”陈阆有些发怒了。

“大致是这样的。”谷行烈答，现在的他对一切都不甚在意。

“但星灵子告诉我的是，她爱着的那个人，热爱生活，有正义感，即使多管闲事，也要让一切罪犯无所遁形，替死者伸冤。”

谷行烈看了陈阆一眼，伸出五指，生生捻灭了烟头，无视灼烧的指头，冷冷道：“走吧。我们去会会蓝筝，警方那边的方向和我们有些不同。”

蓝筝是蓝之弦的大女儿，反对新音乐反对得十分厉害且态度强硬的一个人。

由其名字便可得知，蓝之弦对他的儿女抱以了多大的希望，也可想而知，蓝筝对传统古典音乐和古筝抱有怎样的热烈情感。与学校师生说的一样，蓝筝真的是非常热爱古筝。

俩人挂着“弦”的记者牌，进入了蓝筝的家。

两室一厅的房子被布置装点得很雅致。古筝的曲谱更用木架子框好，钉在墙上作为装饰品。客厅安静的一角设有冰凌型的拱门，拱门下是略高出一些的一方平台，那里置着一架紫檀木制作的古筝，映着射灯，泛出柔和的木质光芒。

“你很热爱你的艺术生涯。”谷行烈如此评价。他在一幅幅木框架前端详良久，是木框底下暗藏的纹路吸引了他，这样的纹路与蓝之弦办公室里木块模型暗藏的纹路是一样的。

“‘弦’音乐杂志的记者果然不可小看。”蓝筝笑了笑。

“蓝教授知道我们‘弦’，真是我们杂志社的荣幸。”陈阆不自觉地进入了他作为“弦”工作人员的身份状态。

蓝筝再一笑，看向陈阆道：“那是档高端的音乐杂志，我是欣赏的，但只仅限于传统古典版面。”

“新式的东西也有其可取之处，只要能打动人心的乐章，便是好的音乐，甚至是艺术。”谷行烈一出口，便和她针锋相对，“你觉得你妹妹怎样？”

陈阆注意到了，谷行烈问的是“觉得怎样”，而不是“感情怎样”。

蓝筝轻视的笑容从唇边一闪而过，道：“她，是个离经叛道的人！”与蓝之弦的看法一样。

“这段时间有什么新作品吗？我对音乐也是爱好的。”谷行烈突然放缓了语气，“这段日子传统音乐那边好像没有编排什么节目。”

听到这，陈阆知道他已经引导蓝筝进入主题了。

那一架古筝是淡紫色的，与之相应的是正厅中的一架黑色钢琴，厅内中西结合的装饰风格，红木镶真皮的沙发、古典家具，将一中一西完美地糅杂在了一起，而不显突兀。谷行烈坐到了钢琴前，调拨了一下音阶，开始弹奏起来，是《茶花女》的《饮酒歌》那一段，那样奢华大气却又欢快的乐章，从他的指尖下徜徉。柔和的光线正好打在他俊美的脸庞上，陈阆觉得，那样优雅华丽的男子真的就如一幅世界名画，画里的油墨点染得恰到好处。

许是美好的音乐引发了共鸣，蓝筝也放松了许多，懒懒地答：“我和蓝宓不和，是因为音乐信念不同，我们极其反对她搞新式音乐的，但她很有办法，赢得了许多年轻人的支持。什么艺术，其实到了今天都商业化了，有人听卖得出钱，一院就会捧，不过如此罢了。我很不服气！她小我五岁，她还未学会走路，同是幼儿的我就已经放弃玩耍、放弃无忧无虑的童年开始学筝了，只为让爸爸开心。他是一位很传统的音乐家。所以说，蓝宓什么都不懂，小时候装乖得尽爸爸的宠爱，大了就学会了走捷径，拣轻松的新式音乐来糊弄人，轻易地便功成名就。我不服她，所以专心练琴，准备排一出恢弘大气的古典音乐。”说完了，她看了眼案几上随意摆着的琴谱。

“我可以看看吗？”谷行烈问道。

“随意。”蓝筝从几面上取来烟，点着，自个儿抽了起来。

陈阆看见，那是由电脑里打印出来的曲谱，古筝、古琴、箫、笛、二胡、快板等等，许多种乐器都标有场次和曲谱。而曲谱的右下角标有打印的时间、日期。每天的日期都有，曲谱上也标有蓝筝改动的符号和标注。

这一来，蓝筝便有了不在场的证据。

“你都是在家里批改的吗？尽管我的造诣不深，也看得出编排得很好。”陈阆道。

“家里安静，我都快两个月没怎么出过门了，除了购置必需的生活用品。”她的眼里有了些笑意，话里的意思也在说，古典音乐很不错吧，一点不比蓝宓弄的那些东西差吧。

从蓝筝家出来，谷行烈有些沉默。

“那些编码的时间可能是刻意营造出来的，她有杀人的动机。”陈阆说。

“何以见得？”谷行烈问。

“她嫉妒她的妹妹得到父亲认同，比她有成就。”陈阆答。

“蓝筝很自卑，强烈的自尊下是从小累积的自卑。这样的一个人她要的是真正超越她的妹妹，以此证明她自己。而不会在演奏上谋杀妹妹，使她的作品成为绝响，永远也无法超越。”

陈阆说，他不认同他的说法。

– 5 –

走了许久，谷行烈也没再说话。陈阗忍不住问："我们现在去哪？"

"我没让你跟着。"谷行烈随意地笑了笑，并不看向他。陈阗哪肯罢休，知道他一定有安排，于是也就一直跟着，径直到了法医小宏的家。

"警方有什么新线索？"谷行烈开门见山地问道。

"经排查，发现蓝宓有个未婚夫和一个十分要好的女友，未婚夫是个音乐制作人。"小宏说。

谷行烈忽地一声冷笑，说："他之所以追求蓝宓，为的也不过是她的名声，可以为他公司录制唱片，赚钱罢了。各取所需。"

"你倒是看得通透，事实也就是他们两人互相利用。蓝宓也想借着出唱片，壮大自己的声势。尽管俩人的感情不见得深厚，但说不上讨厌。对了，她的密友就是星灵子。"小宏道。

陈阗艰难地咽了咽喉头。

谷行烈继续说，"他们有不在场证据吗？毕竟未婚夫、星灵子都是蓝宓最亲密的人，自由进出蓝宓的家里、办公室都是很顺理成章的事，所以能在古筝里做手脚一点也不奇怪。"

"未婚夫有，星灵子没有。毕竟他是制片人，所以很忙的，蓝宓出事前一个星期，他每天都待在办公室里，要不就是跑业务，有他的助手和同事可以证明。所以警方把目标锁定了星灵子。"小宏分析得头头是道，"不过很奇怪，我们把古筝拆开检查，因为是要演出的筝，所以蓝宓上了油，表面的油迹已经干了，但一些油由缝隙渗入到筝身里面，还印有极浅的四个指印。"

谷行烈一怔，忙问有没有照片。小宏一点头，忙把电脑打开，点出照片。分析良久，谷行烈道："你们的嫌疑人都是十指齐全吧。"

小宏忙点点头："这个指印经过分析，不是故意留下四指误导我们视线的。”

谷行烈眯了眯眼睛，什么也没有说。

离开小宏家，陈阗仍是跟着他寸步不离。

“哎，你到底要跟着我到什么时候？”谷行烈有些不耐烦了。看着这小青年涨红了脸，显然不知该怎么回答。唇边的一只酒窝抿得很深，牙关也咬得紧紧的，与以前的自己真的有几分相像，心不由得就软了下来。

“你一定是发现了什么。”陈阗决定不妥协，直直地说了出来。

两只酒窝一现，谷行烈笑了：“难道我和女人做爱，你也要跟着？”这一说，差点没把陈阗噎死。摇了摇头，谷行烈坐上了计程车，并道，“快上来。”

原来谷行烈是去找蓝之弦。

“你的女婿也是一名音乐家吧。”在简短的寒暄后，谷行烈进入了主题。

“他啊，原来是我的一个学生，不单只古琴弹得好，钢琴也弹得极好，我很喜欢他。”那是蓝之弦对大女婿安道远的评价。

陈阗疑惑地看向谷行烈，不知道他葫芦里卖什么药，只听谷行烈道：“那他现在呢？音乐家里好像没怎么听过他的名号。”

“那是个不慕名利的孩子，所以他只是爱好音乐，却不抢那些个风头。而且他的兴趣很广泛，他的正职是建筑设计师。”

只是那么简简单单的一句话，陈阗便明白了谷行烈的意思，他怀疑安道远！

警察找到安道远时，首先注意到的是他的手指，十只，不多不少。难道他们的查案方向再一次错了？

同时赶到安道远家里的还有谷行烈和陈阗。李队有些不满，道：“你们俩怎么也在这？”

小宏正要打圆场，谷行烈便把从蓝筝家取来的两块镶有曲谱的木框架拿了出来：“这是你亲手做的吧。”向安道远问道。

安道远眸子一闪，没有说话。

“我看见框底隐秘处的签名时，我就觉得熟悉，查了一下才发现，你所设计的许多有名建筑里都会用上同样的透视构图法，那就是你特有的签名。而这两块木架子我从第一眼看见，就觉得熟悉，找了许久，终于发现了你的直接签名：ADY（安道远）。”谷行烈眼风凌厉，扫过他紧攥着裤子的手，他的右手食指弯曲得有些怪异。

谷行烈一把揪过了安道远的右手，重重按在了木框架上，出于本能，安道远按住了木框架以免手部受伤，谁承想，印在木框架上的只有四个指印。

“他右手的食指无法用力的。”谷行烈道出了真相。

“带他回去做个手模测试，然后再跟留在蓝宓古筝内部的手印作对比。”李队立马吩咐道，忽然像想起了什么，道，“让他戴上白手套再做手模，以求更为精准。”

“是！”一众警员带了安道远出去，由始至终，他都没有说过一句话。

留在安道远家的谷行烈又变得沉默起来。陈阒不屑于他老是装什么深沉压抑，撞了撞他肩膀：“想什么，案子不快结了吗！”

“一，动机；二，作为妻子的蓝筝在哪里？”谷行烈的眉越发蹙得紧，往厨房、卧室各处转了转。

“蓝筝和安道远的夫妻感情并不好。”他说。

“你怎么知道？”陈阒觉得他太多心了。

只见谷行烈坐在床畔，修长优雅的手拂过床单：“尽管放了两个枕头，但一只是扁平的，另一只却显得饱满。床上只有蓝筝的长发，却没有男人的头发。这说明什么？”他反问。

“即使他们夫妻感情不好，那又能说明什么呢？”陈阒也学着他的腔调来了个反问。

谷行烈一怔，道：“确实不能说明什么。”

– 6 –

警局里，检验报告出来了，证明印在蓝宓古筝内部的手印是安道远的。

“为什么要杀害蓝宓？”有了证据，李队的问话也不拐弯抹角了。

“信念不同。”安道远回答得极为简单。

“什么？”李队不明所以。

一旁的谷行烈若有所思地看着安道远，随意答着：“他的意思是音乐上的信念不同。他代表的是传统的古典音乐，蓝宓代表的是新式音乐。他是传统音乐的坚定守护者，容不得其他的东西玷污半分。”

“是这样吗，安道远？”李队加重了语气。

“是这样。”安道远笑着看向了谷行烈，回答依旧简单。

“杀人的动机就这么简单？”李队有些不可置信，记录的警员也停下了笔。

“对于你们而言简单，但对于我们的信念却很复杂。”安道远依旧是没有任何表情。

李队的脸抽搐了一下，还想说些什么，又不知该说什么。

一旁的谷行烈再次发话了：“你和蓝筝的夫妻感情怎样？听说蓝筝很孝顺你的爸爸，你从小没了妈妈，是由爸爸拉扯大的，所以和他的感情极深。你的家境在你还是学生时不是很好，一切都是靠你爸爸熬出来的，直到你当了建筑设计师，有了钱了，爸爸却累病倒了。他需要换肾，而血型与蓝筝的一样，你身体从小就不是太好，所以蓝筝二话不说，把自己的给了他。”

安道远垂下了眸子什么也没说。李队觉得不对劲了，从他们家看到的情况是，他们夫妻两人并不恩爱，甚至是分床睡的。如果不是爱他至深，蓝筝怎么会做出这样的决定？

“你是不是隐瞒了什么？”谷行烈问。

“没有。”安道远答。

谷行烈翻了翻科技组人员对凶器解剖的报告，叹道：“这杀人装置真巧妙。通过弹奏古筝，使得里面加进去的弹簧越绷越紧，在特殊的时候断裂，从筝内部设置的喷口射出来，所以会有弦端口的摩擦，留下火硝。而蓝宓的那身演出旗袍更精巧，两边长袖子和颈脖处绣有梅花的部分，还暗中放置了一小巧的热感应源装置，使得带了火药味的弦索通过双臂准确无误地勒住了蓝宓的脖子，使她瞬间窒息致死。而弦索是特殊材料所制，稍离得远些，便看不见了。然后后备弹簧的装置又收回了弦索。一切都那样精妙，也只有身为建筑设计师的你才能做得出来吧。”他的话别有深意。

而安道远始终没有回答，但脸上一紧，唇角不自觉地歪了歪。这样细微的表情，让谷行烈奇怪。

似是想到了什么，谷行烈猛地站了起来，冲了出去。被狠狠撞倒的小宏“哎哟”一声，看着他跑远了。直到过了许久，小宏才拍着大腿嚷嚷：“糟了！”

原来谷行烈偷了他的警员证。他做事一向是不按常理出牌，小宏也省得给彼此惹麻烦了，什么也没有说。

“你最近不用上班吗？天天跟着我。”谷行烈无可奈何地翻了翻白眼。

“这篇轰动全市的报道能早日出来，就是我的工作了。”听了陈阗的回答，他再次翻了翻白眼。

因为有警员证，所以谷行烈轻易地进入了华天建筑设计院设计总监安道远的办公室。

“这样做犯不犯法？”陈阗不无紧张。

“乖孩子，这里不适合你，还是回去吧。”他唯有无奈叹气。

陈阗这样的年轻小伙子显然被激怒了，大声道：“我还害怕不成。”说完不忘撇撇嘴。但是他真的不知道自己可以做些什么，他对查案这门专业一窍不通。

谷行烈也不跟他计较，直接打开了安道远的电脑，一边翻查他的文档，一边思考。不多会儿，遇到了一个密码锁。陈阒正看得着急，谁料谷行烈已经开始输入代码破解程序了。

这一切看得陈阒目瞪口呆："你到底是做什么的？"

谷行烈仍在键入着密码："我对电脑也有研究的。你出去打听一下安道远的生活习惯，例如喜欢什么消遣。"就这样，他打发了陈阒出去。

陈阒有些忿忿的，却也无法。

凡是涉及商业、设计图的，他一概关上，绝不多看一眼。直到再次打开了一个加锁的文件夹后，谷行烈的动作慢了下来。他看到了"李维"这个关键字眼，那是蓝宓的未婚夫，做制片业的。

制片业与建筑业有何相干？怎么可能有商业来往？

作为半个亲戚，有些来往很正常。但不正常的是，安道远自己出钱入股李维的音乐制片，目的只有一个，促成歌剧夜与美音一院的这一场中西合璧的新式音乐会。安道远是以另一个公司的名义做赞助人。

难怪歌剧夜的赞助方没有提到安道远和华天建筑。安道远不是传统音乐的支持者吗？那为什么还要做赞助？这一连串的疑问，在他再次破解了一个文件夹后，便明白了。那一个以古筝作图标的文件夹里，全是蓝宓的照片。

原来如此。

经由安道远的电脑发出的邮件传到了蓝之弦的电子邮箱里。谷行烈还传了一份给小宏，里面包括安道远与李维的商业合作的部分信息，以另一个公司的名义赞助歌剧夜的内容，还有蓝宓的照片。

这样的证据是不合法的，小宏知道，谷行烈更加知道。所以小宏只向李队建议，可从李维入手。李队对于安道远的口供也不甚满意，因此也觉得此法可行。

再次见到谷行烈，小宏取回了自己的证件，并严厉说道："你的工作还想不想要了？"

是的，他这样的查案方法是在玩火。

“没有了她，什么都无所谓了。”谷行烈答。那一刻，陈阆才知道，他是一个至情至性的男子，他配得起星灵子。

小宏无可奈何，只得叹气：“情之一字最累人，”转而又道，“其实安道远会木工，对物理更是烂熟于心，弦索的抛物线、轨道等的计算方式，他是最清楚的，无论从哪一个疑点上来说，他都是最有可能谋杀蓝宓的人。”

“我们还是不妨听听蓝父的说辞吧。”谷行烈接到李队的电话后，和小宏一道回了局里。

只有蓝之弦一人前往，蓝筝没有出现。

“我知道所有的一切，但我希望你们能给我些时间，我会劝服她自首的。”蓝之弦说，眼睛那样红，全是血丝。

“真的是她？”李队问。

蓝之弦想了想，答：“其实这都怪我，我从小就溺爱小女儿蓝宓，却忽略了蓝筝。所以蓝筝变得非常好强。我是个不称职的父亲，因为她俩从小没有妈妈，或许我的教育真的出了问题吧。蓝宓越大就越叛逆，安道远是我的一个学生，他很有音乐才华，他爱上了我的小女儿，但我的大女儿却爱上了他。其实这是个不幸的故事，安道太爱蓝宓，为了能留在她身边，他选择了成为她的姐夫，照顾她，爱她。这一切，蓝筝本来是被蒙在鼓里的，连我也不知道实情。直到有一天，蓝筝疯了一般跑来质问我，问我为什么骗她，为什么知道安道远爱的是她的妹妹，也不告诉她。而我，我这个父亲又能说什么呢？从那一天起，蓝筝变得歇斯底里，她在工作上处处与蓝宓作对，她要证明，她比妹妹更有才华。所以可以说，她也利用了这点障眼法骗过了你们。觉得蓝筝不会在胜负未分之下，谋杀自己的妹妹。”

说着说着，蓝之弦的脸上流了两行清泪，他用手轻轻拭去，继续说：“我知道蓝筝和安道远有过一段很美好的日子，在她还没有发现安道远的秘密前。那段时光，蓝筝每天陪着安道远做木工，搞建筑设计，所以蓝宓一出事，我马上想到的便是蓝筝。我质问她，她也亲口承认了。她说，她之所以走到这一步，我脱不了干系。是的，我这个做父亲的，脱不了干系！我已经失去一个女儿了，不想失去另一个。所以我求安道远，让他别说出去。其实安道远什么都知道，筝内部里面不是有他的指印吗？那是因为安道远发现了蓝筝对蓝宓的筝做了手脚。演出在即，更换不顺手的乐器显然不行，安道远太想看到蓝宓成功，想圆了蓝宓的梦，所以没有说出去，而是采取了把古筝再改回来的办法。其实，这都是蓝筝的计谋，连安道远会知道都是她故意引了他发现的。蓝筝知道，他不会说出去，甚至也是肯替她顶罪来还恩的。而后，蓝筝把取掉暗器的古筝，又改了回来，并且在蓝宓的衣服上也动了手脚。我知道的，都说了。”蓝之弦垂下了眸子，他似乎一下苍老了十年，连染黑了的头发根也冒出了白渣。

“难怪我提到蓝宓的衣服时，安道远会有那样的表情。”谷行烈点头。

李队还在说着什么，谷行烈已经不关心了。他安静地离开了警局。是他发的那些照片刺激到蓝之弦，才会做出了这样的决定吧，自己告发了自己的女儿。

“都结束了？”陈阒从对面街道上迎了上来。

“就等着蓝筝自首了，其余的警方会安排，也没我们什么事了。”他答。

“那星灵子……”

谷行烈瞧了他一眼：“我知道你想说什么。蓝宓喜欢星灵子，必定是经常去找她的。我说过了，星灵子是个很精于读懂人心的心理师，所以她很可能是发现了什么，才做出了那样的推测。而一心想除掉她的蓝筝，一旦看见了你们社刊登的星灵子画的图画，或许反是这样得到了杀人灵感也说不定。其实蓝筝是愚蠢的，也如这世上千千万万的杀人犯，他们自以为设下的杀招很精妙，其实只有熟悉死者的人，才有机会在古筝上动手脚。她这样做，反而是突出了自己。又如蓝宓，如她不是那样执著于名利，在她被弦索勒缚时，能放弃演奏，她也不一定会死。她只是太想轰动全城。每个人都会有他们的私欲，是羞于启齿的。就如这世上的许多事，原本就是不好看的。”

“你有什么打算？”陈阒叹了口气，岔开了这个沉重的话题。

“我会一直找她，直到遇见、再不分开……”谷行烈也叹了口气，看着陈阒渐行渐远。

ACADEMY OF MUSIC

故事九　马头琴的诅咒

冷风也吹开了女孩的乌黑的长发，他看到了女孩已经烧得焦黑的脸，而在她的怀里抱的正是那把被诅咒了的马头琴。

三生石

— 1 —

音乐学院的乐器室里摆着一把非常奇怪的马头琴，就摆在教室角落的玻璃橱窗里，柜门上有一把大锁，总是锁着的，没有人见到柜门打开过，但是摆在里面的马头琴似乎总有人擦拭。当日落的时候，夕阳的余晖会穿过教室的玻璃，落在马头琴上，琴的表面会折射出异样的光芒。乐器室里有各种各样的乐器，中国的，外国的，古代的，现代的，唯独这把马头琴是锁在柜子里。每当有好奇心极重的人靠近它，总有好心人提醒他："别动，那是一把被诅咒的琴，碰到它的人必有血光之灾。"

这时，那些好奇的人会觉得有一阵阴风吹过，全身的汗毛全都竖起来，不由自主地打了个冷颤，马上收回手，用惊恐的眼神望着马头琴。

乐器室马头琴的恐怖传说在音乐学院就这么流传开来。

今天是大一新生在乐器室上的第一节课。

音乐学院全校总共有五座女生宿舍楼，而男生宿舍楼只有一座，并且从没有住满过。而在男生宿舍楼下，经常可以看到在等男朋友出去约会的女生。这种场面只有在音乐学院能看到，这也是音乐学院的一大特色。

男生楼下一个女孩脆生生地喊道："北原，快迟到了，你磨蹭什么呢？"

女孩扎着一条马尾辫，脸上还有一些可爱的雀斑。等了一两分钟，没有人应答，她深吸一口气，大声喊道，“北原，你快给我下来。”

女孩想来是学声乐的，这一声极具穿透力，整座楼的男生都听到了。有爱凑热闹的男生从窗口探出头来，想要看看是什么样的女生能发出这么高亢的声音。女孩发现有人在看她，抬起头来喊道：“看什么，没看过美女吗？”

“来了，来了，琪琪格，你别喊了。”一个皮肤黝黑的男孩慌慌张张地跑出宿舍楼。这时脸黑的好处就体现出来了——看不出脸红来。

楼上的男生看到北原原来是这么个黑小子，吹了两声口哨，也关上了窗户。

琪琪格嗔道：“你在宿舍里干什么呢，今天是我们大学的第一节课，迟到了怎么办？”

北原低头看着自己的脚尖，小声说道：“我昨天就计算过了，从我们宿舍到乐器室只要走四百一十步，最多用五分钟就走到了，现在离上课时间还有二十多分钟呢。更何况今天是第一节课，老师肯定不会讲课的，只会说些学校历史之类的无聊内容。”

“你……”琪琪格气的半天说不出话来，一跺脚，转身就走了。

北原自语道：“我说得不对吗？”看到琪琪格走远了，他犹豫了一下，跑步追了上去。

琪琪格和北原两人都是在草原上长大的孩子。因为两家人的关系很好，住得比较近。两个年龄相近的孩子自然成了很好的玩伴。琪琪格的父亲是草原上最好的宴歌手，北原的父亲恰恰也是草原上最好的马头琴乐手。受父亲的影响，两人在幼年时期就展现出了极强的音乐天赋，被称为青出于蓝而胜于蓝的金童玉女。等到两个孩子懂事以后，北原变得腼腆起来，每次见到琪琪格都会脸红。好在他脸黑，不仔细观察的话是不会注意到的。相反，琪琪格表现的很大方，以前的同学们都叫她小媳妇，她一点也不害羞，有时还会反问一句：“我就是北原的媳妇，怎么啦？”同学们哈哈大笑，而北原会跑得远远的。这都是过去的事了，暂且不提。

琪琪格走得并不是很快，北原很快就追上了她，可是在她身边，北原又不知该说些什么。想要道歉，可是又觉得自己没有错。沉默了一会儿，琪琪格开口打破了沉默："你还在写你的侦探小说吗？"

"嗯。"北原也不记得他是从什么时候开始迷上侦探小说的，阿加莎、希区柯克、柯南道尔等名家的作品他看了无数遍。看够了之后就开始写，无论他写的好坏，琪琪格永远都是他的第一个读者。

"好好写，我看好你。"

"嗯。"

"不要耽误了学习。"

"嗯。"

在一问一答中，两人走到了乐器室的门口，同学们陆陆续续都来了，人一多了，北原就不好意思了，低着头不说话了。琪琪格看了他一眼，也没多说些什么，两人一前一后走进教室。

老师还没有来，教室里乱糟糟的，大学对所有人来说都很新奇，大家兴奋地谈论着自己的感受。北原和琪琪格没有加入到讨论中来，两人坐在教室最后一排的椅子上。北原认真打量着这间教室。乐器教室长大约有十米，宽五米，一侧朝东，上午的时候采光非常好。在东南角有一架钢琴，七成新，用了没多长时间。靠着西墙有一排柜子，柜子里有各种乐器。当他的视线扫过教室的西北角时，他的视线一下停留在了那里。

琪琪格察觉到了北原有些异常，问道："你看什么呢？"

顺着北原的视线，她看到了一个铁柜子，与其他柜子相比，老旧了许多，上面还落了一层灰。很多地方的漆都掉了，斑驳不堪。最大的不同是这个柜子是锁着的，一把大大的铁锁锁住了柜门。而在柜子里面只有一把乐器，是他们再熟悉不过的马头琴。

虽然离开家乡的时间并不长，可是一看到那熟悉的马头琴，耳边顿时响起了那低沉悠扬的旋律，心一下就回到了生他养他的草原。在夕阳的余晖之中，阿爸拉起了马头琴，牧羊犬大花安静地卧在阿爸的脚边，不远处就是羊圈，羊儿咩咩地叫着，而阿妈就在不远处挤着牛奶。

两人不约而同地站起来，走到柜子边，北原伸出手，想要摸一下马头琴。就在他的手将要碰到柜门的一瞬间，一个声音叫道:“不，不要碰它。”

北原一愣，随即转过身来，看到身后站着一个戴眼镜的男生，一脸严肃地对他们说道:“这把马头琴的名字叫做黑马，是一把受到诅咒的琴，你们最好不要碰它，否则会有不好的事情发生的。”

琪琪格脸色一变，有些恼怒地说道:“你瞎说什么呢，马头琴怎么会受到诅咒，你再乱说，小心我揍你。”

北原表面上不动声色，却在脑中把班上所有男同学的样貌想了一遍，很快就得出一个结论，这个男生不是这个班上的人。只是他说这一番话，又有什么目的呢？北原思考着。

男生推了一下眼镜，摆摆手说道:“我没有别的意思，只是提醒你们一下，诅咒之琴的说法绝不是我编造的，你们随便问一个高年级的同学，他们一定会告诉你们有关黑马的恐怖传说。真的，不骗你们。”

北原对他微微一笑，说道:“那你能和我讲一下这把琴有什么恐怖之处，碰到它的人又会发生怎样不好的事？”

男生瞪大了眼睛看着北原，这么恐怖的事他居然还能笑出来。要么是他的胆子奇大不知恐惧，要么就是心理扭曲的坏蛋，男生越看北原越觉得他像后者。男生的鼻尖冒出了细细的汗珠，说:“我还有事，下次碰到了再说吧。”男生落荒而逃。

琪琪格鄙视地说道:“真没用，看他吓得那个样子，一点也不像个男人。”

“不是所有人的胆子都像你这么大的。”北原挠挠头，又自言自语地说道，“我笑起来有那么可怕吗，他怎么一副见了鬼的模样。”

“鬼可没你这么黑！”琪琪格笑道。

“黑又不是我的错，谁不想白一点呢，可我就是白不了……”北原还想解释几句，一个三十多岁的中年人走进了教室，同学们一下安静了下来。

“我是这个班的班主任，我姓刘，大家就叫我老刘好了。为了让大家快点熟悉起来，请同学们按照顺序做一下自我介绍。”

“我叫北原，这个名字是我阿爸起的，意思是我生于北方的草原。”北原简单的自我介绍一下就吸引了大家的注意，班主任也上下打量着北原。

接着琪琪格站了起来，她大声说道：“我叫琪琪格，是北原没过门的媳妇。”

教室里一下鸦雀无声，十几秒钟之后，大家哄堂大笑。

–2–

转眼一个星期过去了，每次到乐器室去上课，北原和琪琪格都要到锁上的柜子前站上一会儿，看一下马头琴。北原注意到了一个细节，柜子的顶上落了厚厚的一层灰，而在柜门和铁锁上的灰尘只有薄薄的一层。这只有两个可能，有人会定期的来打扫这个柜子，或者柜门经常被人打开。不论是哪种可能，似乎都与诅咒之琴的传说不大相符。私下两人也打听过，大家都知道那是把诅咒之琴，可是都不知道故事的内容。两人都不相信诅咒这一说，心里暗下决心，一定要解开诅咒之说，还马头琴一个清白。

“铃……”上课铃响了，两人回到座位上坐下。琪琪格随手一翻书，一张纸条掉出来了。琪琪格看也不看，就将纸条拧成一团，朝着一边的纸篓子，就要扔过去。北原见状，伸手抢了过来。

“你干什么？”琪琪格不悦地问道。

北原张开嘴“嘿嘿”一笑，露出满口的白牙：“这是你在大学收到的第一张小纸条，不看就扔掉太可惜了吧，你不看我帮你看。”

“有什么好看的，无非是无聊的人写了无聊的事。”

北原小心翼翼地把拧成一团的纸条打开，上面只有一行字，他扫了一眼，就露出一个惊讶的表情。

琪琪格问道："上面写什么了？"

"你自己看吧。"北原把纸条交到了琪琪格手中。只见上面写着一行字：想要知道诅咒之琴的事，下午两点，一号教学楼前大树下见。

琪琪格一惊："这会是谁给我们留的纸条呢？"她的嗓门本来就大，一惊之下的声音更大，老师瞪了她一眼，她吐了一下舌头，马上低下了头。

等老师的视线移开之后，琪琪格问道："是谁留下的纸条？"

"这我怎么知道，有可能是我们身边的任何一个人。有一点可以肯定，这个人注意我们很久了。不对，是注意你很久了，说不定是你的追求者耍的花招。"

琪琪格开心地问道："你吃醋了？"

"我才没有呢！"北原将头扭向了一边。

这一节课的时间过得有点漫长，两人都心不在焉，老师讲什么一点都没听进去。心里盼着早点下课，好去看看给他们留纸条的家伙是谁，更吸引他们的是诅咒之琴的故事。中午吃饭都没有心情，胡乱地塞了几口之后，两人早早来到了一号教学楼门前的大树下，时间刚刚过了一点。

北原绕着大树一圈一圈地走着，琪琪格忍不住了说道："你转来转去的不累么，老实坐一会儿吧，你转的我都晕了。"

北原有些担忧地问道："你说留纸条的人会不会看到我在就不来了呢？"

"时间还没到呢，还是耐心地等会儿吧。"琪琪格拉着北原到自己身边坐下。

还没过一分钟，北原就站起来说道："要不我先找个地方藏起来，等他来了我再出来。"

琪琪格不耐烦地说道："你就老实的给我坐着吧，什么时候变得这么啰嗦了。"

时间到了二点，一个穿着白衬衣的男生出现在两人视野之中，北原瞪大了眼睛，那男生越走越近，北原看清楚了，正是第一天在乐器室遇到的那个戴眼镜的男生，北原的语气里透着失望："原来是他呀！"

男孩走近了推了推眼镜，说道："我果然没推断错，你们两个会一同出现。"

"哦。"北原的眼睛一下瞪了起来，以为遇到志趣相同的侦探小说爱好者，马上问道，"你是怎么推断出来的？"

男生"嘿嘿"一笑说道："你们两个都对诅咒之琴感兴趣，通过我的观察，发现你们两个的胆子都很大，所以我推测你们都是灵异爱好者，对不对！所以我相信，我留下的字条一定会把你们两个引来的，怎么样？我厉害吧！"

北原有种要晕倒的感觉，琪琪格则被逗得咯咯直笑。

男生得意地继续说道："自我介绍一下吧，我叫张连生，大二学生，音乐学院灵异协会会长，我批准你们两个成为灵异协会的会员。"

琪琪格说道："等等，谁说要加入什么灵异协会了，还有，这协会不会就你一个人吧。"

"真是聪明的会员，但那是过去了。从现在起，我们协会就有三个成员了。我相信，在我的英明领导下，灵异协会一定会不断的发展壮大，成为音乐学院第一大社团。"

"喂，你别幻想了好不好，我们可没说过要加入你的社团。"就连北原都有点无法忍受这个家伙了。

张连生"哦"了一声，转身就走。

北原急了："你到底知不知道诅咒之琴的事？"

张连生停下了脚步，斜着眼看着北原，极其傲慢地说："作为灵异协会的会长，我当然知道诅咒之琴的事了，可是我为什么要告诉你们？"

北原自然明白他话中的意思，与琪琪格对视一眼之后，无奈地说道："好吧，我们两个加入你的灵异协会，现在你可以讲了吧。"

张连生呵呵一笑，露出满口白牙："你说真的，不反悔？"

"我们发誓，我们加入灵异协会，绝不反悔。"在北原的示意之下，琪琪格也被迫发了誓。

张连生拍着两人肩膀说道："我相信你们一定会遵守誓言的。"

北原催促道："现在可以说诅咒之琴的事了吧。"

张连生挠挠头："其实我知道的也不是很多……"

北原二话不说，拉着琪琪格就要走。张连生赶忙挡住去路："你们别着急啊，听我把话说完。我从大四学生口中得知，每个月到了特定的日子，诅咒之琴就会发出阵阵悲鸣。有很多学生都听到过那声音，特别的恐怖，特别的吓人，特别的……"

琪琪格无奈地拍拍张连生的肩膀："哥们，不要以为你用无数个特别，别人就会觉得特别的吓人，我真为你的语文老师感到悲哀。"

北原注意的是他话中所提供的信息，他追问道："你说每月的特定日子，是哪一天啊？"

张连生挑了挑眉毛，笑嘻嘻地说道："你猜啊。"

琪琪格拉住北原："我说咱们还是走吧。"

"今天！就是今天！"张连生喊道。

－3－

夜深了，校园里安静下来。

今晚的天气很好，白晃晃的月光洒了一地。可是乐器教室前的林荫道因为有高大的树木遮掩，还是阴影重重。

十一点，马上就十一点了。一个男生急匆匆地走在林荫道上。要不是因为在网吧玩游戏入迷了，以至于忘记了时间，他才不会走这条路呢。十一点宿舍就会熄灯，楼门就会锁起来，宿管老师无比的尽职，每天准时锁门，分秒不差。

突然，一道亮光刺痛了他的眼睛，扭头一看，乐器教室的灯亮了。男生心中有些奇怪，都这个点了，谁会在乐器教室里。猛然间他想到了一个恐怖的传说，那把琴，那把被诅咒的马头琴。传说中谁要是听到马头琴发出的凄婉的声音，就会被潜藏在琴中的怨灵带走，永远的消失。

一阵冷风吹过，男孩打了一个哆嗦。乐器教室的灯忽然又灭了，男孩有一种不好的感觉，脚下用力，快步向前跑去。几秒钟之后，一个悲凉的乐符钻进了他的耳朵里。是马头琴——是马头琴的声音。男孩被自己的这个念头吓坏了。

“当——当——当！”

一号教学楼顶的大钟不紧不慢地报时了，瞬间校园里一片黑暗，好像所有的光明都被一把无形的大剪子在半空中剪断了一样。男生越跑越快，嚓嚓嚓的声音一直追随着他的脚步，因为寂静，所以显得格外刺耳，前后左右全是一团团模糊的黑影，一时也分不清是树影，或者是别的什么。马头琴悲凉的声音不断地钻进他的耳朵里，就算他用手捂住耳朵，依然能听得见。

蓦地，他停住了脚步，发现前方大片的阴影中，有一个红点一闪一闪地亮着，好像是一只充血发亮的独眼在眨。无形中像是有一只手抓住了他的心脏，还在不断地用力收缩。他吓得叫出声来。

从树影中发出一个声音：“叫什么叫啊，没见过女生抽烟么？”

男生仔细一看，原来是一个长发飘飘的女生躲在树丛里抽烟，男生长出一口气。他瞪大了眼睛仔细一瞧，那女孩垂着头，看不清样貌，但即便是坐着也能看出她苗条玲珑的身段，长发披在肩上，有一部分垂下来，几乎要碰到地了，身上穿着一件式样简单的白裙子。男孩也不急着回宿舍了，心中还有些窃喜，说不定这会是一次艳遇。

他走到女孩身边，很有礼貌地问道：“我可以坐在这里吗？”

女孩默不作声。

男孩就坐下了，柔声说道：“怎么，失恋了么？没关系的，这个世界上三条腿的蛤蟆不好找，两条腿的男人多的是。”

女孩还是不说话。

男孩犹豫了一会儿，慢慢地伸出手搂住了女孩的肩膀，女孩没有反应。男孩突然感觉不对，一种尖锐的惊恐顺着他张开的毛孔直接刺入了他的骨髓。这个女孩裸露在外的皮肤是冰冷的，她没有体温！他吓得连呼吸也不敢，却听到自己的胸部如同风箱一样呼呼地响着。一阵冷风吹来，他觉得浑身发冷，这才发现身上的衣服全让冷汗浸透了，湿冷地贴在身上，像是第二层皮肤。

冷风也吹开了女孩的乌黑的长发，他看到了女孩已经烧得焦黑的脸，而在她的怀里抱的正是那把被诅咒了的马头琴。

“我美吗？”女孩开口问道。

“美！”眼神呆滞，挂着僵硬的笑容，拉着女孩的手，摇摇晃晃地向乐器室走去。

“无聊。”琪琪格嘴上这么说，可是作为一个女生，心里还是有些害怕了。

北原看着张连生得意的样子，问道：“你的这个故事是听谁说的？”

“就是故事里的男生，是他的亲身经历，我磨了他好几天，又请他吃了一顿饭，他才肯告诉我的。”

北原用看凝视的眼神看着他，看得他觉得有些不自在嗫嚅问道：“你别这么看着我，你什么意思啊？”

“一个简单的推理。凡是听到马头琴声的人都会失踪永远不会出现了，对吧？”

张连生点点头。

“在你的讲述中，那个男孩也听到了琴声，是吧？”

张连生回想了一下，又点点头。

“那你不觉得矛盾吗？一个本不该存在的人给你讲了他的亲身经历！”

张连生想了一下，猛然醒悟：“那个家伙骗我，看我怎么跟他算账。”

恐惧一下就消失了，琪琪格笑着问道：“我们今晚真的要和这个家伙一起行动吗？”

“我们需要一个人来证明诅咒之琴是假的，我们空口无凭，需要一个证人，而这个家伙大概是这所学校里除了我们之外，唯一敢靠近诅咒之琴的人了。”

琪琪格想想，确实是这么一回事。张连生不满地说道：“我是有名字的，别家伙家伙的叫我，再说了，我是你们的社长。”

“那我们约好了吧，今晚十点，我们在乐器教室前的小路碰头，不见不散。”两人走了几步，琪琪格又回头叫了一声，“社长！”

张连生嘿嘿一笑，说道：“是不是担心晚上的事，放心吧，我会好好地保护你们的，不会让你们受到任何伤害的。”

“我是想说，你的鞋带开了。”

张连生低头一看，鞋带真的开了，低头去系鞋带，等他抬起头，北原和琪琪格已经从他的视线中消失了。难得的两个好社员，灵异社团一定会发扬光大的。张连生越想越美，一蹦一跳的回宿舍去了。

夜里九点五十二分，北原在宿舍里走来走去，不时停下来看一下时间。就快到十点了，那是他们约好的见面时间。趁着室友不注意，他就溜了出去，前往女生宿舍去接琪琪格。距离女生宿舍还有一段距离的时候，北原就看到了一个熟悉的身影，走近一看，正是琪琪格。从宿舍里照出的灯光正好映在她的脸上，说不清楚是因为激动还是别的什么原因，琪琪格的脸颊通红。

北原也注意到了，伸手在琪琪格的脸上摸了一下，觉得有些发烫，不解地问道：“琪琪格，你的脸怎么这么烫啊，是生病了吗。生病的话就别勉强自己，我一个人没有问题的。”

琪琪格狠狠地瞪了北原一眼，怒道：“我好着呢，不用你瞎操心。”说完独自向前走去。

北原愣了一下，他不明白琪琪格为什么要生气，叹了口气自语道：“女人才是这个世界上最大的谜团。”

琪琪格走了几步，发现北原没有跟上来，又回头叫道:“发什么呆呢，快点走呀。”北原“哦”了一身，追了上去。

十点十五分，两人到了乐器教室前的小路上，躲在无人注意的树丛中。已经超过约定时间十几分钟了，张连生还没有出现。琪琪格说道:“咱们伟大的社长不是被吓得不敢来了吧。”

北原双眼紧紧盯着乐器教室的窗户，头也不回地说道:“他不来也好，一会儿真要出了什么事，我们还要分心去照顾他。”

十五分钟过去了，乐器教室如往常一样，什么也没有发生。北原有些沉不住气了，对琪琪格说道:“这家伙不会是编了一个故事玩我们吧，所以他才不敢出现了。”

琪琪格想了一下，不是没有这种可能。每个学校都有捉弄新生的传统。北原咬牙切齿地说道，“如果他要是敢骗我们，我和他没完。”

琪琪格有些担心地说道:“那我们怎么办啊，还等吗？快关宿舍门了。”

北原看一眼手表:“还有点时间，再等一会儿吧。”

就快到十一点了，乐器教室还是没有异常，张连生还是没有出现。两人不得不做出一个决定，是继续等下去，还是趁着有点时间，跑回宿舍去。

就在这时，小路上出现了一个人影，摇摇晃晃地向这边走来，北原马上拉着琪琪格躲到了暗处。看那人越走越近，两人的心情紧张到了极点，心脏越跳越快，就在这时，听来人说道:“别人笑我太疯癫，我笑别人看不穿。”

一听到这个声音，北原马上从树丛中蹿出来，几步跑到那人身边叫道:“张连生，都几点了，你才来。”

“嘘……”张连生做了一个噤声的手势，“别激动，声音太大会惊扰到别人的。”

琪琪格走过来没好气地说道:“这里除了你和我们两个，还有别人吗？”

“我说的是那些我们看不到的东西。”张连生环视四周，好像身边真的有什么东西。看两人真的有些生气了，张连生这才说道，“通常大人物出场都比较晚的，作为你们英明神武的社长，晚到一会儿也是应该的。"

琪琪格咆哮道："是一会儿吗，你足足晚了快一个小时。"

北原也说道："我更想知道的是，你的信息到底准确吗，已经过了十一点了，宿舍我们已经回不去了，你说怎么办？"

张连生正要开口解释，突然一道白光闪过，三人都愣住了。还没回过神来，又闪了几下，三人一同扭头看，乐器教室的日光灯亮了。张连生一脸惊骇，嘴里不停重复道："亮了，真的亮了。"

"过去看看。"北原率先跑了过去，琪琪格没有丝毫的犹豫，紧随其后。

张连生在后面喊道："别去啊，危险，小心诅咒之琴。"看到两人越跑越远，张连生无奈地说道，"太无组织无纪律了，一点也不把我这个社长放在眼里。"既然社员都冲过去了，他这个社长自然也不能落在后面，张连生只好追了上去。

三人还没跑到乐器教室门前，房间里的灯就灭了。北原站在窗户边向里张望，教室里黑漆漆的一团，什么也看不到。张连生有些害怕了，拉着两人的衣服说道："别看了，快走吧，诅咒之琴就要奏响了。我们就都要完蛋了。"

"这个世界上根本就没有什么诅咒之琴。"琪琪格气愤地说道，"只有你这样的傻瓜，才会相信诅咒的存在。"

等到眼睛逐渐适应了黑暗，再向教室里看去，隐约的可以看到教室中的桌椅橱柜，并没有人。北原道："我看不清楚，你们看看，马头琴还在橱柜里面吗？"琪琪格踮起脚尖瞪大了眼睛看，也看不清楚，揉揉眼睛，还是看不清楚。而张连生压根就没敢向里面看。

北原提议道："要不我们进去看看吧。"

"我们又没有钥匙，怎么进去？"

"打破玻璃不就进去了。"

张连生听着两人的对话，有点后悔了，他招的这两个社员胆子不是一般的大。要是真的打破玻璃，招来了学校的保安，他该怎么解释。我们在等着看鬼？不知道保安会不会信，反正是他自己都不相信。

看北原还没拿定主意，赶紧催促道："好了吧，可以走了吧。你们说得对，根本就没有诅咒，也许是乐器教室的电路老化接触不良了呢。"

也不是没有这种可能，北原拉着琪琪格准备离开了。

三人刚向前走了一步，一个悲凉的音符钻了他们的耳朵里。北原和琪琪格对这个声音十分熟悉——是马头琴的声音。而张连生的第一反应是，这下好了，玩完了。

– 4 –

"北原，睡觉回宿舍去，教室不是你睡觉的地方。"讲课的老师终于受不了了，北原在课堂睡觉，也不是什么大事，可他居然打起了呼噜，引得同学们哈哈大笑，他的课根本就讲不下去了。

北原"哦"了一声，马上端正坐姿，一本正经地听课。等没人注意他的时候，偷偷擦掉嘴角的口水。琪琪格也在打瞌睡，她用一只手撑着头，脸向下，别人都以为她在看书。

昨天夜里两人在乐器教室外听到了马头琴的悲鸣声，本打算一探究竟的，结果被胆小的张连生拖走了。后来又遇到了巡夜的保安，三人就在路边的长椅上坐了一夜，上课自然会打瞌睡。

过了十几分钟，北原又打瞌睡了，就在他迷迷糊糊要睡着的时候，下课铃响了。那声音宛如天籁，北原和琪琪格同时清醒过来，收拾好课本，准备离开教室。当两人走到讲台前时，老师说道："你们两个等一下，我有话对你们说。"

肯定要挨批了，两人都这么想。等同学们都走光之后，老师让两人坐下。不等老师开口，北原抢着说道："王教授，我们知道错了，我们不该在课堂上睡觉，不该……"

北原还没说完，老师就被北原气乐了："这位同学，我姓刘，不姓王。"

"呃，刘教授……"北原一时不知该说些什么了。

刘教授语重心长地说道："我知道你们是从草原来的，我采风的时候曾经去过草原，我了解你们的生活，也知道你们走出草原来上学不容易。你们两个在音乐方面又非常有天赋，所以你们要珍惜这难得的学习机会。以前，我也有一个学生是从草原上来的，很好学……"

刘教授越讲越长，完全沉浸在他对过去的回忆之中，刚开始时北原和琪琪格还能集中精力听他讲些什么，时间一长，两人又打起了瞌睡，根本没听到刘教授讲了些什么。

过了半个多小时，刘教授才从回忆中走出来，看着昏昏欲睡的两人，无奈地说道："你们两个回去休息吧，以后要是在学习和生活中遇到什么困难，可以来找我，我一定会尽我最大的努力帮你们解决的。"

"好的，谢谢刘教授。"北原和琪琪格恭敬地应着。

北原和琪琪格向外走了几步，北原突然停下了脚步，回过头来问道："刘教授，您在音乐学院多久了？"

"多久了？"刘教授认真想了一下，"多久了我还真记不得了，最少也有三十年了，那时候还不叫音乐学院，叫……"

北原可不想听他的大段回忆，打断他问道："您说什么问题都可以问您？"

刘教授点点头："是啊，只要我知道的我就告诉你，如果我不知道，我回去之后向别人请教，弄清楚之后再告诉你。"

"我现在就有一个问题要问您，乐器教室的那把马头琴是怎么回事？"

刘教授脸上的笑容一下就消失了："马头琴？你问它做什么？"

北原随口编道："没什么，就是见到民族乐器有些激动，又见它锁在柜子里，有些好奇。您可以告诉我是为什么吗？"

刘教授像是要讲什么，话到了嘴边又咽了回去。他的表情也很奇怪，有惋惜，也有心疼，更有些北原也说不清楚的东西，最后都化作了一声叹息。刘教授看了北原一眼，低头收拾自己的东西。看来刘教授肯定是知道些什么，可是他不肯说出来，该怎么让他开口呢？北原眼珠子一转，想到了一个主意，他又问道："刘教授，乐器教室是不是曾经发生过什么？"

刘教授一惊，手上的课本"啪"的一声掉在地上，琪琪格帮他捡起课本，整理好放进了包中。过了几秒钟，刘教授回过神来，惊讶地问道："你是怎么知道的？那件事都过去很多年了。"

"别管我是怎么知道的，您说只要您知道，就会告诉我，现在，请您告诉我，乐器教室曾经发生过什么？"

刘教授想了一会儿说道："既然你们想知道，我就告诉你们吧，事情已经过去很多年了，除了我这把老骨头，谁还记得当年的事呢。"

刘教授搬过一把椅子坐下，缓缓地讲道："事情大概发生在十年前吧。当时的音乐学院还没有发展到现在的规模，学生不多，乐器也不多，都放在乐器教室里。当时学校的管理制度还不完善，各种乐器堆在那里也没人管。有大件的乐器就摆在门口，进出都很麻烦，但是就是没有人去管，直到有一天，那场灾难发生了，后悔已经晚了。"

讲到这里，刘教授停了下来，北原和琪琪格着急着想知道下面发生的事，可又不好意思去催他。过了一会儿，刘教授终于又开口了："那天晚上，我清楚地记得那晚月色很美，素白的月光给大地披上了一层白纱。过几天有一个大型的演出，十几个学生在乐器教室排练节目，当时已经很晚了，学生们都很疲惫。不知是谁抽了根烟，烟头随手一弹，就不管了。当节目排练到高潮的时候，火苗突然就冒了出来，转眼间就变成了熊熊大火，学生们害怕极了，尖叫着四处逃散……"时间并没有使他的记忆淡忘，那恐怖的一幕又浮现在他的眼前，想到学生们惨死的样子，他的声音有些哽咽。

琪琪格关心地问道："刘教授，您没事吧？"

"我没事。"刘教授摆摆手，继续讲下去，"大火烧起的时候我并不在现场，我是看到火光之后才赶过去的。被大火困在里面的学生发出撕心裂肺的惨叫声。消防队也来了，大家拼命地救火，最后火虽然被扑灭了，但是乐器教室里再也没有一点声音了。消防队的队长从火场中走出来，只对我们说了四个字，‘惨不忍睹’。学校派我去处理尸体，我走进火场，看到一具具尸体被得烧扭曲变形，表面像木炭一样，根本就无法辨认出谁是谁来。就在一个小时前，他们还是活生生的生命啊。”

北原也没想到乐器教室曾经发生过这么惨的事情，刘教授回忆起过去的事，依旧悲痛至极。琪琪格低着头小声说道：“刘教授，对不起。”

北原没有开口道歉，他低着头不知在想些什么。

“大火之后，乐器教室就废弃，大家谁都不愿意靠近那个地方。几年之后逐渐就淡忘了这件事情。后来学校换了新的领导，学生也越来越多了，教室不够用了。就把废弃的乐器教室重新装修了一遍，再往后你们就来了。”讲完之后，刘教授长出一口气，“你的问题我回答完了，我该走了。”刘教授拎着包向门口走去。

“刘教授，请等一下，我还有一个问题想请教您。”北原问道，“您会拉马头琴吗？”

“马头琴？”刘教授疑惑地问道，“我不会，那是你们的民族乐器，学校不会有人比你拉得更好了。”

北原歉意地说道：“打扰您了，刘教授，我没有问题了，您慢走。”

在刘教授离开之后，北原对琪琪格说道：“他有什么事瞒着我们。”

琪琪格不解地问道：“你怎么知道的？”

“我也说不出来，就是一种感觉，不会错的，他一定是隐瞒了什么，并且与乐器教室的马头琴有关！”

琪琪格打了一个哈欠说道：“你侦探小说看多了，走吧，吃饭去，吃完了回宿舍睡觉去，困死我了。”

两人走出教室，出教学楼的时候，北原看到看楼门的大爷在传达室里听着收音机打盹，据同学们说，这位大爷在音乐学校有些年头了，大概这学校里就没有他不知道的事情。想到这里，北原走了过去。

琪琪格抱怨道：“你又要干什么，再晚一会儿，食堂里没东西吃了！”

“我就问几个简单的问题。”

北原敲敲玻璃，大爷睁开眼睛看着北原，问道：“小伙子，你有什么事吗？”

“大爷，听说您是音乐学校的老资格了，我向您打听点事。”

大爷呵呵一乐：“问我你算是问对人了，我敢说没人能比我再了解音乐学院了，小伙子说吧，你想打听点什么事？”

“我想问您，刘教授他会拉马头琴吗？”

“马头琴？他不会，刘教授虽然是搞民族音乐的，也去过几次草原，但马头琴他不会。”大爷摇摇脑袋说道，忽然语气一转，惋惜地说道，“不过他以前有个学生是草原来的，马头琴拉得非常好，拉出来的曲子，透着那么一股悲凉，小伙子舞蹈跳得也不错。老师们都说，这个学生前途不可限量，唉，没想到，可惜，可惜啊！”

北原追问道：“可惜什么啊？”

“可惜很多年前，乐器教室发生了一起火灾，小伙子为了救人被火给烧死了。他叫什么来着？”大爷认真想了半天，就在北原认为他想不起来准备离开的时候，大爷一拍桌子叫道，“我想起来了，当时的学生们都管他叫黑马！”

– 5 –

一个月的时间转眼就过去了，大一的新生们逐渐适应了大学的生活，与高中的紧张和重压不同，大学生活的空虚让他们有些迷茫。当然，北原和琪琪格不在其中，一个月来，他们一直在通过各种途径调查乐器教室柜子中的马头琴。

北原斩钉截铁地说道：“黑马一定是马头琴的主人，而刘教授一定与诅咒事件有关，说不定马头琴就是他拉的。”

“你有什么证据吗？”琪琪格反问道。

“这还需要什么证据，黑马是刘教授最喜欢的学生，而他在大火中为了救人死掉了。刘教授一定对他念念不忘，他本来就是搞民族乐器的，私下学会演奏马头琴也不是什么难事。每当他想起黑马，就会到乐器教室拉一曲。”

琪琪格又问道：“那你怎么解释马头琴响起的时间都是每月的同一天？”

“这……”北原想了半天，找不到一个合理的解释。

张连生在一旁说道：“这有什么难的，要我说啊，因为死得太惨了，黑马的灵魂停留在乐器室里，诅咒之琴奏出乐曲的日子，正是火灾发生的那天，黑马这么做是为了散发怨气。”

北原和琪琪格同时大喊道：“你闪一边去！”

张连生被两人吓了一跳，有点委屈地说道：“你们两个也太过分了，一点也不把我这个社长放在眼中，怎么说我也是你们的社长啊。”

“你闭嘴！”琪琪格喊道。

张连生又说道：“我想告诉你们……”

北原打断道：“社长大人，您先歇会儿好吗？”

“我想跟你们说……”张连生的话还没说完，北原和琪琪格一同转过身来瞪着他，张连生硬是把下面的话咽回肚子里。

北原继续和琪琪格说道：“如果不是刘教授，还有谁会拉马头琴？”

“我就是不相信会是刘教授。”

“女人就是麻烦，不可理喻！”两人赌气，转过身去，都不再看对方，顿时就安静了下来。

张连生插嘴说道：“吵架有什么用，想要弄清楚真相，只要藏在乐器教室里，等天黑之后，一切就都清楚了。”说完了他又自语道，“咦，今天好像就是诅咒之琴奏响的日子，已经五点了啊，乐器教室就快关门了。”

北原与琪琪格对视一眼，两人同时向乐器教室跑去，张连生喊道：“你们两个跑去哪啊？”

两人也不回答，看着两人跑去的方向，张连生一下就明白过来，这两个人是要去乐器教室！

“胆子可真大！”张连生犹豫了一会儿，也跟了上去，这事要是传出去，说两个社员冲在第一线，而他这个社长却躲了起来，那他的脸该往哪放。更何况他们两个什么都不懂，要是出了意外怎么办？

五点半，乐器教室里的学生都走光了，三人躲到教室最后一排的桌子底下，北原问张连生：“你怎么跟来了？”

“我来保护你们！放心吧，只要有社长大人我在，不论是什么样的凶灵，我都不会让它伤害到你们的。”

琪琪格压低了嗓音说道：“嘘……小声点，有人来了。”

三人尽量把身子蜷缩起来，躲在最外面的北原看到，看门大爷走到门口，向里望了一眼，看到没有人，就把房门锁了起来。

时间一分一秒地流逝，天渐渐地黑了。乐器教室远离宿舍区，天黑之后，很少会有人在这周围活动，所以非常的安静，静得能听到自己的呼吸声和心跳声。北原和琪琪格并没有觉得恐怖，张连生的身体却在微微发抖。长时间躲在桌子下面，让他感觉到有些不舒服，他活动一下脚腕，无意中踢到了前方的椅子，发出“嚓”的一声。琪琪格和北原一同愤怒地瞪着他。

过了一会儿，北原和琪琪格也有些累了，枕着自己的胳膊，迷迷糊糊睡着了，北原还发出了微微的鼾声。

“当……当……”

一教的大钟又报时了，北原一下醒了过来，推醒了琪琪格和张连生。

月光明亮，从窗户照进来，马头琴静静地躺在柜橱里。一股黑云从天边涌起，把仅有的月光也遮了起来，教室内黑漆漆的，只有些微弱的光亮。而教室的空气中，似乎弥漫着某种神秘而又诡异的东西。

“啪……啪……”

走廊上传来脚步声，一会儿紧一会儿慢的，完全没有规律。最后在乐器教室的门前停了下来。北原和琪琪格的心情紧张到了极点，而张连生则是害怕到了极点。

“咯吱”一声，门被打开了，一个人走进了教室，打开了灯。雪白的灯光有些刺眼，等眼睛适应光亮之后，从他们藏身的地方只能看到来人的双腿，只见他走到了最后面的柜子前停下了脚步，接着是钥匙的开锁声。然后又走到门口，关上灯。五分钟后，马头琴发出了一个悲凉的音符。

北原小声说道：“我们大喊一声冲出去，我倒要看看，到底是什么人在装神弄鬼。”

“不好吧！”张连生正要发表自己的意见，北原和琪琪格已经冲了出去。突然出现的二人把正拉马头琴的人吓了一大跳，乐声戛然而止。张连生跑出去按下了电灯的开关。

灯光亮起来之后，北原和琪琪格大感意外，拉马头琴的不是别人，正是看门的老大爷。北原叫道：“怎么会是你？”

原来事情的真相是这样的，老大爷是当年上山下乡的知青，而他去的正是草原，在草原上待的时间长了，就学会了拉马头琴。后来他离开了草原，到音乐学院看起了大门。而这把琴的确是黑马遗留下来的，刘教授把它作为一种纪念，锁在了乐器教室的柜橱里。老大爷看到马头琴就想起他在草原上度过的时光，又为黑马的死感到惋惜，就向刘教授要了柜子的钥匙，每月一到火灾发生的那天，他就会把马头琴拿出来拉一曲，没想到同学们听到了之后，就变成了同学们之间流传的诅咒之琴的传说，最后这件事由刘教授和老大爷一同出来澄清。作为解开谜团之人，北原的名字逐渐在学生中流传开来。

几日之后，北原和琪琪格走在小路上散步，张连生从远处向两人跑来，大叫着两人的名字。

北原问道：“又是这个烦人的家伙，怎么办？”

“这家伙找我们准没好事，我们跑吧。”两人撒腿就跑。

张连生在后面叫道：“你们两个跑什么啊？我这里又有一个案子，我们一起去调查吧！”

ACADEMY OF MUSIC

故事十 二胡祭

失去了贞操的汤汤，皮肤很快恶化，皮肤的纹理更加粗糙深刻，像极了蟒蛇皮！

喂小饱

– 楔子 –

台下传来阵阵喝彩声，放眼全场，宾客云集，富家老爷太太前排端坐，其后是众多戏痴，再往后边边角角竟也站满了一饱耳福的穷人，大家一脸痴迷，目不转睛地盯着台上。

一个贩卖时鲜水果、瓜子的年轻人，挎着篮子，托着木盘，小声吆喝着游走在戏园子里。男人穿着寒酸，却长相英俊，因此很是讨太太小姐们的欢心，不时有人起身招手，示意他过去。年轻人虽然忙着生意，却不时望向台上，似乎那里才是他心之向往的地方。

台上站着两个年轻女子，其中穿白衣的女子身形婀娜，上了厚厚的戏妆，依稀可以辨出她鼻梁左侧往上靠近眼角的位置有一颗明显的痣。只听白衣女子声线婉转，好似鸟啼，唱的是“苏堤上杨柳丝把船儿轻挽，颤风中桃李花似怯春寒”。

白衣女子唱完，获得满堂彩，随即戏台一侧传来一阵清亮的二胡伴奏，声音清丽，如泣如诉，转音的地方更是浑然天成，立时惊艳了在场所有人的耳朵。

更令人惊奇的是，拉二胡的居然是位女子。看上去年轻貌美，风姿卓然，毫不输给唱主角的白衣女子，再加上她出神入化的二胡技巧，顿时成了全场的焦点。

拉二胡的女子完全沉浸在音乐中，尽情地挥洒着自己的热忱，她穿着很朴素的碎花布小褂，一条黑粗布裤子，一双黑色布鞋，唯一称得上别致的，是她高高挽起的发髻，还插了一支银质的簪子。

台下卖东西的年轻人看傻了眼，一时间忘了做生意，满眼惊叹地看着台上拉二胡的女子。

一曲终了，白衣女子身旁的青衣女子上前，摆好姿势即将开口。就在这时，本该停下的拉二胡女子却猛拉了两下二胡，声音刺耳像锯齿在骨头上划过一般。随后她忽地站起来，两眼直勾勾地盯着前方，像是被一根看不见的线给拽了起来。

台下鸦雀无声，不知道她要做什么，只见她朝前面迈了三大步，在跟白衣青衣女子几乎平行的地方停住了，缓缓仰起头。

这时台下的年轻人脸色陡然一变，暗叫一声不好，却已经来不及了。只见几根锋利的红缨枪和大刀从顶棚上径直坠落。

一根红缨枪不偏不倚落入拉二胡女子的口中，枪头穿透了她的后脖颈。红色的缨子卡在她的嘴里，像是被血水染红的胡须，场面骇人之极。她的手里还死死攥着那把二胡……

— 1 —

启星音乐学院时隔二年后，再次开设了二胡专业。

乔楚领着六个二胡专业的学生，拿着清洁工具，来到了一幢破旧的楼前。

这里偏离主校区，像被抛弃的孩子，孤零零地蜷缩在角落里。楼前密集的野草，快要没过小腿，蒋心潺望着处处透露出腐败气息的楼体，莫名感到一股阴冷。

“我们一年一万多的学费，就要我们在这种地方练琴？一共才两层楼！”一个叫翁露露的女生抱怨。

乔楚听到了，对她说：“环境都是其次的，关键是个人的勤奋，就像你们的师姐许千娇，现在已经是扬名国际的二胡演奏家了。”看大家对这番话认同，乔楚接着说，“当然了，大家千万不要学我，我跟许千娇是同班同学，到现在还碌碌无为。”

接下来，大家在乔楚的带领下陆续走了进去。

一楼很宽敞，北面是一个宽敞的舞台，其余的都是空地，零零散散地摆放着很多椅子。物件上落满了灰尘，角落里挂了很大的蜘蛛网，看样子这里空置很久了。

“一会儿我们一起清理下场地，明天早晨开始，大家就可以来这里练琴了。”乔楚说道。

大家对这个帅气的大三师哥还是很尊敬的，乔楚一声令下，几个人就开始着手打扫场地。冷清了两年多的琴房终于在一群年轻人的带动下恢复了生气。

乔楚看见蒋心潺正在拖地，崭新的大拖把让她看上去更加瘦小，像一个孩子拖着巨大的画笔在纸上作画。乔楚走过去，在她身旁停住。

似乎感觉到背后一双注视的眼睛，蒋心潺转过身来，看了眼乔楚。所有人都跟乔楚打过招呼了，唯独蒋心潺没有。她低下头，默默做事。

“蒋心潺。”乔楚叫她的名字，“以后有什么需要帮忙的，可以告诉我。”

她重新抬头，略显不安，脸上依旧没什么表情，淡淡地说：“谢谢师哥。”

声音小小的，却非常好听。乔楚看过她的考试演奏录像带，相当出色，水准之高出乎他的意料。但最让乔楚感兴趣的，是蒋心潺的那把二胡。

那把二胡的特殊之处在于琴筒，一般来说，二胡的琴筒是六角形或者八角形构造，但是蒋心潺的琴筒并不规则。奇怪的是，拉出的琴声却异常清亮悦耳，比一般的二胡发声都要好。

“真晦气！”一个正在清理角落的学生说道。

“怎么了？”乔楚站在舞台上，朝站在角落里的学生问话。

“居然扫出来一些纸钱！”学生说着用力挥了几下扫把，一些圆形的黄色纸片从阴暗的角落里飞舞出来，出现在众人的视线里。

大家围过去，七嘴八舌地讨论开了。

“这里不会死过人吧？”

听到这话，乔楚的脸色一下变得煞白。很快，他恢复了镇定，亲自将那些纸钱扫进了垃圾篓里。

“你们不觉得这里阴气很重吗？”翁露露突然说，让大家的神经再次紧张起来。乔楚扭头，皱眉看向她，吓得翁露露赶忙吐了吐舌头。

“我说的是实话而已……”翁露露小声嘟哝着。

乔楚感到愤怒了，几次想要张口训斥她。

“我也感到了。”

乔楚后背一紧，他听到了蒋心潺的声音。

蒋心潺正盯着垃圾篓里的纸钱，像是在研究什么，神情很专注。柔顺的黑发垂下，挡住了一只眼睛，样子带了几分鬼魅。

一个男生的尖叫声从二楼传了下来，伴随着“扑通”一声闷响。

大家赶忙朝楼上望去，只见那个男生正坐在地上，身子哆嗦着移动到楼梯护栏上，扭头对着楼下拼命呼喊：“救我！”

随后，只见一张阴森可怖的鬼脸朝着男生飘了过来。

– 2 –

大家惊恐地看着眼前的一幕，完全被吓懵了。

那张鬼脸面具忽然掉落，“啪嗒”摔在地上，露出一张年轻男人的脸，傻呵呵地望着坐在地上的男生。

他穿着一身肥大的戏服，肤色黝黑，再看他的神情，似乎有些不正常。

“小光！”乔楚冲那人喊。

小光听到有人叫自己名字，朝楼下望去，然后冲乔楚挥挥手，笑了。

“原来是个傻瓜。”翁露露嘲笑道，刚才她比谁都要害怕。

男生早被吓得腿软，趁这个空隙，一溜烟从楼上跑了下来，一边跑还一边骂：“吓死老子了！”

乔楚招招手，示意小光下来。小光一愣，随即露出害羞的表情，楼下的人一看他忸怩的样子，都禁不住笑了。

“小光你下来。”乔楚哄他。

小光拖着长长的戏服，走了下来，脸上恢复了傻兮兮的笑模样。

“你怎么到这来了？”乔楚问他。

“我来看静文的演出。”小光说完“嘿嘿”笑了。

乔楚脸上掠过一丝阴霾，伸出一只手拍拍小光的肩膀：“好了，快回去吧，要吃晚饭了。”

小光一下变得很开心，嘟囔着：“吃饭喽！吃饭喽！”穿着戏服就跑出了琴房。

“师哥，他是谁？”翁露露问。

乔楚正要说话，一个叫王立峰的男生不屑地说道：“他叫小光，是个傻子，他妈妈是音乐学院的宿舍管理员。”

也难怪王立峰对小光如此了解，他爸爸是民乐系的教授，从小在这里长大的王立峰，对这里的很多人事都了如指掌。

见大家都若有所思，王立峰又说：“郭静文师姐都死了两年了，这傻子还念念不忘。”

“别说了！”乔楚突然打断他的话，眼角青筋暴起，像头暴怒的狮子。

这时，有不知来向的风吹过，幽幽地拂过每个人的后背。

第二天一早，翁露露叫上蒋心潺去练琴。全班一共 4 个女生，住在一个宿舍，翁露露因为心直口快，再加上小事特别多，很快就把其他两个女生给得罪了，所以蒋心潺成了她唯一的选择。

蒋心潺没有拒绝，洗漱完毕后，背上自己的二胡下了楼。

宿舍楼下，蒋心潺看见小光站在门口，小光的妈妈正慈爱地看着他吃一个热气腾腾的煎饼果子。因为是女生宿舍，身为宿管的小光妈妈是不能让儿子进入里面的，所以母子俩天天这样门内门外地站着，风雨无阻。

“昨天这傻子吓死我了。”等走远了，翁露露对蒋心潺说。

蒋心潺没说话，下意识地摸了摸自己身后的琴。

“心潺，我们一定要努力，也要像许千娇师姐那样成为国际著名的二胡演奏家！”翁露露一脸的憧憬。

“嗯。”蒋心潺回应，脸上显出少有的笑容。

“可是……”翁露露咬了下嘴唇，迟疑地说，“我们未必有许千娇师姐那样的机遇。”

两年前，一个著名的大导演来启星音乐学院选景拍戏，因为群众演员稀缺，学校就组织学生过去充数，没想到许千娇被导演一眼相中，并安排了很重要的戏份。电视剧播出后，许千娇一夜成名，成了新一代少男玉女偶像，尤其是她鼻梁左侧往上靠近眼角的那颗痣，如此鲜明的个人特征，更是受到粉丝的追捧，还有不少女生跑去整形医院要求医师为自己也造一颗一模一样的泪痣，可见当年许千娇受欢迎的程度。

但令人意外的是，许千娇没有继接拍电视剧，而是选择了自己的二胡专业，成为了二胡演奏家。如此的转变，让所有人惊诧，也为她赢得了如潮的好评。毕竟二胡演奏家的收入远比不上当红明星，演艺圈里这样淡泊名利的人已经很少见了！

“你知道吗，我做梦都希望有大导演来我们学校拍电视剧，我渴望走许千娇师姐的老路。”翁露露无限遐想，然后又叹口气，“可是这么好的事情哪那么容易找到我头上？”

两人一路聊着，来到了琴房门口。蒋心潺回头看了看，四周都是杂草，孤零零地偏离校区，像是一座可有可无的建筑，被大多数人遗忘。蒋心潺找了个位子坐下，拉开自己的琴包，把二胡取了出来。

蒋心潺的二胡立刻把翁露露引了过来，她好奇地打量着二胡，伸手想要摸，却被蒋心潺伸手挡了回去。

“小气！”翁露露佯装生气，又凑过来仔细观察二胡。

“知道吗，艺考的时候我就注意到你这把二胡了。”翁露露说，“当时觉得你这把琴丑死了，估计发音也不会准，没想到你一出场就把我震撼了，不仅仅是我，连在场的老师教授们也被震撼了，这把二胡的音色太美了！怎么说呢，就像是一个遭遇悲惨的女人在泣诉着她的过去！”

听完翁露露的描述，蒋心潺笑了：“是的，这把琴里住着一个灵魂，我猜它来自一个女人。”

“这把二胡是从哪来的？”翁露露好奇道。

蒋心潺没有回答，转而说道：“你知道吗，即便是再欢快的曲子，我也能从这把琴里听出悲伤来。”

“这么神奇？”翁露露不信，“要不你给我来段《赛马》吧！”

蒋心潺没拒绝，专注地拉起了曲子。这首名曲家喻户晓，曲风活泼豪迈。蒋心潺的技艺了得，一时间，琴房里仿佛出现了万马奔腾的场景。

翁露露手痒痒了，拿起自己的二胡，跟着合奏起来，两人都是好手，合作起来很是默契。就在这时，蒋心潺突然停下了，琴弓顺着琴杆滑落。

她一下子坐直了，神色凝重地环视着琴房。

“你怎么了？”正在兴头上的翁露露也停下来。

“我听到有人在拉二胡……”蒋心潺回答。

“对啊，不就是我们俩……”翁露露脸色一变，“你是说，琴房里还有别人？”

按照昨天乔楚的说法，这里是二胡专业学生的场地，不该再有别人来这里才对。宿舍里的两个女生都还在睡觉，不可能比她们早到。

“难道是王立峰他们？”翁露露说。

话音刚落，二楼传来了一阵二胡的声音！尽管节奏很快，有些杂乱，但蒋心潺还是听出来了，那是京剧《白蛇传》的伴奏！

翁露露害怕了，哆嗦着站到了蒋心潺身后。这时候，从楼梯上缓缓飘下来几张圆形的纸钱！

“心潺，你闻到香烛的味道没有？”翁露露嗅了嗅鼻子。

蒋心潺没有搭话，拉着她要一起上去，翁露露颤抖着快要哭了，无奈，蒋心潺只好自己爬上去。越往上，香烛的气味就越浓。蒋心潺的视线在空旷的二楼上扫视了一遍，眼睛顿时瞪大了，在正对着她的地方摆放着一张恐怖的照片！

– 3 –

“师哥，如果我需要你的帮助，你会帮我的，对吗？”

午饭的时候，蒋心潺约乔楚在餐厅里见面。她已经悄悄把二楼的那些东西收拾干净，并没有告诉翁露露自己在楼上发现了什么。

“是啊，你有事就说吧。”乔楚答道。

“那我就不客气了。”蒋心潺像是做了很重要的决定，抬头看着乔楚，“郭静文师姐是怎么死的？”

乔楚万没想到这个小师妹会问这样的问题。他低头沉思了一会儿，问道：“你看没看过《血胭脂》这部电视剧？”

“看过，就是许千娇师姐的成名作嘛。”蒋心潺说。

“嗯。”乔楚说，“当时导演来我们学校选场地，结果相中了你们现在用的琴房，布置成了一个民国时期的戏院。我、许千娇、郭静文都是二胡专业的学生，都被学校组织去剧组里做群众演员。我饰演的是一个卖瓜子、水果的年轻人，许千娇因为得到了导演的青睐，饰演了里面的白蛇，而郭静文则扮演一个二胡师。因为许千娇是新人，拍摄过程中问题不断，那场戏拍了三天。第三天的时候，许千娇的表现好了很多，那天很平常，剧情的拍摄都按部就班地进行着，郭静文的二胡伴奏得了满堂彩，甚至压过了许千娇的风采，可随后出现的状况让所有人都始料未及。原本接下来没什么戏份的郭静文突然站了起来，径直迈向了舞台中央，然后抬头向上张望。她像是中了邪一样，完全不理会导演和摄像，就那么仰头看着天花板。我当时在台下，就顺着她的目光看上去，谁知接下来从上面突然坠落很多根红缨枪和大刀，一根枪直接穿透了郭静文的脖子！出了这样的事情，社会影响很不好，因此学校决定不再开设二胡专业，直到两年后，才重新开设，转眼我都大三了。"

乔楚说完后，抿了一口水，突然想起什么似的，问："怎么突然想起来问我这个问题了？"

"她死不瞑目。"蒋心潺答非所问。

"你说郭静文吗？"

"嗯，她死的时候眼睛是睁着的。"蒋心潺点了点头说道。

乔楚一惊，忙问："你是怎么知道的？我确实还记得当时的场景，太可怕了，她的嘴里插着一根枪头，眼珠子瞪得老大，跪在地上的样子把在场的人都吓坏了。"

"因为我看到了她死时的照片。"蒋心潺忽然说。

乔楚跟着蒋心潺朝琴房走去，在半路上，突然看见小光大喊大叫着从琴房里冲出来。乔楚拦住他，问他怎么了，小光却无论如何也说不出什么来，突然推开乔楚，继续大喊大叫着跑远了。

正是中午，一天中气温最高的时刻，琴房里空荡荡的，只有两人走进来的脚步声在回响。即便如此，琴房里也没有丝毫的燥热，空气中有种静悄悄的阴凉。

在二楼，蒋心潺把那张藏起来的照片取了出来，又走到一个地方，指着地上的香灰和被自己踩灭的檀香说："照片当时就摆在这里。"

"昨天我们也在一楼打扫出一些纸钱，想必是什么人经常来这里祭奠郭静文吧，可她是个孤儿，有谁会这么怀念她？你听到二胡声了？"乔楚不解地问。

“嗯，但是上来之后发现什么都没有，这里视线开阔，如果有人肯定会被发现。”

“会不会是幻觉？”

“不会，翁露露也听到了，是《白蛇传》的伴奏。”

“《白蛇传》？”乔楚掩饰不住的慌张，“郭静文死的那天，就是这个伴奏。”

蒋心潺又环顾了四周一眼：“当年事发后，你们有没有立刻来二楼？”

“没有，当时只有几个学校领导上去了，底下的人都不知道发生了什么！”乔楚说，“你跟我来。”

蒋心潺随着他来到二楼尽头的窗边，下面是一片空旷的水泥地。

“事后警方调查，没有发现任何可疑人员，所以这件事最后被定性为意外事件。”

“我感觉不是意外，是有人想要杀死郭静文。”蒋心潺说。

“我也这么想过，但实在找不出杀人的手法。”乔楚有些沮丧。

这时候，从角落里传来一声响动，那是堆放戏服的地方，上午蒋心潺查找过那里，并没有发现那个拉二胡的“人”。

两人循声走过去，蒋心潺率先看到一双腿。她心里一惊，脚步加快，绕到前面去。

只见王立峰的尸体倚靠在衣服堆上，脖子上缠着一根二胡的琴弓。琴弦深深地勒进了王立峰的脖子里。

–4–

王立峰先是被钝器击昏，又被琴弓扼颈窒息死亡。当天，小光被警察带走，不过因为他的精神有问题，而且没有任何证据证明他就是凶手，小光很快就被放了出来。

小光的妈妈被吓坏了，严令禁止小光离开女生宿舍门口半步。

蒋心潺下楼的时候看见小光一个人坐在台阶上摆弄遥控小汽车，就走过去在他身边坐下。小光傻呵呵地看着她，问："你有没有看见静文？"

蒋心潺摇头。

"她长得可漂亮了。"小光说。

"你喜欢她？"

小光嘴巴微微张开，目光迷离，似乎搞不清蒋心潺的意思，但很快他又笑了，很害羞。一瞬间，他的表情让蒋心潺动容，不管你是什么样的人，就算是头脑有问题的人，在别人问起你喜欢的人时，你都无法掩饰那种内心的慌乱。

"你喜欢她什么？"

"她是第一个对我好的女孩子。"小光说。

"小光，你知道吗，静文已经……"

"我经常会去琴房听她拉琴，她的琴拉的比以前好多了！"

小光的话让蒋心潺浑身一凛，问道："你什么时候听到她拉二胡了？"

"最近天天能听到。"小光又低头摆弄玩具汽车。

"在哪里听到的？"蒋心潺觉得手心出了一层汗。

"琴房。"

蒋心潺忍不住打了个哆嗦，难道那天自己在琴房里听到的曲子真是郭静文拉的？不可能，她已经死了！

"小光，你一定是记错了，静文已经死了。"

"没有！她没有死！"小光开始激动起来，站起身指着自己手里的小汽车说，"我正在学开车，等我考到了驾照，我就带着静文出去兜风！"

"小光！"小光的妈妈从宿舍值班室里走出来，警惕地打量着蒋心潺。

"心潺，你在这里干什么呢？"

周绮从宿舍楼里走出来，肩上背着琴。周绮也是二胡专业的学生，跟蒋心潺一个宿舍。只是考进大学前，周绮完全没有学习过二胡，至于她是如何考进启星音乐学院的，没有人知道。

“哦，我要去练琴。”周绮问，“你要不要一起去？”

蒋心潺点了点头。

她们说的琴房，在原先琴房的隔壁。原先的琴房自从王立峰死在里面，再也没有人敢进去了。学校一时兴起了各种传说，其中有一个引起了蒋心潺的注意，有人说两年前死在里面的郭静文觉得寂寞，才把王立峰带走的。

“心潺，还是你勤奋，每天都坚持早起练琴。”周绮说。

蒋心潺笑笑：“能考进这里，就应该努力走得更远一些。”

“我可没想这么多，我就想混个毕业证就可以了。”周绮看着蒋心潺，“一定是翁露露又跟你灌输那种一夜成名的观念了吧？我一点都不羡慕许千娇师姐，她那样的机遇是可遇不可求的。哦，对了，你知道许千娇师姐那个班里四个二胡专业的学生，谁的专业水平最高吗？”

蒋心潺一愣，她一直以为当年那个班里只有三个二胡专业的学生，分别是乔楚、许千娇、郭静文，难道还有第四个？

“是一个叫汤汤的女生。”周绮说。

“好奇怪的名字。”蒋心潺说。

“是啊，她人更奇怪。”

“怎么，你认识她？”蒋心潺问。

“不认识，只是见过，也听别人说起过。”周绮抿了下嘴巴，“汤汤又矮又胖，长相十分普通，总是一个人独来独往，背着一把二胡。不管是春夏秋冬，她都穿着长袖的衣裤，从没有人见过她穿裙子的样子。尽管如此，其他三个人跟汤汤相比，在二胡演奏上的造诣完全不是一个档次。”

好奇怪的女生，蒋心潺在心里想。

两人边走边聊，来到了原先的琴房楼下，互望一眼。却都没有说话，又并肩走进了相邻的新琴房。

蒋心潺忽地想起什么似的，问周绮：“你怎么会见过汤汤呢？那时候你还在读高中，我记得你并不是启星音乐学院附属高中毕业的。”

“那又怎么了？”周绮有点不高兴，她觉得蒋心潺怀疑自己刚才那些话的真实性，“我以前经常来启星音乐学院玩，因为，我那时候的男朋友就是这的。”

蒋心潺若有所思地点头。

周绮突然捂着嘴巴笑了：“你知道吗，当时他们班一共三个女生，有两个都喜欢乔楚师哥。一个是许千娇，一个是郭静文。”

“哦？”蒋心潺问，“那乔楚师哥喜欢谁？”

周绮摇了摇头：“他喜欢的是汤汤。”

这个回答出乎蒋心潺的预料，高大帅气的乔楚师哥，怎么会喜欢普普通通的汤汤呢？这实在令人费解。

周绮仿佛看出了她的心思，说：“我见过乔楚师哥和汤汤在一起的样子，实在有些不般配。一个高高瘦瘦，一个矮矮胖胖，谁都想不通这两人为什么会在一起。但感情这种事情，谁又说得清呢？”

就在这时，琴房里忽然传来一阵若隐若现的二胡声！

蒋心潺惊得站了起来，环顾四周，这个新琴房只有一层，除了周绮和自己，什么都没有。

周绮也吓得嘴唇打颤，求助似的看着蒋心潺。

二胡声再次响起，比之前的声音更清晰了！两人后背生寒，互相对视着，蒋心潺深吸一口气，说道：“声音是从隔壁传来的。”

“不，我不去！”周绮反应强烈，死都不肯跟蒋心潺过去一探究竟。无奈，蒋心潺只好安慰她几句，一个人朝着旧琴房走去。

距离王立峰被杀已经过去一个多月，这个琴房已经成了所有人心目中的禁地。蒋心潺在门口站了一小会儿，终于还是下定决心推门走了进去。

一切都还是老样子，就像是昨天早晨刚来这里练过琴一样，只是阴森的感觉更重了。蒋心潺想，也许是心理作用。她顺手从地上捡起一根凳子上散落的木棍，紧紧握在手中。

刚走到场地中间，蒋心潺觉得有什么东西落在了自己头上，下意识地伸手去摸，竟然是一张圆圆的纸钱！

她抬头向上，忽地瞥见一张脸朝下面张望着！

那是——郭静文的脸！

那人站在楼梯上，正朝下观望着！随后，那人一个转身，消失了。

蒋心潺的太阳穴在突突跳着，她看见那人穿了一身戏服。只犹豫了一下，她便追了上去。来到窗户跟前，下面一个人影都没有，这么短的时间，如果从这上面跳下去再逃掉，如此宽阔的视野，不可能不被发现。蒋心潺又靠近了那个角落，那里堆着很多凌乱的杂物，王立峰就被杀死在其中。

四周静悄悄的，只有她沉重的脚步声，一下一下靠近杂物堆。

她再次闻到了香烛的味道，越靠近，味道就越浓烈。蒋心潺握紧了手中的木棍，她来之前已经跟周绮交代过，如果 5 分钟后自己还不出去，她就会去喊人。想到这里，蒋心潺壮起胆，慢慢地走过去。

在一堆杂物中间，竖着三根檀香，檀香的后面立着一个相框。

相框里的人，让蒋心潺大吃一惊！

– 5 –

“师哥，后来汤汤师姐怎样了？”

在图书馆一个僻静的角落里，蒋心潺问坐在桌对面的乔楚。

“《血胭脂》你全都看完了？”乔楚答非所问。

“嗯，最近又重新看了一遍。”蒋心潺答道。

“对戏院的那场戏还有印象吗？”乔楚又问。

“有的，我还重点反复看了好几遍呢。”

“有没有在里面发现汤汤？”

蒋心潺愕然地问道：“汤汤师姐也参加了《血胭脂》的拍摄？”

乔楚的神情沉重，点点头。

“我真的没注意到……”

“没关系，你即便看得再仔细，也发现不了她。”乔楚说。

“这是什么意思？”蒋心潺问，“难道她饰演了一个很不起眼的角色？”

“不，她就在舞台上。”

蒋心潺迅速搜索着脑海中关于那场戏的记忆，场上除了白蛇青蛇二位演员，就是几个伴奏的师傅，伴奏的队伍里也只有郭静文是女的。

“难道说，汤汤师姐扮演的是青蛇？”蒋心潺说完自己也开始怀疑，那个青蛇无论是从五官轮廓还是体型上都很出众，怎么看都不像是又矮又胖的汤汤。

果然，乔楚再次摇摇头。

“那到底是怎么回事？”蒋心潺愈加好奇。

“那场戏里面，最让你惊艳的是什么？”乔楚又问。

“许千娇师姐的白蛇扮相，如果要说最惊艳的，还要数郭静文师姐的二胡伴奏，太好听了。”

“其实，那段二胡不是郭静文拉的，而是汤汤。”

乔楚的话让蒋心潺呆住了，她费了好大劲才缓过神来，问他：“这么说，汤汤师姐在幕后？”

“是的，汤汤就坐在郭静文的身后，她们之间隔着一层幕布，当时不知情的人都以为是郭静文拉的曲子。”乔楚苦笑，“因为郭静文也想让导演注意到自己，可以获得一个戏份重一些的角色。她便找到汤汤来帮她。”

“结果那天出了那样的事情，汤汤从幕布后面出来，看见了郭静文的死状，受到极度惊吓，随后就精神失常了。”乔楚紧锁眉头，看得出他还沉浸在痛苦之中，“后来我照顾了她一段时间，但她病得越来越厉害，学校只好把她送进了精神病院。”

“再后来，她就死在了精神病院里？”蒋心潺有些不忍心这样追问。她在琴房二楼发现了汤汤的遗像。

乔楚点点头。

“有件事，我很好奇，许千娇和郭静文两位师姐都那么漂亮，你为什么偏偏爱上了汤汤师姐？”蒋心潺说完脸就红了，这本是个题外话，本可以不问，蒋心潺也不知道为什么，她突然想了解乔楚多一些。

“善良。”

是啊，仅这一条就足够了，蒋心潺想。

乔楚的手机响了，谁知他接了一会儿电话，突然激动地站了起来：“什么时候？”对方又简单说了几句话，乔楚把电话挂掉，他有些无助地看着蒋心潺，“周绮死了。”

两人赶到琴房的时候，警方已经封锁了现场，除了相关人员，任何人不得入内。经过打听，得知周绮的死亡方式跟王立峰如出一辙，同样是被敲昏后，用琴弓将其活活勒死。

已经是第二个人了，接下来，还会有人要死去吗？会是谁？

蒋心潺不由得一个激灵。

她绕到琴房后面，仰视那扇窗户，忽然，她的视线落在窗子一旁的位置，在那上面有 4 个黑洞，如果将它们连起来，就差不多是一个人高的长方形。

周绮的死让小光彻底摆脱了嫌疑，因为事发时，小光因为发烧在学校医务室里输液，小光的妈妈一直在陪着他，还有其他几位校医都是见证人。

杀人的真的是郭静文吗？还是她的鬼魂？那天自己在二楼看到的到底是人还是鬼？蒋心潺感到茫然无助。

傍晚回宿舍的时候，蒋心潺看见小光坐在宿舍的大厅里，妈妈正看着他喝下一大碗姜汤。蒋心潺想起来自己的包里还有一包糖，走过去放到小光手里：“送给你的。”

小光接过来，一只手还死死抓着自己的遥控车。

小光的妈妈感激地说：“今天他发烧了，我担心他再反复，才叫他进了宿舍，你们别害怕，我们家小光最善良了。”

蒋心潺对小光妈笑笑："他这么喜欢遥控车啊？"

"其实是喜欢汽车才对。"小光妈说，"但是他开不了，关键是我们也买不起。"

小光撕开包装袋，吃了一颗糖，对着蒋心潺摇头晃脑："嘿嘿，跟静文给我的糖一样甜。"

"哎，我们家小光特别记别人的好，当时那个郭静文在追求乔楚，送给他一盒巧克力，人家乔楚不接受，可能是觉得面子上过不去吧，郭静文赌气把那盒巧克力丢给了在一旁玩的小光。这个傻孩子啊，想法就是简单，还以为人家郭静文喜欢他，打那以后，就整天嚷着要学开车，然后带着郭静文去兜风。"小光妈说着眼角有泪光闪现，蒋心潺听得心里不是滋味，又安慰她几句，回了宿舍。

翁露露被吓坏了，躲在宿舍里哪都不肯去。同宿舍另一个女生也是，已经回家，要暂时休学一段日子。

翁露露对蒋心潺说："我刚听说了一件事，王立峰和周绮曾经是男女朋友！"

蒋心潺感到意外："你听谁说的？"

"周绮一死，她以前的事情就都爆出来了。她之前根本不是学音乐的，后来王立峰厌倦了她，周绮答应王立峰，只要她开始读大学，就跟他分手。后来周绮就真的考了进来，也如约跟王立峰分了手，很多人都知道他们俩的事情！"

"难道说，他们的死跟他们曾经的情侣关系有关？"蒋心潺思忖道。

– 6 –

蒋心潺在精神病院见到了汤汤的主治医生。

那个戴眼镜的中年男人介绍了汤汤的情况，最后说道："她来后第四个月就死了。”

“死因是？”蒋心湃问。

“心力衰竭。”主治医生幽幽地吐出四个字。

后来，蒋心湃在医院的病人记录中看到了关于汤汤死亡的记录，果然是心力衰竭。她无意中翻到下一页，也就是在汤汤死后的第三天，一位叫曲娜的女病人办理了出院手续。

蒋心湃觉得这个名字好熟悉，似乎在哪里见过，但一时间又想不起来。

接到翁露露的电话时，蒋心湃刚坐上返校的车。

“你快点回来吧，乔楚师哥出事了！”翁露露火急火燎地说。

乔楚遭到了攻击，他经过旧琴房的时候，突然被人从后面击打了一下，身子向前倒去。虽然他没有立即晕厥过去，但已经完全失去了反抗能力，他只能眼睁睁地看着那个人继续对自己下手。看到乔楚没有晕过去，那人再次举起了手里的凶器——一块砖头！

就在这时，一个正好经过的校工发现了情况，大喝一声，那人见情况不妙，飞快地跑掉了！

蒋心湃赶去医院的时候，乔楚已经没什么大碍，头上包了厚厚一层纱布，翁露露正在给他削苹果。

“师哥，好些了吗？”蒋心湃问。

乔楚对自己的健康状况毫不在意，一见到蒋心湃就激动起来：“我看到了，我看到了！”

蒋心湃在他床边坐下：“你看到什么了？”

“我看到郭静文了！她没有死！”乔楚的眼睛里迸发出极度的恐惧。

“我被她从后面袭击了！我看到了她的脸，我确定是郭静文！”乔楚抓着蒋心湃的手，紧紧地，像一把钳子，蒋心湃感到了疼痛。

“可是，我亲眼看到她死了！”乔楚有些语无伦次，脸上是极度恐惧的表情。

蒋心湃也不知道该怎样跟他说，因为自己也见到了郭静文！

“郭静文还有没有什么亲人在世？”蒋心潺问。

“她好像是个孤儿。”翁露露说。

“是的，当年郭静文也这么对我说的。”乔楚回忆。

转眼到了午饭时间，蒋心潺提出去买午饭，让两人在病房里等自己。蒋心潺出了医院，来到街对面的饭店，点了一份炖鸡，三份米饭，还有一份扣肉。在等待鸡肉出锅的间隙，蒋心潺来到收银员跟前，那个大男孩正在用笔记本看电视剧，凑巧他看的正是两年前大红的《血胭脂》。

许千娇师姐的形象可谓是深入人心，收银员正目不转睛地盯着她看。

电石火光的一瞬，蒋心潺的脑子里突然闪过一个念头，于是她对收银员说了声：“不好意思，电脑借我用一下！”

不等收银员反应过来，蒋心潺已经移动鼠标，直接点击到电视剧的演员表。字幕配合片尾曲缓缓流动，直到快要结尾时，她终于发现了那个名字——曲娜！

曲娜在剧中扮演的人物是戏院的小跑堂。

蒋心潺实在没什么印象，本来出现在片尾的演员都是小角色，很难被人记住。

“喂，你到底在干吗？”收银员有点不高兴了。

“等我一下，我查个东西！”蒋心潺的话里透出一丝哀求，收银员见对方确实有急事，不像是捣乱，也就不再催促她。

蒋心潺关掉窗口，发现电脑里下载了《血胭脂》全集，想了一下，打开了戏院戏份最多的那一集。蒋心潺缓缓地向前快进着，留心每帧画面上出现的人物。

就在第 23 分钟左右时，画面里出现了一个一闪即逝的面孔，蒋心潺赶忙倒回去，立刻定格。

此时，小饭店里客人渐多。蒋心潺却感到了从未有过的阴冷，那感觉像是在黑夜冰冷的床头，抱着一具冰冷的尸体同眠一样叫人绝望。

那个小跑堂竟然是翁露露！

她的真名难道叫曲娜？她是个精神病人？

蒋心潺饭菜都没有拿，火急火燎地跑回了医院，等她赶到的时候，发现床铺已经空了。蒋心潺大惊失色，忙问相邻床铺的病人："那个头上缠了纱布的男人去了哪里？"

病人回答，"刚才那个女孩把他搀了出去，说是要做一下检查。对了，跟他们一起走的还有一位戴着口罩的女医生。"

–7–

一辆车停在了启星音乐学院的琴房楼下。

乔楚被翁露露从车上推了下来，他已经被注射了药剂，全身酸软无力，就连行走都很吃力。

开车的是一个跟郭静文相貌惊人相似的女生，她把换下来的医生工作服扔到车上，跟翁露露一起，把乔楚带上了琴房二楼。

乔楚终于看清楚了，他虚弱地说道："你不是郭静文。"

"对，我不是，我是她的姐姐郭彩英。"

"郭静文一直说自己没有亲人。"乔楚说。

"我们姐妹俩都是孤儿，从小一起靠拉二胡卖艺为生，当时静文年纪小，我对她很严格，经常逼着她练琴，后来她赌气离家出走了。这些年我一直在找她，没想到见到的却是她的尸骨。"郭彩英情绪激动地说道。

"你一定不记得我了。"翁露露说。

乔楚诧异地看着她。

"我本名叫曲娜，是个无父无母的孤儿，常年跟随剧组拍摄，当跑龙套的。《血胭脂》里面，我扮演戏院里的小跑堂，你肯定不会对我有印象，因为我是女扮男装，而且打扮得灰头土脸。"

乔楚似乎想起了什么，指着曲娜："原来是你！"

“我原本就是个很胆小的人，那天郭静文的惨死让我受了很大的刺激，那段时间，我的精神出现了错乱，被送进了精神病院。”

这时候，郭彩英又上前一步，亮了亮手中火苗乱窜的打火机：“我今天就是想听你把当年的真相说出来，虽然我早已经弄清了真相，王立峰和周绮死前都已经亲口跟我承认了，现在就看你的了。如果你说了实话，我就会放你一条生路。”

乔楚笑了，长叹一声：“你是不会放过我的，不过我自知今天是活不成了，不如把一切都说出来。”

像是陷入一个漫长的回忆中，乔楚缓缓地闭上眼，开口道：“两年前，我们二胡专业一共有四个人，许千娇和郭静文都喜欢我，但我选择了汤汤，我很爱她。郭静文屡次纠缠我，都被我拒绝了，后来她偷拍了我和汤汤在一起的照片，要挟我跟她在一起，否则就公开那些照片，我不想让汤汤受到伤害，又不想跟她在一起，于是就想杀了她。我告诉她，‘《血胭脂》的导演是个很随性的人，如果能让他在短时间内记住你，他就会给你更多机会。许千娇的长相并不如你，她都可以出演主要角色，你完全可以。’郭静文动心了，我教给她一个别出心裁的方式，就是在演出中表演额外的戏份，比如猛地拉几下二胡，忽然站起来，迈向我事先指定的舞台地点，这样导演肯定会对她留下深刻印象，但这样同时影响了正常的拍摄进度，导演问起的时候，郭静文就可以说入戏太深了，没控制好，如此一来，势必会得到导演的认可，出演一个更重要的角色也并非难事。郭静文相信了我的话，按照我的安排，在演出中突然‘失态’地站起来，大步迈向了舞台前面，这时候我事先设置好的那些刀枪就一股脑地坠落……”

说到这，乔楚顿了顿，继而望了一眼郭彩英和翁露露，说：“你们一定想知道我是怎么控制好时间的吧？其实很简单，我事先买好了一个马力很足的遥控汽车，放在二楼，事先经过了很多次实验，尽管这样，我还是不能确定杀人计划的绝对成功，因为要在自己的视野盲区来遥控小汽车，也需要一定的运气。小汽车一旦将那些刀枪撞下去后，我会赶紧让它掉头，从打开的窗口开出去。"

"所以，那天王立峰和周绮帮了你的大忙。"郭彩英突然说道。

乔楚无力地点了点头，说："当时他们俩还都是高中生，两人约在琴房二楼约会，正高兴的时候，剧组大批人马赶了进来，他们就被堵在上面，出不去了。其实，这原本也没什么大不了的，关键是那天王立峰的父亲也来剧组探班，他才不敢下去，两人就在上面焦急地等待这场戏结束。后来，光线昏暗的二楼忽然响起了异样的声音，一辆小汽车在黑暗中动了起来，冲向前面，不断撞击着一块挡板。王立峰被吓了一跳，不想这遭到了周绮的嘲笑，'连这个都把你吓成这个样子，真没出息！'王立峰觉得很没面子，反驳道'我怕我就不是个男人！'说着一赌气，抓住小汽车，掉了个头，小汽车朝着窗户的方向跑去。王立峰骂骂咧咧地踹了一脚挡板，接着就听到一楼发出了惊叫声，后来他才知道自己杀了人。"

郭彩英接着说："事发后，赶到二楼的人都是学校的领导和德高望重的教授，王立峰的爸爸也在场，几个人仅仅用眼神交流就达成了共识，很快便掩人耳目地把王立峰和周绮带离了现场，所以后来警方将我妹妹的死定性为意外死亡。"

"你都已经知道了。"乔楚又问，"之前蒋心潺看见的那个郭静文也是你吧？"

郭彩英点头。

"可为什么来到二楼后你又消失了？"

郭彩英指了指身后的大窗户："我在窗户外面的墙壁上钉了4个铁橛子，从窗子爬出去后，我四肢抓紧铁橛子，因为是在琴房后面，环境荒芜，所以根本不用担心被人发现。而且从窗口望出去，根本发现不了一旁的我。等我杀死周绮后，就把铁橛子全部收好带走了。"

乔楚说："我做这些，都是为了汤汤，为了跟她在一起，我不惜任何代价。"

"你还要演戏到什么时候？"这时一直没怎么说话的曲娜说道，"汤汤姐根本没有得精神病！也不是像你对外界说的那样，她因为看到郭静文的死而受到刺激，精神受到刺激的人只有我！”

“你是个自私的人，你口口声声说要和汤汤姐在一起，却抛弃了她！她因为身上有浅浅的蛇纹般的皮肤，而一直不敢在公众面前裸露自己的皮肤。她很喜欢你，终于还是忍不住向你表白，你为了满足自己的虚荣心，假意跟她在一起，并且让她怀了你的孩子！失去了贞操的汤汤，皮肤很快恶化，皮肤的纹理更加粗糙深刻，像极了蟒蛇皮！你开始嫌弃她，想要抛弃她，所以才买通了精神病院的医生，把她送了进去！我在精神病院里认识了汤汤姐，她是个那么善良的人，从没有人像她那样对我好。她教会了我二胡演奏，还鼓励我早一点出去。可就在几个月后，她坚持要生下你们的孩子，最后母子全都死去！她根本不是什么心力衰竭，她是失血过多而死！出事前，她写下遗嘱，让我把二胡交给你！她到死还一直爱着你！”

说着翁露露的情绪有些失常了，咆哮道：“可是你配拥有她那样深挚的爱吗？艺考面试时，你也在现场维持考场秩序，有好几次我都想把那把二胡借机给你，但就在这时，我碰到了一个哭得很伤心的女孩，她的二胡坏了，她就是蒋心潺，那一刻，我做了一个决定，让蒋心潺‘捡到’了那把二胡。”

“你是说，那把二胡是汤汤的？”乔楚痛苦地闭上眼，有眼泪流出。

“好了，我们时间不多了，曲娜，你跟我下楼去门口看看，不要被人发现。”说着，两人一起将乔楚绑了起来，朝楼下走去。

– 8 –

为了不被发现，蒋心潺赶忙顺着楼梯下了楼，刚才三个人的对话，她全都听见了。蒋心潺逃出琴房，找了个相对隐蔽的地方，开始打电话报警。

她看见郭彩英和曲娜来到门口，郭彩英猛地推了曲娜一下，将她推出了琴房，随后，郭彩英将琴房的门从里面反锁上了！

“曲娜，你还年轻，可以继续今后的人生，人都是我杀的，你不该陪着我一起死。”郭彩英说完，步伐坚定地上了二楼。

很快，琴房起了大火，火舌从二楼烧起，依稀传出乔楚撕心裂肺的吼叫。

蒋心潺泪流不止，她费了好大劲站起来，冲进了隔壁的新琴房，取出了那把二胡。

她看见曲娜正大声哭喊着，远处传来警车的鸣响，蒋心潺把二胡递到曲娜手中。

“物归原主。”她说。

曲娜轻柔地抚摸着二胡，继而奋力将它扔进了面前的火海之中！

“他们也算是永远在一起了……”曲娜泣不成声。

同一时间，接连几日高烧不退的小光，正躺在床上，他怀里还抱着那辆红色的遥控车。

某个瞬间，他忽然想起两年前的那天，乔楚忽然找到他，说要给他变个魔术，只要他一直站在琴房后面的窗户底下，就会有一辆小汽车从里面冲出来。

“到时候，你得到了小汽车，它就是你的了，所以你要赶紧跑掉，不然会被别人抢走哦！更不可以告诉任何人，因为这是我们之间的秘密！”乔楚笑眯眯地对他说，“告诉你一件事，郭静文喜欢会开车的男生！”

那天，小光一直等在窗户下面，后来果然像乔楚说的那样，一辆红色的遥控车从二楼的窗户里飞奔下来。

他赶忙接住，掉头便跑。

他一边跑一边想，静文你要等我啊，等我考到了驾照，就开着车带你去兜风。